Chants de la Terre lointaine

ARTHUR C. CLARKE	*ŒUVRES*
LA CITÉ ET LES ASTRES	
LES ENFANTS D'ICARE	*J'ai lu* 799***
2001, L'ODYSSÉE DE L'ESPACE	*J'ai lu* 349**
S.O.S. LUNE	
NAUFRAGÉS DE LA LUNE	
ÎLES DE L'ESPACE	
L'EXPLORATION DE L'ESPACE	
L'ÎLE DES DAUPHINS	
RENDEZ-VOUS AVEC RAMA	*J'ai lu* 1047***
TERRE, PLANÈTE IMPÉRIALE	*J'ai lu* 904****
AVANT, L'EDEN	*J'ai lu* 830***
DEMAIN, MOISSON D'ÉTOILES	
LES SABLES DE MARS	
PRÉLUDE À L'ESPACE	
LES PRAIRIES BLEUES	
LUMIÈRE CENDRÉE	
L'ÉTOILE	*J'ai lu* 966***
LES FONTAINES DU PARADIS	*J'ai lu* 1304***
2010 : ODYSSÉE DEUX	*J'ai lu* 1721***
CHANTS DE LA TERRE LOINTAINE	*J'ai lu* 2262****

ARTHUR C. CLARKE

Chants de la Terre lointaine

TRADUIT DE L'ANGLAIS
PAR FRANCE-MARIE WATKINS

ÉDITIONS J'AI LU

À Tamara et Cherene,
Valerie et Hector,
pour leur amour et fidélité

Ce roman a paru sous le titre original :

THE SONGS OF DISTANT EARTH

Nulle part dans l'espace ou dans mille mondes, il n'y aura d'hommes pour partager notre solitude. Il peut y avoir de la sagesse, il peut y avoir de la puissance ; quelque part à travers l'espace, de grands instruments... peuvent regarder vainement souffrir notre nuage flottant, leurs possesseurs tendus comme nous le sommes. Néanmoins, dans la nature de la vie et les principes de l'évolution, nous avons reçu notre réponse. D'hommes ailleurs, et au-delà, il n'y en aura aucun, éternellement...

Loren Eiseley
The Immense Journey (1957)

« J'ai écrit un livre maléfique, et me sens immaculé comme l'agneau. »

Melville à Hawthorne (1851)

NOTE DE L'AUTEUR

Ce roman reprend une idée développée il y a près de trente ans dans une nouvelle du même titre (aujourd'hui publiée dans mon recueil *The Other Side of the Sky*). Cependant, cette version a été directement — et *négativement* — inspirée par la récente pléthore de feuilletons spatiaux à la télévision et au cinéma. (Question : quel est l'opposé d'inspiration, expiration ?)

Mais ne vous méprenez pas ; j'ai beaucoup aimé le meilleur de *Star Trek* et les épopées Lucas-Spielberg, pour ne citer que les plus célèbres exemples. Néanmoins, ces œuvres appartiennent au genre fantastique, et non à la science-fiction dans la stricte acception du terme. Il semble presque certain à présent que dans l'univers réel nous ne puissions jamais dépasser la vitesse de la lumière. Les systèmes stellaires, même les plus proches, seront toujours à des dizaines de siècles d'écart ; jamais un Warp Six ne vous transportera d'une semaine à l'autre, juste à temps pour voir l'épisode de votre feuilleton. Le grand Producteur dans le Ciel n'a pas organisé son programme de cette façon.

Durant la dernière décennie il y a eu également un important, et même surprenant, changement dans l'attitude des savants à l'égard du problème de l'intelligence extraterrestre. Le sujet n'est devenu respectable (il l'était déjà pour des personnages douteux comme les auteurs de science-fiction) qu'après 1960 : *Intelligent Life in the Universe* de Chklovskii et Carl Sagan (1966) sert ici de point de repère.

Mais il y a eu un contrecoup. L'impossibilité totale de trouver la moindre trace de vie dans notre système solaire, ou de capter le moindre signal radio interstellaire que nos grandes antennes devraient pouvoir facilement détecter, a induit certains scientifiques à avancer cet argument : « Nous sommes peut-être vraiment seuls dans l'Univers... » Le Dr Frank Tipler, le défenseur le plus renommé de ce point de vue, a (peut-être délibérément) scandalisé les saganistes en donnant à une de ses communications le titre provocateur de « Il n'y a pas d'extraterrestres intelligents ». Carl Sagan et compagnie prétendent (et je suis d'accord avec eux) qu'il est beaucoup trop tôt pour d'aussi définitives conclusions.

Pendant ce temps, la controverse fait rage ; comme on l'a fort bien dit, la réponse quelle qu'elle soit, impressionnera. La question ne peut être réglée que par une preuve tangible, et non par la logique, même si ses conclusions paraissent tout à fait plausibles. J'aimerais que tout le débat bénéficie d'une décennie ou deux d'aimable désintérêt, pendant lesquelles les radioastronomes, comme des chercheurs d'or tamisant la terre, passeront paisiblement au crible les torrents de bruit qui se déversent des cieux.

Ce roman est, entre autres choses, une tentative personnelle de créer une œuvre de fiction entièrement réaliste sur le thème interstellaire — tout comme dans *Prelude to Space* (1951) où j'ai utilisé une technologie connue ou prévisible pour décrire le premier voyage de l'homme au-delà de la Terre. Il n'y a rien dans ce livre qui défie ou nie des principes connus ; la seule extrapolation réellement folle est la « poussée quantique » mais même pour ce point, je peux alléguer une source extrêmement respectable. (Voir remerciements.) Si cela ne se révélait qu'un rêve, il y a plusieurs autres choix possibles ; et si nous, primitifs du XXe siècle, pouvons les imaginer, la science future découvrira indiscutablement quelque chose de bien meilleur.

Arthur C. Clarke
Colombo, Sri Lanka
3 juillet 1985

I

THALASSA

1

La plage de Tarna

Avant même que le bateau franchisse le récif, Mirissa comprit que Brant était en colère. L'attitude tendue de son corps à la barre — le simple fait qu'il n'ait pas laissé le passage final aux mains expertes de Kumar — indiquait que quelque chose l'avait troublé.

Elle quitta l'ombre des palmiers et descendit lentement sur la plage, le sable mouillé alourdissant ses pas. Quand elle arriva au bord de l'eau, Kumar affalait déjà la voile. Son petit frère — maintenant presque aussi grand qu'elle et tout en muscles solides — agita gaiement la main. Que de fois elle avait souhaité que Brant ait le bon caractère facile de Kumar, qu'aucune crise ne pouvait apparemment bouleverser !

Brant n'attendit pas que le bateau racle le sable mais sauta dans la mer alors qu'il avait encore de l'eau jusqu'à la taille et pataugea rapidement vers elle, l'air furieux. Il portait une masse de métal tordu, festonnée de fils cassés et la brandissait pour qu'elle l'examine.

— Regarde ! cria-t-il. Ils ont recommencé !

De son autre main, il désigna l'horizon, au nord.

— Cette fois, je ne vais pas les laisser s'en tirer comme ça ! Et notre maire dira ce qu'elle voudra !

Mirissa s'écarta tandis que le petit catamaran, comme un animal marin primitif livrant son premier assaut contre la terre ferme, remontait lentement la plage sur ses rouleaux hors-bord tournoyants. Dès que l'embarcation eut dépassé la limite de la marée haute, Kumar arrêta le moteur et sauta pour rejoindre son capitaine toujours en colère.

— Je me tue à répéter à Brant, dit-il, que c'est peut-être un accident, une ancre traînante, je ne sais pas. Après tout, pourquoi les Nordiens feraient-ils *volontairement* une chose pareille ?

— Je vais te le dire ! rétorqua Brant. Parce qu'ils sont trop paresseux pour découvrir la technologie tout seuls. Parce qu'ils ont peur que nous prenions trop de poissons. Parce que...

Il surprit le rire de son compagnon et lui lança l'amas de fils enchevêtrés. Kumar l'attrapa au vol sans effort.

— N'empêche... même si c'était un accident, ils ne devraient pas mouiller ici. Cette région est bien signalée sur la carte : DÉFENSE D'ENTRER — PROJET DE RECHERCHE. Alors je vais quand même déposer une plainte.

Brant avait déjà retrouvé sa bonne humeur ; même ses plus sombres rages duraient rarement plus de quelques minutes. Pour le garder dans de bonnes dispositions, Mirissa lui passa une main dans le dos et lui parla de sa voix la plus apaisante.

— Est-ce que tu as pris du bon poisson ?

— Bien sûr que non, répondit Kumar. Il n'y a qu'attraper des statistiques qui l'intéresse, kilogrammes par kilowatts, ce genre d'idioties. Heureusement, j'avais ma ligne. Nous aurons du thon pour dîner.

Il se pencha dans le bateau et en retira près d'un mètre de puissance et de beauté aérodynamiques dont les couleurs se fanaient rapidement ; les yeux morts étaient déjà vitreux.

— Ce n'est pas souvent qu'on en attrape un pareil, dit-il fièrement.

Ils admiraient encore sa prise quand l'Histoire fit son retour à Thalassa. Et le monde simple et insouciant qu'ils avaient connu pendant toutes leurs jeunes années prit brutalement fin.

La trace de son passage fut écrite là dans le ciel comme si une main géante avait déplacé un morceau de craie en travers de la voûte bleue. Sous leurs yeux, la traînée de vapeur étincelante commença à s'effilocher, à se désintégrer en lambeaux de nuages, jusqu'à donner l'impression qu'un pont de neige avait été lancé d'un horizon à l'autre.

Et maintenant, un lointain grondement de tonnerre tombait des bords de l'espace. C'était un bruit que Thalassa n'avait pas entendu depuis sept cents ans mais qu'un enfant aurait pu reconnaître immédiatement.

Malgré la chaleur du soir, Mirissa frissonna et sa main chercha celle de Brant. Il la prit, mais presque sans y prendre garde ; il contemplait toujours le ciel partagé.

Kumar lui-même avait retrouvé son sérieux, mais il fut le premier à parler.

— Une des colonies a dû nous trouver.

Brant secoua lentement la tête mais sans conviction.

— Pourquoi se donner cette peine ? Ils doivent avoir de vieilles cartes, ils savent que, sur Thalassa, il n'y a presque que de l'océan. Ça n'a aucun sens pour eux, de venir ici.

— La curiosité scientifique ? hasarda Mirissa. Pour voir ce que nous sommes devenus ? J'ai toujours dit que nous devions réparer le lien de communication...

C'était une vieille querelle, qui se ranimait à

chaque décennie. Un jour, presque tout le monde était d'accord, Thalassa devrait vraiment reconstruire la grande antenne parabolique sur l'île de l'Est, détruite quand le Krakan avait fait éruption il y avait quatre cents ans. Mais en attendant, il y avait beaucoup d'autres choses plus importantes, ou simplement plus amusantes.

— Construire un vaisseau spatial, c'est un projet *énorme,* dit Brant d'un air songeur. Je ne crois pas qu'une colonie s'y résoudrait... à moins d'y être obligée. Comme la Terre...

Il s'interrompit. Après tant de siècles, c'était encore un nom difficile à prononcer.

D'un même mouvement, ils se tournèrent vers l'est où la rapide nuit tropicale avançait sur la mer.

Quelques étoiles, les plus brillantes, apparaissaient déjà et la petite constellation bien reconnaissable du Triangle montait au-dessus des palmiers. Ses trois étoiles étaient d'une importance à peu près égale mais une intruse infiniment plus étincelante avait jadis scintillé, pour quelques semaines, près de la pointe méridionale de la constellation.

Son écorce maintenant ratatinée était encore visible avec un télescope de puissance moyenne. Mais aucun instrument n'était capable de montrer sur son orbite la scorie qui avait été la planète Terre.

2

Le bébé neutre

Un grand historien avait appelé, plus de mille ans après, la période 1901-2000 « le siècle où tout est arrivé ». Il avait ajouté que les gens de l'époque auraient été d'accord avec lui, mais pour des raisons entièrement fausses.

Ils auraient fait observer — souvent avec une fierté justifiée — les réussites scientifiques du siècle : la conquête de l'air, la libération de l'énergie atomique, la découverte des principes fondamentaux de la vie, la révolution de l'informatique et des communications, les débuts de l'intelligence artificielle et, le plus spectaculaire, l'exploration du système solaire et les premiers pas de l'homme sur la Lune. Mais, comme l'affirmait cet historien avec l'infaillibilité de la sagesse rétrospective, pas une personne sur mille n'avait entendu parler de la découverte qui transcendait tous ces événements, en menaçant de les rendre absolument insignifiants.

Apparemment, c'était aussi inoffensif et éloigné des affaires humaines que la plaque photographique floue, dans le laboratoire de Becquerel, qui avait abouti, en cinquante ans à peine, à la boule de feu au-dessus d'Hiroshima. C'était d'ailleurs un sous-produit de cette recherche et cela débutait avec une innocence égale.

La nature est une comptable très stricte qui équilibre parfaitement ses comptes. Les physiciens furent par conséquent extrêmement perplexes quand ils découvrirent certaines réactions nucléaires pour lesquelles, après l'addition de tous les fragments, quelque chose semblait manquer d'un côté de l'équation.

Comme un comptable indélicat se hâtant de remettre de l'argent dans la caisse juste avant une inspection, les physiciens furent obligés d'inventer une nouvelle particule. Et, pour expliquer l'irrégularité, elle devait être tout à fait singulière, sans masse ni charge et si extraordinairement pénétrante qu'elle pouvait traverser, sans inconvénient notable, un mur de plomb de *milliards* de kilomètres d'épaisseur.

Ce fantôme fut baptisé « neutrino », une contraction de neutron et de *bambino*. Il semblait n'y avoir aucun espoir de jamais détecter une entité aussi fugace ; mais en 1956, par d'héroïques prouesses d'expérimentation, les physiciens captèrent les premiers rares spécimens. Ce fut aussi une victoire pour les théoriciens, qui voyaient à présent leurs équations vérifiées.

Le monde, dans son ensemble, n'en savait rien et ne s'en souciait pas ; mais le compte à rebours de la fin avait commencé.

3

Le conseil du village

Le réseau de communications local de Tarna n'était jamais opérationnel à plus de 95 %, mais d'autre part, il ne fonctionnait jamais à moins de 85 %. Comme la majorité du matériel de Thalassa, il avait été conçu par des génies, disparus depuis longtemps, si bien que les pannes catastrophiques étaient virtuellement impossibles. Même si de nombreux éléments étaient en dérangement, le système continuait encore de marcher assez raisonnablement, jusqu'à ce que quelqu'un soit suffisamment exaspéré pour procéder à des réparations.

Les ingénieurs appelaient cela une « dégradation gracieuse », une expression qui, déclaraient quelques cyniques, décrivait assez exactement le mode de vie lassan.

D'après l'ordinateur central, le réseau fonctionnait en ce moment à ses 90 % normaux et le maire Waldron se serait facilement contentée de moins. Depuis une demi-heure, presque tout le village l'avait appelée et au moins cinquante adultes et enfants se pressaient dans la salle du conseil, bien plus qu'elle ne pouvait en contenir pour qu'on y soit à l'aise. Pour une réunion ordinaire, le quorum était de douze personnes et il fallait parfois des mesures draconiennes pour en attirer autant. Le reste des cinq cent soixante habitants de Tarna préféraient observer — et voter, s'ils étaient suffisamment intéressés — dans le confort de leurs propres maisons.

Il y avait eu aussi deux appels du gouverneur provincial, un du bureau du Président et un de l'agence de presse de l'île du Nord, tous pour poser les mêmes questions tout à fait inutiles. Chacun avait reçu la même réponse laconique : « Naturellement, nous vous avertirons s'il se passe quelque chose... et merci d'avoir téléphoné. »

Le maire Waldron n'aimait pas l'imprévu et la réussite de sa modeste carrière d'administrateur local était basée sur le soin qu'elle mettait à l'éviter. Parfois, naturellement, c'était impossible ; son veto n'aurait guère pu détourner le cyclone de

09 qui, jusqu'à ce jour, avait été le plus grand événement du siècle.

— Silence, tout le monde ! cria-t-elle. Reena, laisse ces coquillages, quelqu'un s'est donné du mal pour les disposer ! D'ailleurs, tu devrais être au lit. Billy, descends de cette table ! Tout de suite !

L'ordre fut rétabli avec une rapidité surprenante, révélant que les villageois étaient pressés d'entendre ce qu'avait à dire leur maire. Elle fit taire le bib-bip insistant de son téléphone-bracelet et dirigea l'appel vers le centre des messages.

— Franchement, je n'en sais guère plus que vous, et il est peu probable que nous recevions de plus amples informations avant plusieurs heures. Mais c'était indiscutablement une espèce de vaisseau spatial et il avait déjà fait sa rentrée, je suppose que je devrais dire son entrée, quand il nous a survolés. Comme sur Thalassa, il ne peut aller nulle part ailleurs, il est probable qu'il reviendra tôt ou tard aux Trois Îles. S'il fait tout le tour de la planète, ce ne sera pas avant des heures.

— Aucune tentative de contact radio ? demanda quelqu'un.

— Si, mais sans succès jusqu'à présent.

— Est-ce que nous devons même essayer ? demanda une voix anxieuse.

Un bref silence tomba sur l'assemblée, que rompit le conseiller Simmons, la principale mouche du coche du maire, en reniflant avec mépris.

— C'est ridicule ! Quoi qu'ils fassent, ils peuvent nous trouver en dix minutes. D'ailleurs, ils savent probablement exactement où nous nous trouvons.

— Je suis tout à fait d'accord avec le conseiller, déclara le maire Waldron en savourant cette occasion inhabituelle. Tout navire colonial doit certainement avoir des cartes de Thalassa. Elles ont peut-être mille ans, mais elles indiquent Premier Contact.

— Mais, supposons, simple supposition, qu'il s'agisse de créatures d'ailleurs ?

Le maire soupira ; elle croyait que cette hypothèse était morte de sa belle mort depuis des siècles.

— Il n'existe pas de créatures d'ailleurs, riposta-t-elle avec fermeté. Du moins aucune qui soit assez intelligente pour explorer les étoiles. Naturellement, nous ne pouvons en être certains à 100 %, mais la Terre en a cherché pendant mille ans avec tous les instruments concevables.

— Il y a une autre possibilité, intervint Mirissa, qui était debout dans le fond de la salle avec Brant et Kumar.

Toutes les têtes se tournèrent vers elle et Brant eut l'air un peu agacé. Malgré son amour pour Mirissa, il y avait des moments où il aurait préféré qu'elle ne soit pas si bien informée et que sa famille ne soit pas gardienne des Archives depuis cinq générations.

— Laquelle, mon enfant ?

Ce fut au tour de Mirissa de se sentir agacée. Mais elle dissimula son irritation. Elle n'aimait pas être traitée avec condescendance par une personne qui n'était pas réellement très intelligente, bien qu'elle soit certainement avisée, ou plutôt rusée. Que le maire Waldron fasse les yeux doux à Brant ne troublait pas du tout Mirissa ; cela l'amusait un peu et elle arrivait même à éprouver quelque compassion pour cette femme plus âgée qu'elle.

— Cela pourrait être un autre vaisseau-semeur robot, comme celui qui a apporté sur Thalassa les gènes de nos ancêtres.

— Mais *maintenant*... si tard ?

— Pourquoi pas ? Les premiers semeurs n'atteignaient qu'un certain pourcentage de la vitesse de la lumière. La Terre n'a cessé de les améliorer, jusqu'à ce qu'elle soit détruite. Comme les derniers modèles étaient presque dix fois plus rapides, les premiers ont été dépassés en un siècle environ ; il doit y en avoir encore beaucoup en chemin. Tu n'es pas d'accord, Brant ?

Mirissa s'arrangeait toujours pour le faire participer à n'importe quelle discussion et, si possible, à lui faire croire qu'il l'avait déclenchée. Elle n'ignorait pas son complexe d'infériorité et ne voulait pas l'aggraver.

Quelquefois, c'était un peu déprimant d'être la personne la plus intelligente de Thalassa ; elle travaillait aux Trois Îles avec un réseau de six personnes intellectuellement égales à elle-même, mais avait rarement l'occasion de ces face-à-face que, même après tant de millénaires, aucune technologie de communication ne permettait.

— C'est une idée intéressante, dit Brant. Tu pourrais bien avoir raison.

Bien que l'histoire ne soit pas son fort, Brant Falconer avait une connaissance technique de la suite d'événements complexes qui avait abouti à la colonisation de Thalassa.

— Et que ferons-nous, demanda-t-il, si c'est encore un vaisseau-semeur et qu'il tente de nous recoloniser ? On lui dira : « Merci beaucoup, mais pas aujourd'hui » ?

Quelques petits rires nerveux fusèrent. Le conseiller Simmons murmura d'une voix songeuse :

— Je suis certain que nous pourrions affronter un vaisseau-semeur s'il le fallait. D'ailleurs, est-ce que ses robots ne seraient pas suffisamment intelligents pour annuler leur programme en constatant que le travail a déjà été fait ?

— Peut-être, mais ils peuvent aussi penser qu'ils le feraient mieux. De toute façon, que ce soit un vestige de la Terre ou un modèle plus récent d'une des colonies, c'est fatalement un robot quelconque.

Il était superflu de donner des explications ; personne n'ignorait les fantastiques frais et difficultés des vols interstellaires *habités*. Bien que techniquement possibles, on les considérait comme tout à fait inutiles. Les robots effectuaient la mission pour mille fois moins cher.

— Robot ou vestige, qu'est-ce que nous allons faire ? demanda un des villageois.

— Ce ne sera peut-être pas notre problème, répondit le maire. Tout le monde semble certain qu'il se dirigera vers Premier Contact, mais il n'y a pas de raison. Après tout, l'île du Nord est bien plus vraisemblable comme...

Bien souvent les événements avaient donné tort au maire mais jamais aussi rapidement. Cette fois, le bruit qui augmenta dans le ciel au-dessus de Tarna n'était pas un lointain tonnerre de l'ionosphère mais le sifflement strident d'un appareil à réaction ultra-rapide et volant bas. Tout le monde se bouscula pour sortir de la salle du conseil ; seuls les premiers à sortir aperçurent l'aile delta au nez camus qui éclipsait les étoiles en naviguant tout droit vers le lieu encore sacré, le dernier lien avec la Terre.

Le maire Waldron prit tout juste le temps de faire son rapport au central puis elle rejoignit la foule à l'extérieur.

— Brant, vous pouvez y arriver le premier. Prenez le cerf-volant.

Le premier ingénieur mécanicien de Tarna cligna vivement des yeux ; c'était la première fois qu'il recevait du maire un ordre aussi direct. Puis il eut l'air un peu penaud.

— Une noix de coco est passée à travers l'aile, il y a deux jours. Je n'ai pas eu le temps de la réparer à cause de ce problème avec les pièges à poissons. D'ailleurs, il n'est pas équipé pour les vols de nuit.

Le maire le toisa longuement, avec dureté.

— J'espère que ma voiture marche, dit-elle ironiquement.

— Bien sûr, répliqua Brant, d'un ton blessé. Le plein est fait, elle est prête à partir.

Il était très rare que la voiture du maire aille quelque part ; on pouvait parcourir à pied toute la longueur de l'île en vingt minutes et tout le transport local de l'alimentation et du matériel se faisait par petits rouleurs des sables. En soixante-dix ans de service officiel, la voiture n'avait pas couvert cent mille kilomètres et, sauf accident, elle pourrait encore servir au moins un siècle.

Les Lassans avaient joyeusement essayé tous les vices, mais ils n'avaient pas adopté la désuétude programmée et la surutilisation. Personne n'aurait pu deviner que le véhicule était plus vieux que ses passagers, quand il démarra pour le trajet le plus historique de son existence.

4

Le tocsin

Personne n'entendit la première note du glas de la Terre, pas même les savants qui firent la découverte fatale, bien loin sous terre dans une mine d'or abandonnée du Colorado.

C'était une expérience audacieuse, tout à fait

inconcevable avant le milieu du XXe siècle. Une fois que le neutrino avait été détecté, on avait vite compris que l'humanité disposait d'une nouvelle fenêtre sur l'univers. Quelque chose d'assez pénétrant pour transpercer une planète aussi facilement que la lumière traverse une vitre pourrait être utilisé pour aller regarder au cœur des soleils.

Surtout au cœur de *leur* Soleil. Les astronomes étaient sûrs de comprendre les processus alimentant la fournaise solaire, dont dépendait toute vie sur Terre. Sous les énormes pressions et températures du noyau du Soleil, l'hydrogène se fondait en hélium à la suite d'une série de réactions qui libéraient de monstrueuses quantités d'énergie. Et, comme sous-produit, des neutrinos.

Les trillions de tonnes de matière sur leur chemin ne faisant pas plus obstacle qu'une bouffée de fumée, ces neutrinos solaires jaillirent de leur foyer natal à la vitesse de la lumière. Deux secondes plus tard, ils débouchèrent dans l'espace et se répandirent à travers tout l'univers. Quel que fût le nombre d'étoiles et de planètes qu'ils auraient rencontrées, la plupart auraient quand même pu éviter d'être capturées par le fantôme chimérique de la matière « solide » si le Temps lui-même n'avait pris fin.

Huit minutes après avoir quitté le Soleil, une infime fraction du torrent solaire traversa la Terre et une fraction encore plus petite fut interceptée par les savants du Colorado. Ils avaient enfoui leur matériel à plus d'un kilomètre sous terre, de manière à ce que les radiations moins pénétrantes soient filtrées et qu'ils puissent capturer les rares et authentiques messagers venant du cœur du Soleil. Ils espéraient, en comptant les neutrinos interceptés, étudier en détail l'état d'un point qui, tout philosophe le prouverait aisément, était à jamais interdit à la connaissance et à l'observation humaines.

L'expérience fut réussie, les neutrinos solaires détectés. Mais... il y en avait bien trop peu ! Il aurait dû y en avoir trois ou quatre fois plus que ce que la masse d'instruments avait réussi à capturer.

Manifestement, quelque chose n'allait pas et, dans les années 1970, l'affaire des neutrinos disparus devint un énorme scandale scientifique. Le matériel fut vérifié et revérifié, des hypothèses et théories révisées, l'expérience reprise des dizaines de fois... toujours avec le même résultat déroutant.

À la fin du XXe siècle, les astrophysiciens furent obligés d'accepter une conclusion troublante, mais personne encore n'en soupçonnait toutes les implications.

Il n'y avait rien à reprocher à l'hypothèse ni au matériel. L'ennui venait de l'intérieur du Soleil.

La première réunion secrète dans l'histoire de l'Union astronomique internationale eut lieu en 2008 à Aspen, dans le Colorado, pas très loin du lieu de la première expérience, qui avait déjà été répétée dans douze pays. Une semaine plus tard, le *Bulletin spécial de l'UAI* n° 55/08, portant le titre volontairement anodin de : « Quelques notes sur les réactions solaires », se trouva entre les mains de tous les gouvernements de la Terre.

On aurait pu penser que, à mesure que la nouvelle fuirait et se répandrait lentement, l'annonce de la fin du monde provoquerait une certaine panique. Au contraire, la réaction générale fut d'abord un silence de stupeur, suivi d'un haussement d'épaules indifférent et de la reprise du train-train quotidien.

Peu de gouvernements regardent au-delà des prochaines élections, peu d'individus au-delà de la longévité de leurs petits-enfants. Et puis, les astronomes pouvaient se tromper...

Même si l'humanité était condamnée à mort, la date de l'exécution restait indéfinie. Le Soleil n'allait pas exploser avant au moins mille ans et qui allait pleurer sur le sort de la quarantième génération ?

5

Route de nuit

Aucune des deux lunes n'était levée quand la voiture s'engagea sur la route la plus célèbre de Tarna, transportant Brant, le maire Waldron, le conseiller Simmons et deux autres notables du village. Tout en conduisant avec son habileté accoutumée, Brant fulminait encore contre la réprimande du maire. Et le fait qu'elle ait accidentellement allongé un bras dodu sur ses épaules nues n'arrangeait pas les choses.

Néanmoins, la paisible beauté de la nuit et le défilé fascinant des palmiers majestueux balayés par les phares lui rendirent sa bonne humeur habituelle. Et comment oserait-on gâcher un moment aussi historique avec des sentiments personnels mesquins ?

Dans dix minutes, ils seraient à Premier Contact, au point de départ de leur Histoire. Qu'est-ce qui les y attendait ? Une seule chose était certaine : le visiteur s'était guidé sur le radiophare encore opérationnel de l'antique vaisseau-semeur. Il savait où chercher, donc il devait venir d'une autre colonie humaine de ce secteur de l'espace.

D'autre part, Brant fut frappé par une pensée inquiétante. N'importe qui — n'importe *quoi* — avait pu détecter ce phare, signaler à tout l'univers que de l'intelligence était jadis passée par là. Il se souvenait que, quelques années plus tôt, il y avait eu un mouvement pour éteindre la transmission, sous prétexte qu'elle ne servait à rien et risquait même d'être néfaste. La proposition avait été rejetée à très peu de voix près et pour des raisons plus sentimentales que logiques. Thalassa risquait de regretter bientôt cette décision, mais il était indiscutablement trop tard pour y faire quoi que ce soit.

Le conseiller Simmons, assis à l'arrière, se pencha pour s'adresser au maire.

— Helga, dit-il, et c'était la première fois que Brant l'entendait appeler le maire par son prénom, pensez-vous que nous puissions encore communiquer ? Les langages de la robotique évoluent très rapidement, vous savez.

Le maire Waldron n'en savait rien mais elle s'entendait très bien à dissimuler son ignorance.

— C'est le cadet de nos problèmes, nous attendrons qu'il se pose. Brant, pourriez-vous rouler un peu moins vite ? J'aimerais arriver vivante.

Leur vitesse ne présentait pas le moindre danger sur cette route familière, mais Brant ralentit docilement à quarante klicks. Il se demanda si le maire ne cherchait pas à retarder l'épreuve ; car c'était bien une redoutable responsabilité, d'aller affronter un vaisseau spatial d'hors-monde, le second seulement dans l'histoire de la planète. Tout Thalassa la regarderait.

— Krakan ! jura un des passagers de l'arrière. Est-ce que quelqu'un a apporté une caméra ou...

— Trop tard pour faire demi-tour, déclara le

conseiller Simmons. D'ailleurs, nous aurons bien le temps de prendre des photos. Je ne pense pas qu'ils vont repartir comme ça tout de suite après avoir dit bonjour !

Il y avait un soupçon de panique dans sa voix que Brant ne lui reprochait guère. Comment savoir ce qui les attendait, juste derrière la prochaine côte ?

— Je ferai mon rapport dès que j'aurai quelque chose à vous dire, Monsieur le Président.

Le maire Waldron parlait à la radio de bord ; Brant n'avait pas remarqué l'appel, tant il était perdu dans ses réflexions. Pour la première fois de sa vie, il regrettait de ne pas avoir mieux étudié l'histoire.

Naturellement, il connaissait les réalités de base ; tous les enfants de Thalassa les apprenaient au berceau. Il savait comment, à mesure que les siècles passaient inexorablement, le diagnostic des astronomes était devenu plus assuré, la date de leur prédiction plus précise. Au cours de l'an 3600 — ou soixante-quinze ans, avant ou après — le Soleil deviendrait une nova. Une nova pas très spectaculaire mais assez importante tout de même...

Un vieux philosophe avait dit une fois que rien ne calme plus l'esprit d'un homme que de savoir qu'il sera pendu le lendemain matin. Il se passa un peu la même chose pour toute la race humaine, durant les dernières années du quatrième millénaire. S'il y avait eu un seul moment où l'humanité avait enfin regardé la vérité en face, avec un mélange de résignation et de détermination, ce fut ce 31 décembre à minuit quand l'année 2999 se changea en 3000. Personne, en voyant apparaître ce premier 3, ne pouvait oublier qu'il n'y aurait jamais de 4.

Cependant, il restait encore plus de la moitié du millénaire. Bien des choses seraient sans doute accomplies par les trente générations qui allaient encore vivre et mourir sur la Terre comme leurs ancêtres avant eux. À tout le moins, ils pouvaient préserver les connaissances de la race et les plus grandes créations de l'art humain.

Déjà à l'aube de l'ère spatiale, les premières sondes robots à quitter le système solaire avaient transporté des enregistrements de musique, des messages et des photos, au cas où d'autres explorateurs du cosmos les trouveraient. Et, bien que l'on n'ait jamais détecté le moindre signe de civilisations extraterrestres dans la galaxie natale, les plus pessimistes croyaient qu'il devait y avoir de l'intelligence *quelque part* parmi les milliards d'autres univers insulaires qui s'étendaient à perte de vue du plus puissant télescope.

Pendant des siècles, terabyte sur terabyte de connaissances et de culture humaines furent braqués sur la nébuleuse d'Andromède et ses plus lointaines voisines. Personne, naturellement, ne saurait jamais si ces signaux avaient été reçus ou si, le cas échéant, ils avaient pu être interprétés. Mais le mobile était celui de tous les hommes, le désir de laisser un dernier message, un signal disant : « Regardez ! Moi aussi, j'ai été vivant ! »

Quand vint l'an 3000, les astronomes pensèrent que leurs télescopes géants sur orbite avaient détecté tous les systèmes planétaires dans un rayon de cinq cents années-lumière du Soleil. Des dizaines de mondes de la taille approximative de la Terre avaient été découverts et pour quelques-uns, les plus rapprochés, on avait établi une cartographie rudimentaire. Plusieurs avaient une atmosphère présentant cette indiscutable signature de la vie : un pourcentage anormalement élevé d'oxygène. Il y avait une chance raisonnable pour que des hommes puissent y survivre... s'ils les atteignaient.

Les hommes ne pouvaient pas, mais l'Humanité le pourrait.

Les premiers vaisseaux-semeurs étaient primitifs et pourtant, ils représentaient tout ce que la technologie pouvait offrir de mieux. Avec les systèmes de propulsion disponibles en 2500, ils étaient capables d'atteindre le système planétaire le plus rapproché en deux cents ans, avec à leur bord leur précieuse cargaison d'embryons congelés.

Mais ce n'était là que la moindre de leur mission. Ils devaient aussi transporter tout l'équipement automatique qui ranimerait et élèverait ces humains en puissance, et leur apprendrait à survivre dans un environnement inconnu et probablement hostile. Il ne servirait à rien — et ce serait cruel — de jeter des enfants nus, ignorants, sur des mondes aussi peu accueillants que le Sahara ou l'Antarctique. Il fallait les éduquer, leur fournir des outils, leur montrer comment trouver et utiliser les ressources locales. Après avoir « atterri », le semeur devenait un vaisseau mère et avait peut-être à aimer et à protéger sa progéniture pendant des générations.

Non seulement des humains devaient être transportés mais encore toute une *biota* complète. Des plantes (même si personne ne savait s'il y aurait de la terre pour elles), des animaux de ferme et une surprenante variété d'insectes et de micro-organismes faisaient obligatoirement partie du convoi, au cas où les systèmes normaux de production alimentaire cesseraient de fonctionner et qu'il soit nécessaire d'en revenir aux techniques agricoles de base.

Un tel renouveau avait au moins un avantage. Toutes les maladies et les parasites qui accablaient l'humanité depuis la nuit des temps seraient laissés sur place, pour périr dans le feu stérilisant de Nova Solis.

Des banques de données, des « systèmes experts » capables de faire face à n'importe quelle situation, des robots, des mécanismes de réparation et de maintenance, tout devait être imaginé, fabriqué et conçu pour fonctionner pendant une durée égale à celle qui s'était écoulée entre la Déclaration d'Indépendance et le premier pas de l'homme sur la Lune.

La tâche paraissait à peine possible mais elle était si exaltante que presque toute l'humanité s'unit pour la mener à bien. On tenait là un but à long terme — le *dernier* but — qui allait donner une signification à la vie, même après la destruction de la Terre.

Le premier vaisseau-semeur quitta le système solaire en 2553 en direction du jumeau du Soleil le plus rapproché, Alpha du Centaure A. Bien que le climat de Pasadena, une planète de même taille que la Terre, fût soumis à de violents extrêmes à cause de la proximité de Centaure B, l'objectif possible suivant était deux fois plus éloigné. La durée du voyage jusqu'à Sirius X serait de plus de quatre cents ans ; quand le vaisseau-semeur arriverait, la Terre n'existerait peut-être plus.

Mais si l'on pouvait coloniser Pasadena, on aurait tout le temps de transmettre la bonne nouvelle. Deux cents ans pour le voyage, cinquante pour l'installation générale et la construction d'un petit émetteur et seulement quatre ans pour envoyer le message à la Terre... eh bien, avec un peu de chance, on danserait et on chanterait peut-être dans les rues vers l'an 2800...

En réalité, ce fut en 2786. Pasadena avait devancé les prévisions. La nouvelle fut électrisante et relança le programme de semailles. Déjà une vingtaine de vaisseaux avaient été lancés, transportant chacun une technologie plus avancée que le précédent. Les derniers modèles atteignaient un vingtième de la vitesse de la lumière et plus de cinquante objectifs étaient à leur portée.

Même quand l'émetteur-phare de Pasadena se tut, sans avoir transmis autre chose que la nouvelle du débarquement initial, le découragement ne fut que momentané. Ce qui avait été fait une fois pouvait être refait — et encore refait — avec une plus grande garantie de succès.

En 2700, la technique rudimentaire des embryons congelés avait été abandonnée. Le message génétique que la Nature imprimait en code dans la spirale formant la structure de la molécule ADN pouvait à présent être emmagasiné plus facilement, avec une méthode plus sûre et encore plus compacte dans les mémoires des tout derniers ordinateurs ; ainsi, il était possible de faire transporter un million de génotypes par un vaisseau-semeur pas plus grand qu'un avion ordinaire de mille passagers. Toute une nation à naître, avec tout le matériel de reproduction nécessaire à l'implantation d'une nouvelle civilisation, était contenue dans quelques centaines de mètres cubes et transportée vers les étoiles.

Brant savait que c'était ce qui s'était passé sur Thalassa sept cents ans plus tôt. Déjà, alors que la route montait dans les collines, ils étaient passés devant des cicatrices laissées par les premières excavatrices robots lorsqu'elles cherchaient les matières premières avec lesquelles ses propres ancêtres avaient été créés. Dans un moment, on apercevrait les usines de transformation...

— Qu'est-ce que c'est que *ça ?* chuchota vivement le conseiller Simmons.

— Arrêtez ! ordonna le maire. Coupez le contact, Brant.

Elle décrocha le micro du tableau de bord.

— Madame le maire Waldron. Nous sommes à la limite des sept kilomètres. Il y a une lumière devant nous, visible entre les arbres. Autant que je puisse la voir, elle se trouve exactement à Premier Contact. Nous n'entendons rien. Maintenant, nous repartons.

Brant n'attendit pas l'ordre mais poussa délicatement vers l'avant le levier de contrôle de la vitesse. C'était l'expérience la plus fantastique de sa vie, après son aventure lors du cyclone de 09.

Celle-là, elle avait été plus que passionnante et il avait eu de la chance de ne pas y laisser sa peau. Peut-être y avait-il aussi du danger, maintenant, mais il ne le croyait pas. Des robots pouvaient-ils être hostiles ? Thalassa n'avait rien que puissent convoiter des hors-mondiens, à l'exception de la science et de l'amitié...

— Vous savez, dit le conseiller Simmons, j'ai bien vu ce truc-là avant qu'il passe par-dessus les arbres et je suis certain que c'est une espèce d'avion. Les vaisseaux-semeurs n'ont jamais eu d'ailes, bien sûr. Et c'est très petit.

— Quoi qu'il en soit, marmonna Brant, nous saurons tout dans cinq minutes. Regardez cette lumière, elle est descendue dans le Parc de la Terre, le lieu évident. Ne devrions-nous pas laisser la voiture et faire le reste du chemin à pied ?

Le Parc de la Terre était un ovale d'herbe soigneusement entretenu, sur le côté oriental de Premier Contact. Il leur était caché maintenant par la colonne noire et massive du vaisseau mère, le plus ancien monument de la planète et le plus vénéré. Un flot de lumière ruisselait sur le cylindre que le temps n'avait pas encore terni, une lumière venant apparemment d'une source unique.

— Arrêtez la voiture juste avant d'arriver au vaisseau, ordonna le maire. Ensuite nous descendrons et nous regarderons prudemment derrière. Éteignez vos phares, pour qu'ils ne nous voient pas avant que nous le voulions.

— Ils ou... ou quelque chose ? demanda un des passagers d'une petite voix peureuse, mais personne ne lui répondit.

La voiture s'arrêta dans l'ombre immense du vaisseau et Brant la fit tourner de 180°.

— Pour faciliter une fuite rapide, expliqua-t-il, mi-sérieusement mi par malice.

Il ne parvenait toujours pas à croire qu'il y eût un danger réel. Par moments, même, il se demandait si tout cela lui arrivait vraiment. Peut-être dormait-il encore et faisait-il simplement un rêve réaliste.

Ils descendirent sans bruit de la voiture et s'approchèrent du vaisseau qu'ils contournèrent, jusqu'à ce qu'ils arrivent devant le mur de lumière bien délimité. Brant s'abrita les yeux et se pencha pour regarder derrière lui.

Le conseiller Simmons avait eu parfaitement raison. C'était bien une espèce d'avion, ou un quelconque aéronef spatial, et très petit, par-dessus le marché. Les Nordiens pourraient-ils... ? Non, c'était absurde. Il n'y avait aucune utilisation concevable d'un tel engin, dans la région limitée des Trois Îles, et sa construction n'aurait pu passer inaperçue.

Sa forme était celle d'un fer de lance émoussé et il avait dû atterrir verticalement car il n'y avait aucune trace dans l'herbe environnante. La lumière venait d'une source unique, dans la cabine dorsale aérodynamique, et un petit phare rouge clignotait juste au-dessus. Dans l'ensemble, c'était un engin ordinaire, rassurant et même décevant. Un appareil qui ne pouvait absolument pas avoir franchi les douze années-lumière jusqu'à la colonie connue la plus voisine.

Soudain, la lumière principale s'éteignit, laissant le petit groupe d'observateurs momentanément aveugles. Lorsque Brant eut récupéré sa vision nocturne, il remarqua des hublots à l'avant de l'engin, brillant faiblement d'un éclairage interne. Vraiment ! On aurait dit un vaisseau *habité !* Pas du tout l'appareil robot qu'ils attendaient tout naturellement !

Le maire venait d'aboutir à la même conclusion stupéfiante.

— Ce n'est pas un robot... il y a du monde à l'intérieur ! Ne perdons plus de temps. Braquez votre torche électrique sur moi, Brant. Qu'ils nous voient bien.

— Helga ! protesta le conseiller Simmons.

— Ne faites pas l'imbécile, Charlie. Allons-y, Brant.

Qu'avait donc déclaré le premier homme sur la Lune, près de deux millénaires auparavant ? « Un petit pas... » Ils en avaient fait vingt quand une porte s'ouvrit dans le flanc de l'appareil ; une rampe se déplia rapidement et deux humanoïdes descendirent à leur rencontre.

Ce fut la première réaction de Brant, des humanoïdes. Puis il comprit qu'il avait été trompé par la couleur de leur peau, ou de ce qu'il pouvait en voir à travers la pellicule transparente souple qui les recouvrait des pieds à la tête.

Ce n'était pas des humanoïdes, ils étaient *humains.* Brant se dit que s'il ne sortait plus jamais au soleil, il serait sans doute blanc et décoloré comme eux.

Le maire tendait les mains pour le traditionnel

« Voyez, pas d'armes ! » un geste aussi ancien que l'Histoire.

— Je ne pense pas que vous puissiez me comprendre, dit-elle, mais vous êtes sur Thalassa.

Les visiteurs sourirent et le plus âgé des deux — un bel homme aux cheveux gris approchant les soixante-dix ans — leva les mains en répondant :

— Bien au contraire, nous vous comprenons parfaitement. Nous sommes enchantés de faire votre connaissance.

Il avait une des plus belles voix, grave et admirablement modulée, que Brant eût jamais entendues.

Pendant un moment, tout le groupe resta figé, silencieux. Mais c'était bête, pensa Brant, d'être si étonné. Après tout, ils n'avaient pas la moindre difficulté à comprendre ce que disaient des hommes ayant vécu il y avait deux mille ans. Quand l'enregistrement du son avait été inventé, il avait bloqué les schémas des phonèmes de base de toutes les langues. Les vocabulaires pouvaient se développer, la syntaxe et la grammaire se modifier, mais la prononciation ne changerait pas pendant des millénaires.

Le maire Waldron fut la première à se remettre.

— Eh bien, cela nous évite certainement bien des soucis, dit-elle. Mais d'où venez-vous ? J'ai bien peur que nous ayons perdu le contact avec nos voisins, depuis la destruction de notre antenne spatiale.

L'homme âgé se tourna vers son compagnon, bien plus grand que lui, et un message muet passa entre eux. Puis il fit de nouveau face au maire.

Il y eut une indiscutable tristesse dans cette belle voix, quand il fit sa fantastique révélation :

— Vous aurez peut-être du mal à le croire, mais nous ne venons d'aucune des colonies. Nous arrivons tout droit de la Terre.

II

MAGELLAN

6

La descente sur la planète

Avant même d'ouvrir les yeux, Loren sut exactement où il était et trouva cela tout à fait surprenant. Après avoir dormi deux cents ans, une certaine confusion aurait été compréhensible mais il lui semblait que c'était la veille qu'il avait rédigé ses dernières notes dans le livre de bord. Et, pour autant qu'il puisse se souvenir de quoi que ce soit, il n'avait pas fait un seul rêve. Il en était reconnaissant.

Les yeux toujours fermés, il concentra sa pensée sur tous ses autres réseaux sensoriels. Il entendait un léger murmure de voix, paisiblement rassurant. Il y avait les soupirs familiers des échangeurs d'air et il sentait un courant imperceptible lui apporter d'agréables odeurs antiseptiques.

La seule sensation manquante était la pesanteur. Il leva sans effort le bras droit, qui resta en l'air, dans l'attente de l'ordre suivant.

— Bonjour, monsieur Lorenson, dit une joyeuse voix bourrue. Vous condescendez donc à nous rejoindre. Comment vous sentez-vous ?

Loren ouvrit enfin les yeux et s'efforça de voir la silhouette floue à côté de son lit.

— Bonjour... docteur. Je me sens bien. Et j'ai faim.

— C'est toujours bon signe. Vous pouvez vous habiller, mais ne bougez pas trop vite, pendant un moment. Et vous déciderez plus tard si vous voulez garder cette barbe.

Loren dirigea sa main flottante vers son menton ; il fut étonné d'y trouver tant de poils. Comme la majorité des hommes, il ne s'était jamais résolu à l'épilation définitive ; des volumes entiers de psychologie avaient été écrits à ce sujet. Peut-être était-il temps d'y penser ; il trouva amusant que de telles banalités encombrent l'esprit, dans un moment pareil.

— Nous sommes bien arrivés ?

— Naturellement, autrement vous dormiriez encore. Tout se passe comme prévu. Le vaisseau a commencé à nous réveiller il y a un mois. Maintenant, nous sommes sur orbite au-dessus de Thalassa. Les équipes d'entretien ont vérifié tous les systèmes ; c'est à vous de travailler, maintenant. Et nous avons une petite surprise pour vous.

— Agréable, j'espère ?

— Nous l'espérons aussi. Le capitaine Bey organise une conférence dans deux heures, à l'Assemblée générale. Si vous n'avez pas encore envie de bouger, vous pouvez y assister d'ici.

— J'irai à la réunion. J'aimerais faire la connaissance de tout le monde. Mais est-ce que je ne pourrais pas prendre mon petit déjeuner avant ? Ça fait longtemps...

Le capitaine Sirdar Bey avait l'air fatigué, mais heureux, en accueillant les quinze hommes et femmes qui venaient d'être réanimés ; il les présenta aux trente autres qui formaient les actuelles équipes A et B. D'après le règlement du vaisseau, l'équipe C devait dormir mais plusieurs personnes se tenaient dans le fond de la cabine de conférence, en faisant semblant de ne pas être là.

— Je suis content que vous nous ayez rejoints,

dit-il aux nouveaux venus. Ça fait plaisir de voir quelques têtes nouvelles par ici. Et c'est encore meilleur de voir une planète et de savoir que notre vaisseau a accompli les deux premiers siècles du programme de la mission, sans anomalie grave. Voici Thalassa, exactement comme prévu.

Tout le monde se tourna vers l'écran d'observation occupant toute une paroi. Une grande partie était consacrée aux informations sur l'état du vaisseau mais une large section avait l'air d'une fenêtre ouverte sur l'espace. Elle était entièrement remplie par l'image superbe d'un merveilleux globe bleu-blanc, presque totalement illuminé. Toutes les personnes présentes durent remarquer sa ressemblance émouvante avec la Terre vue de très haut au-dessus du Pacifique, rien que de l'eau avec quelques terres isolées.

Et il y avait des terres, là, un groupe compact de trois îles presque entièrement cachées par un voile de nuages. Loren pensa à Hawaii, qu'il n'avait jamais vue et qui n'existait plus. Mais il y avait une différence fondamentale entre les deux planètes. L'autre hémisphère de la Terre était en grande partie couvert de continents alors que celui de Thalassa n'était que de l'océan.

— La voilà, déclara fièrement le capitaine. Exactement comme l'ont prédit les organisateurs de la mission. Mais il y a un détail qu'ils n'ont pas prévu et qui va certainement modifier nos opérations.

» Vous vous souvenez que Thalassa a été semée par un module Mark 3A de cinquante mille unités, qui a quitté la Terre en 2751 et qui est arrivé en 3109. Tout s'est bien passé et les premières transmissions ont été captées cent soixante ans plus tard. Elles ont continué par intermittences pendant près de deux siècles et se sont subitement interrompues après un bref message annonçant une importante éruption volcanique. On n'a plus jamais rien entendu et on a supposé que notre colonie sur Thalassa avait été détruite, ou tout au moins réduite à la barbarie, comme cela semble s'être produit dans plusieurs autres cas. Pour les nouveaux venus, permettez-moi de répéter ce que nous avons découvert. Naturellement, nous avons écouté sur toutes les fréquences, en entrant dans le système. Rien, pas même une fuite de radiations d'une force énergétique.

» Quand nous nous sommes approchés, nous avons compris que cela ne prouvait rien. Thalassa a une ionosphère très dense. Là-dessous, il pourrait y avoir beaucoup de bavardages sur ondes moyennes ou courtes et personne, au-dehors, n'en saurait rien. Les micro-ondes passeraient, bien entendu, mais peut-être n'en ont-ils pas besoin, ou alors nous n'avons pas eu la chance d'intercepter un rayon.

» Bref, il y a là en bas une civilisation bien développée. Nous avons vu les lumières de leurs villes, ou de leurs villages, dès que nous avons pu avoir un bon aperçu de la face plongée dans la nuit. Il y a beaucoup de petites industries, un peu de trafic côtier, pas de gros navires, et nous avons même repéré deux avions volant à cinq cents klicks au moins, ce qui leur permettrait d'aller n'importe où en un quart d'heure.

» Manifestement, ils n'ont pas besoin de beaucoup de transports aériens, dans une communauté aussi compacte, et ils ont un bon système routier. Mais nous n'avons toujours pas pu détecter la moindre communication. Pas de satellites non plus, pas même météorologiques, et pourtant, ils devraient en avoir besoin, semble-t-il... mais après tout, peut-être pas, puisque leurs bateaux ne perdent probablement jamais les côtes de vue. Il n'y a tout simplement pas d'autres terres où aller.

» Donc, nous y voilà. C'est une situation intéressante, et une très agréable surprise. Du moins, je l'espère. Alors, y a-t-il des questions ? Oui, monsieur Lorenson ?

— Avons-nous essayé de les contacter, capitaine ?

— Pas encore. Nous avons pensé que ce n'était pas souhaitable, tant que nous ne connaissons pas leur niveau de culture. Quoi que nous fassions, ce sera sans doute un choc considérable.

— Est-ce qu'ils savent que nous sommes ici ?

— Probablement pas.

— Mais sûrement... Notre descente... Ils ont bien dû voir ça !

C'était une question raisonnable puisqu'un ram-jet quantique à pleine puissance était un des spectacles les plus extraordinaires jamais conçus par l'homme. C'était aussi flamboyant qu'une bombe atomique et durait bien plus longtemps, des mois au lieu de millièmes de seconde.

— C'est possible, mais j'en doute. Nous étions de l'autre côté du soleil quand nous avons freiné. Ils n'auraient pas pu nous voir dans l'éblouissement.

Quelqu'un posa alors la question à laquelle tout le monde pensait :

— Capitaine, comment cela va-t-il affecter notre mission ?

Sirdar Bey contempla l'interrupteur d'un air pensif.

— À ce stade, il est encore impossible de le savoir. Plusieurs centaines de milliers d'humains, ou quelle que soit leur population, pourraient bien nous faciliter les choses. Ou les rendre au moins plus plaisantes. D'autre part, si nous ne leur plaisons pas...

Le capitaine fit un geste d'ignorance expressif.

— Je viens de me rappeler un petit conseil qu'un

vieil explorateur avait donné à l'un de ses collègues. Si l'on suppose que les indigènes sont amicaux, ils le sont généralement. Et vice versa. Par conséquent, jusqu'à preuve du contraire, nous devons supposer qu'ils sont amicaux. Et s'ils ne le sont pas...

L'expression du capitaine s'assombrit et sa voix devint celle d'un commandant qui venait de piloter un grand vaisseau à travers cinquante années-lumière d'espace.

— Je n'ai jamais prétendu que la force prime le droit, mais il est toujours bien réconfortant de l'avoir.

7

Les seigneurs des derniers jours

Il avait du mal à croire qu'il était bel et bien réveillé et que la vie pouvait recommencer.

Le capitaine de corvette Loren Lorenson savait que jamais il ne pourrait complètement échapper au drame qui avait assombri plus de quarante générations et avait atteint son apogée au cours de sa propre vie. Tout au long de sa première nouvelle journée, il avait éprouvé une peur constante. Même la promesse et le mystère de la belle planète-océan en suspens, là, sous le *Magellan,* ne réussissaient à chasser son inquiétude : quels rêves vais-je faire quand je fermerai les yeux ce soir pour mon premier sommeil *naturel* en deux cents ans ?

Il avait été témoin de scènes que personne ne pourrait jamais oublier et qui hanteraient l'humanité jusqu'à la fin des temps. Par les télescopes du vaisseau, il avait assisté à la mort du système solaire. De ses propres yeux, il avait vu les volcans de Mars entrer en éruption pour la première fois en un milliard d'années ; Vénus brièvement nue alors que son atmosphère se désintégrait dans l'espace avant qu'elle soit consumée ; les géants gazeux explosant en boules de feu incandescentes. Mais ces spectacles étaient dénués de sens, sans importance, comparés à la tragédie de la Terre.

Cela aussi, il l'avait observé grâce aux objectifs des caméras qui avaient survécu quelques minutes aux hommes dévoués qui avaient sacrifié à leur installation les derniers moments de leur vie. Il avait vu...

... la Grande Pyramide rougeoyer sombrement avant de s'effondrer dans une mare de pierres en fusion...

... le fond de l'Atlantique cuit et durci jusqu'à prendre la consistance de la roche avant d'être de nouveau submergé par la lave jaillissant des volcans de la grande crevasse du milieu de l'océan...

... la Lune se levant au-dessus des forêts en feu du Brésil et scintillant elle-même avec presque autant d'éclat que le Soleil à son dernier couchant, quelques minutes plus tôt...

... le continent antarctique émergeant un instant après son long ensevelissement tandis que des kilomètres d'épaisseur de glaces fondaient...

... le formidable tablier central du pont de Gibraltar coulant en fusion et tombant dans l'air brûlant...

Au cours de ce dernier siècle, la Terre était hantée par des spectres, pas les fantômes des morts mais ceux de tous les êtres qui ne naîtraient jamais. Depuis cinq cents ans, la démographie sévèrement contrôlée avait été maintenue à un niveau qui devait limiter la population humaine à quelques millions d'âmes quand la fin arriverait. Des villes entières — et même des nations — étaient abandonnées alors que l'humanité se serrait les coudes et se rassemblait pour le dernier acte de l'Histoire.

Ce fut une époque de singuliers paradoxes, de folles oscillations entre le désespoir et l'exaltation fébrile. Beaucoup de gens, naturellement, cherchaient l'oubli dans les voies traditionnelles de la drogue, du sexe et des sports dangereux ainsi que dans de véritables petites guerres, soigneusement arbitrées et livrées avec des armes convenues. Tout le spectre de la catharsis électronique était également fort populaire, allant des interminables jeux vidéo jusqu'aux psychodrames et à la stimulation directe des centres de plaisir du cerveau.

Comme il n'y avait plus aucune raison de s'inquiéter de l'avenir sur cette planète, les ressources et l'accumulation de richesses de toutes les ères de la Terre étaient gaspillées sans scrupules. Pour ce qui était des biens matériels, tous les hommes étaient milliardaires, riches au-delà des rêves les plus fous de leurs ancêtres, dont ils avaient hérité les fruits du labeur. Ils s'appelaient eux-mêmes, ironiquement mais non sans fierté, les Seigneurs des Derniers Jours.

Malgré tout, même si des myriades recherchaient l'oubli, plus nombreux encore étaient ceux qui trouvaient leur satisfaction, comme les hommes l'avaient toujours fait, en travaillant pour atteindre des buts dépassant leur propre espérance de vie. La recherche scientifique continuait, en utilisant les immenses ressources à présent libérées. Si un physicien avait besoin de cent tonnes d'or pour une expérience, ce n'était qu'un problème de logistique mineur, pas une difficulté budgétaire.

Trois thèmes dominaient. Le premier était la surveillance constante du Soleil, pas parce qu'il subsistait un doute sur son explosion prochaine mais pour en prédire le moment à l'année, au jour et à l'heure près...

En deuxième lieu venait la recherche d'intelligence extraterrestre, négligée après des siècles d'échec ; elle reprenait maintenant avec une urgence désespérée mais sans davantage de succès, même à la fin. À toutes les questions de l'Homme, l'Univers donnait toujours une réponse floue et poussiéreuse.

Troisièmement, enfin, il y avait l'ensemencement des étoiles voisines, dans l'espoir que la race humaine ne périsse pas en même temps que le Soleil.

À l'aube du dernier siècle, des vaisseaux-semeurs d'une vitesse et d'une complexité sans cesse surpassées avaient été lancés vers plus de cinquante objectifs. La plupart de ces missions avaient échoué, comme on s'y attendait, mais dix avaient renvoyé par radio des nouvelles d'un succès au moins partiel. On plaçait de plus grands espoirs encore dans les derniers modèles, les plus avancés, mais qui n'atteindraient leurs buts lointains que longtemps après que la Terre aurait cessé d'exister. Le tout dernier à être lancé était capable de croiser à un vingtième de la vitesse de la lumière et devait atterrir sur une planète neuf cent cinquante ans plus tard... si tout se passait bien.

Loren se rappelait encore le lancement de l'*Excalibur* de son berceau de construction au point Lagrange, entre la Terre et la Lune. Il n'avait alors que cinq ans, mais il savait quand même que ce vaisseau-semeur serait le dernier de son espèce. Mais *la raison* pour laquelle ce programme vieux de plusieurs siècles avait été annulé juste au moment où il atteignait sa maturité technologique, il était encore trop petit pour la comprendre. Pas plus qu'il ne pouvait deviner que sa propre vie serait changée par l'étonnante découverte qui avait complètement transformé la situation et apporté à l'humanité un nouvel espoir dans les toutes dernières décennies de l'histoire terrestre.

En dépit des innombrables études théoriques, personne n'avait pu rendre plausible le cas d'un vol spatial *habité,* même vers l'étoile la plus rapprochée. Le facteur décisif n'était pas la durée d'un tel voyage, d'un siècle ou plus ; l'hibernation pouvait résoudre ce problème. Un singe rhésus dormait dans l'hôpital satellite Louis-Pasteur depuis près de mille ans et présentait toujours une activité cérébrale parfaitement normale. Il n'y avait aucune raison de supposer que les êtres humains ne pourraient pas en faire autant, même si le record, détenu par un malade souffrant d'une forme de cancer particulièrement déroutante, était de moins de deux siècles.

Le problème biologique ayant été résolu, c'était l'obstacle mécanique qui paraissait ensuite insurmontable. Un vaisseau capable de transporter des milliers de passagers endormis et tout ce qu'il leur fallait pour commencer une nouvelle vie sur un autre monde devrait être aussi spacieux que les anciens grands paquebots qui avaient jadis sillonné les océans de la Terre.

Ce serait assez facile de construire un tel vaisseau au-delà de l'orbite de Mars, en utilisant les abondantes ressources de la ceinture d'astéroïdes. Mais il était impossible de concevoir des moteurs pouvant le propulser jusque dans les étoiles, dans un laps de temps raisonnable.

Même à un dixième de la vitesse de la lumière, tous les objectifs les plus prometteurs étaient à plus de quatre cents ans de distance. Cette vitesse avait été atteinte par des sondes robots qui fonçaient dans les systèmes stellaires voisins et transmettaient par radio leurs observations durant les quelques heures frénétiques du transit. Mais elles étaient incapables de ralentir pour un rendez-vous ou un atterrissage ; sauf accident, elles continueraient de voler à toute vitesse à travers la galaxie, pour l'éternité.

C'était le problème fondamental des fusées, et personne n'avait jamais découvert un autre engin pour la propulsion en espace profond. C'était tout aussi difficile de perdre de la vitesse que de l'acquérir et le transport du carburant propulseur nécessaire à la décélération ne doublait pas simplement la difficulté d'une mission, il l'élevait *au carré*.

Un hiber-vaisseau complet pouvait certes être construit pour atteindre un dixième de la vitesse de la lumière. Il exigerait environ un million de tonnes d'éléments quelque peu exotiques pour la propulsion ; c'était difficile mais pas impossible.

Mais afin de réduire cette vitesse à la fin du voyage, le vaisseau devait partir non plus avec un million de tonnes de propulseur mais avec un inconcevable million de millions de tonnes ! Et cela, naturellement, était tellement hors de question que pendant des siècles personne n'y avait sérieusement réfléchi.

Ce fut alors que, par une des plus grandes ironies de l'Histoire, l'humanité se vit offrir les clefs de l'Univers... avec un siècle à peine pour les utiliser.

8

À la recherche de l'amour perdu

Comme je suis heureux, pensait Moïse Kaldor, de n'avoir jamais succombé à cette tentation, à cet attrait séducteur que l'art et la technologie ont donnés à l'humanité il y a plus de mille ans. Si je l'avais voulu, j'aurais pu emmener avec moi en exil le fantôme électronique d'Evelyn, emprisonné dans quelques gigabytes de programmation. Elle me serait apparue, dans un des lieux que nous avons tous deux aimés, et aurait soutenu une conversation d'une manière si parfaitement convaincante qu'un étranger n'aurait jamais pu deviner que personne — *rien* — n'était réellement là.

Mais je l'aurais su, moi, au bout de cinq ou dix minutes à moins de m'abuser par un effort de volonté. Et cela, je ne réussirai jamais à le faire. Tout en ignorant encore pourquoi mon instinct s'y oppose, j'ai toujours refusé d'accepter la fausse consolation d'un dialogue avec les morts. Je ne possède même pas, aujourd'hui, un enregistrement de sa voix.

C'est bien mieux ainsi, de la regarder se déplacer en silence dans le petit jardin de notre dernier foyer, en sachant que ce n'est pas une illusion de fabricants d'images mais que cela s'est *vraiment* passé sur Terre, il y a deux cents ans.

Et la seule voix sera la mienne, ici, maintenant, parlant au souvenir qui existe toujours dans mon cerveau humain vivant.

Enregistrement privé. Brouilleur alpha. Programme auto-effaceur.

Tu avais raison, Evelyn, et j'avais tort. Même si je suis le plus vieil homme du bord, il me semble que je peux encore être utile.

Quand je me suis réveillé, le capitaine Bey était à côté de moi. J'ai été flatté... dès que j'ai pu ressentir quoi que ce soit.

— Eh bien, capitaine, ai-je dit, en voilà une surprise. Je m'attendais presque à ce que vous me larguiez dans l'espace comme une masse inutile.

Il a ri et m'a répondu :

— Cela pourrait encore arriver, Moïse ; le voyage n'est pas encore terminé. Mais nous avons certainement besoin de vous maintenant. Les organisateurs de la Mission ont été plus habiles que vous ne le pensiez.

— Ils m'ont inscrit sur le manifeste du bord comme, je cite, ambassadeur-conseiller, fin de citation. Dans laquelle de ces fonctions puis-je être utile ?

— Les deux, probablement. Et peut-être aussi dans votre rôle mieux connu de...

— N'hésitez pas, si vous voulez dire meneur de croisade, même si je n'ai jamais aimé cette appellation et ne me suis jamais considéré comme le chef d'aucun mouvement. J'ai simplement essayé d'amener les gens à penser par eux-mêmes. Je n'ai jamais voulu être suivi aveuglément. L'Histoire a connu trop de chefs.

— Oui, mais tous n'ont pas été mauvais. Pensez à celui dont vous portez le nom.

— Bien surestimé, encore que je comprenne que vous l'admiriez. Après tout, vous aussi vous avez pour mission de conduire des tribus sans patrie vers une terre promise. Je suppose qu'un petit problème s'est posé ?

Le capitaine a souri.

— Je suis heureux de voir que vous êtes tout à fait éveillé. À ce stade, ce n'est même pas un problème et il n'y a pas de raison que cela en devienne un. Mais personne ne s'attendait à la situation qui se présente et vous êtes notre diplomate officiel. Vous possédez l'unique talent dont nous pensions ne jamais avoir besoin.

Permets-moi de te dire, Evelyn, que cela m'a causé un choc. Le capitaine Bey a dû fort bien deviner mes pensées quand il m'a vu rester bouche bée.

— Oh, a-t-il dit vivement, nous n'avons pas rencontré de créatures étrangères ! Mais il apparaît que la colonie humaine de Thalassa n'a pas été détruite comme nous l'imaginions. En fait, elle prospère très bien.

C'était, naturellement, une autre surprise, mais tout à fait agréable celle-là. Thalassa — la Mer, la Mer ! — était un monde que je n'avais jamais espéré voir de mes yeux. À mon réveil, il aurait dû être à des années-lumière et des siècles derrière moi.

— Comment sont ces gens ? Avez-vous pris contact avec eux ?

— Pas encore. C'est votre travail. Vous connaissez mieux que personne les erreurs que nous avons commises dans le passé. Nous ne voulons pas les répéter ici. Alors, si vous êtes prêt à monter sur le pont, je vous offrirai une vue à vol d'oiseau de nos cousins perdus depuis longtemps.

Cela se passait il y a une semaine, Evelyn ; quel plaisir de ne plus être pressé par le temps, après des décennies de dates limites impossibles à repousser et cela, au sens littéral du terme ! Maintenant, nous en savons aussi long que nous pouvons l'espérer sur les Thalassans, sans les avoir encore rencontrés face à face. Ce que nous ferons ce soir.

Nous avons choisi un terrain commun pour montrer que nous reconnaissons notre parenté. Le site de leur premier contact est nettement visible et a été bien conservé et entretenu, comme un parc ou peut-être un sanctuaire. C'est un très bon signe ; j'espère seulement que notre atterrissage ne sera pas considéré comme un sacrilège. Peut-être confirmera-t-il que nous sommes des dieux, ce qui nous faciliterait les choses. Si les Thalassans ont inventé les dieux... et cela, c'est une chose que je veux découvrir.

Je commence à revivre, ma chérie. Oui, oui, tu étais plus sage que moi, moi, le prétendu philosophe ! Aucun homme n'a le droit de mourir quand il peut encore aider son prochain. J'étais égoïste de le souhaiter... d'espérer reposer éternellement auprès de toi dans le lieu que nous avons choisi il y a si longtemps... si loin. Maintenant, je peux même accepter le fait que tu sois dispersée dans tout le système solaire, avec tout ce que j'ai jamais aimé sur la Terre.

Mais à présent, il y a un travail à accomplir et pendant que je parle à ton souvenir, tu es encore en vie.

9

La recherche du superespace

Entre tous les coups psychologiques que les savants du XXe siècle eurent à subir, le plus dévastateur — et le plus inattendu — fut sans doute la découverte que rien n'était aussi encombré que le « vide » de l'espace.

La vieille doctrine aristotélicienne selon laquelle la nature a horreur du vide était absolument vraie. Même quand tous les atomes de matière apparemment solide sont retirés d'un volume donné, ce qui reste est un enfer grouillant d'énergies d'une intensité et d'une ampleur inconcevables par l'esprit humain. Comparativement, même la forme de matière la plus condensée — les cent millions au centimètre cube d'une étoile de neutron — n'est qu'un fantôme impalpable, une perturbation à peine perceptible dans la structure mousseuse mais inimaginablement dense du « superespace ».

Le fait qu'il y avait beaucoup plus de choses dans l'espace que le suggérait l'intuition naïve fut d'abord révélé par les travaux classiques de Lamb et Rutherford en 1947. En étudiant le plus simple des éléments — l'atome d'hydrogène — ils découvrirent qu'il se passait quelque chose de très bizarre quand l'électron solitaire tournait autour du noyau. Loin de décrire un cercle continu, il se comportait comme s'il était constamment secoué par des vagues incessantes à une échelle sousmicroscopique. Aussi difficile qu'il soit de saisir ce concept, il y avait des fluctuations *dans le vide même.*

Depuis l'antiquité grecque, les philosophes ont été divisés en deux écoles : ceux qui croyaient que les opérations de la Nature s'accomplissaient sans heurts et ceux qui prétendaient que c'était une illusion, que tout se passait en réalité par secousses et bonds discrets, trop petits pour être perçus dans la vie quotidienne. L'établissement de la théorie atomique fut un triomphe pour la seconde école de pensée et quand la théorie des quanta de Planck démontra que même la lumière et l'énergie arrivent par petits paquets et non en flots continus, cela mit fin à la discussion.

En ultime analyse, le monde de la Nature était granuleux, discontinu. Même si, à l'œil nu, une cascade et une chute de briques paraissent très différentes, elles sont en réalité semblables. Les minuscules « briques » de H_2O sont trop petites pour être perçues à l'œil nu mais peuvent facilement être discernées par les instruments des physiciens.

Ensuite, l'analyse fut poussée un peu plus loin. Ce qui rendait la granularité de l'espace si dure à envisager ce n'était pas seulement son échelle sous-microscopique mais sa *violence* pure.

Personne ne pouvait réellement imaginer un millionième de centimètre mais au moins le nombre en soi — mille milliers — était familier, dans certaines affaires humaines comme les budgets et les statistiques démographiques. Dire qu'il faudrait un million de virus pour franchir la distance d'un centimètre, cela évoquait quand même quelque chose.

Mais un millionième *de millionième* de centimètre ? C'était comparable à la taille de l'électron et déjà bien au-delà de la perception visuelle. Le chiffre pouvait encore être saisi intellectuellement, peut-être, mais pas émotionnellement.

Et pourtant, l'échelle des événements dans la structure de l'espèce était incroyablement plus petite que cela, au point que, par comparaison, une fourmi et un éléphant seraient virtuellement de la même taille. Si l'on imaginait l'espace comme une masse bouillonnante mousseuse (comparaison désespérément trompeuse et pourtant la meilleure approximation de la vérité), alors ces bulles auraient un diamètre de...

... un millième de millionième de millionième de millionième de millionième de millionième...

... de centimètre.

Et maintenant, imaginez-les en train d'exploser continuellement en dégageant une énergie comparable à celle de la bombe atomique, et puis réabsorbant cette énergie pour la recracher, et ainsi pour les siècles des siècles.

Voilà, sous une forme exagérément simplifiée, l'image que certains physiciens de la fin du xxe siècle avaient développée de la structure fondamentale de l'espace. Il avait dû paraître complètement ridicule, à l'époque, de croire que ces énergies intrinsèques puissent être captées.

Tout comme l'avait été, une génération plus tôt, l'idée de libérer les forces récemment découvertes du noyau atomique ; et pourtant, cela était arrivé en moins d'un demi-siècle. Mais domestiquer les « fluctuations des quanta » contenant les énergies de l'espace en soi, c'était une tâche infiniment plus difficile et, en conséquence, le résultat escompté plus précieux.

Cela donnerait à l'humanité, entre autres choses, la liberté dans l'univers. Un vaisseau spatial pourrait accélérer éternellement, puisqu'il n'aurait plus besoin de carburant. La seule limite pratique à la vitesse serait paradoxalement la même pierre d'achoppement que pour les premiers aéronefs : la friction de l'élément environnant. L'espace entre les étoiles contenait des quantités appréciables d'hydrogène et d'autres atomes, qui provoqueraient des ennuis bien avant que l'on atteigne l'ultime limite imposée par la vitesse de la lumière.

La poussée quantique aurait pu être développée à n'importe quel moment, après 2 500, et l'histoire de la race humaine aurait alors été très différente. Malheureusement — comme cela s'était passé bien souvent dans l'avance en zigzag de la science —, des observations et des théories erronées retardèrent la percée finale de près de mille ans.

Les siècles fébriles des Derniers Jours produisirent beaucoup d'œuvres d'art remarquables — bien que décadentes — mais peu de connaissances fondamentales nouvelles. De plus, la longue suite d'échecs avait alors convaincu presque tout le monde que l'utilisation des énergies de l'espace était, comme le mouvement perpétuel, impossible en théorie et encore plus dans la pratique. Cependant — contrairement au mouvement perpétuel — cela n'avait pas encore été *prouvé* et tant que ce ne serait pas démontré sans l'ombre d'un doute, il resterait encore de l'espoir.

Cent cinquante ans seulement avant la fin, un groupe de physiciens du satellite de recherche à gravité zéro Lagrange Un annonça qu'on avait enfin trouvé l'argument définitif : il y avait des raisons fondamentales pour que l'on ne puisse jamais puiser aux immenses sources d'énergie du superespace, bien qu'elles fussent assez réelles. Personne ne s'intéressa le moins du monde à ce petit époussetage d'un coin obscur de la science.

Un an plus tard, un toussotement embarrassé parvint de Lagrange Un. Une légère erreur avait été découverte dans la démonstration. C'était le genre de choses qui s'était assez souvent produit, dans le passé, mais jamais avec des conséquences aussi redoutables.

Un signe moins avait été accidentellement converti en signe plus.

Instantanément, le monde entier changea. La route des étoiles s'ouvrait... cinq minutes avant minuit.

III

L'ÎLE DU SUD

10

Le premier contact

Peut-être aurais-je dû l'annoncer avec plus de ménagements, se dit Moïse Kaldor. Ils paraissaient tous en état de choc. Mais cela, en soi, était très instructif ; même si ces gens étaient technologiquement attardés (regardez un peu cette voiture !), ils devaient comprendre que seul un miracle de technique avait pu nous amener de la Terre à Thalassa. Ils se demanderont d'abord comment nous avons fait et ensuite, ils s'interrogeront sur le *pourquoi*.

Ce fut d'ailleurs la toute première question qui était venue à l'esprit du maire Waldron. Ces deux hommes dans un minuscule engin n'étaient manifestement que l'avant-garde. Là-haut sur orbite, ils devaient être des milliers, peut-être des millions. Et la population de Thalassa, grâce à une stricte réglementation, était déjà à 90 % de l'optimum écologique...

— Je m'appelle Moïse Kaldor, dit le plus âgé des deux visiteurs. Et voici le capitaine de corvette Loren Lorenson, chef mécanicien adjoint du vaisseau stellaire *Magellan*. Nous devons vous prier d'excuser ces combinaisons bulles, mais elles sont nécessaires à notre protection mutuelle. Nous venons en amis mais il se peut que nos bactéries aient des idées différentes.

Quelle belle voix, pensait le maire Waldron, ce qui était parfaitement justifié. Jadis, cette voix avait été la plus connue du monde alors qu'elle consolait, ou provoquait parfois, des millions d'individus dans les décennies précédant la Fin.

L'œil notoirement baladeur du maire ne s'attarda pourtant pas sur Moïse Kaldor ; il avait visiblement bien plus de soixante ans, trop vieux pour elle. L'autre, le plus jeune, lui plaisait davantage mais elle se demandait si elle pourrait jamais s'habituer à cette horrible pâleur. Loren Lorenson (quel nom charmant !) mesurait près de deux mètres et avait des cheveux si blonds qu'ils paraissaient presque argentés. Il n'était pas aussi costaud que... eh bien, Brant, mais il était indiscutablement plus beau.

Madame le maire savait fort bien juger les hommes et les femmes et elle classa très rapidement Lorenson. Il y avait là de l'intelligence, de la résolution, peut-être même un certain manque de scrupules ; elle n'aurait pas aimé l'avoir comme ennemi mais comme ami, il l'intéresserait beaucoup. Ou mieux encore comme...

En même temps, elle était sûre que Kaldor était quelqu'un de beaucoup plus agréable. Dans son expression, dans sa voix, elle discernait déjà de la sagesse, de la compassion et aussi une profonde tristesse. Ce qui n'était pas étonnant, compte tenu de l'ombre sous laquelle il avait dû passer toute sa vie.

Tous les autres membres du comité d'accueil s'étaient maintenant approchés ; ils furent présentés à tour de rôle. Brant, après la plus brève des politesses, alla droit à l'avion et l'examina d'un bout à l'autre.

Loren le suivit ; il reconnaissait un collègue ingénieur et comptait apprendre beaucoup à travers les réactions du Thalassan. Il devina, correctement, quelle serait la première question de Brant. Malgré tout, il fut pris de court.

— Quel est le système de propulsion ? Ces orifices de réacteurs sont ridiculement petits, si c'est bien de cela qu'il s'agit.

C'était une observation très pertinente ; ces gens n'étaient pas les sauvages technologiques dont ils avaient l'air à première vue. Mais il ne fallait surtout pas laisser voir qu'il était impressionné. Mieux valait contre-attaquer et lui balancer le paquet entre les deux yeux.

— C'est un stratoréacteur quantique allégé, adapté pour le vol atmosphérique, utilisant l'air comme carburant. Il puise dans les fluctuations de Planck, vous savez, dix à la puissance moins trente-trois centimètres. Alors, naturellement, il a un rayon d'action infini, dans l'air ou dans l'espace.

Loren était assez content de ce « naturellement ».

Une fois encore, il dut tirer son chapeau à Brant ; le Lassan cligna à peine des yeux et réussit même à dire, comme s'il le pensait vraiment :

— Très intéressant. Je peux monter ?

Loren hésita. Ce serait discourtois de refuser et, après tout, ils tenaient à devenir amis le plus vite possible. Et puis, ce qui était peut-être plus important, ça montrerait exactement qui avait la maîtrise, ici.

— Bien sûr, répondit-il. Mais prenez garde de ne toucher à rien.

Brant était beaucoup trop intéressé pour remarquer l'absence d'un « s'il vous plaît ».

Loren le précéda dans le petit sas de l'avion spatial. Il y avait juste assez de place pour eux deux et il fallut une gymnastique compliquée pour enfermer Brant dans la combinaison bulle de secours.

— J'espère que ce ne sera pas longtemps nécessaire, expliqua Loren, mais nous devons les porter jusqu'à ce que les examens microbiologiques soient complets. Fermez les yeux pendant que nous passons par le cycle de stérilisation.

Brant perçut une vague lueur violette et un bref sifflement de gaz. Puis la porte intérieure s'ouvrit et ils entrèrent dans le poste de contrôle.

Ils s'assirent côte à côte et la pellicule résistante mais à peine visible qui les enveloppait se plia à leurs mouvements sans trop les gêner. Elle les séparait pourtant aussi efficacement que s'ils étaient dans des mondes différents, ce qui était en quelque sorte le cas.

Brant apprenait vite, Loren dut se l'avouer. En quelques heures, il serait capable de manier cet engin, même s'il ne pouvait pas en saisir la théorie. D'ailleurs, la légende disait que seule une poignée d'hommes avaient jamais pu comprendre réellement la géodynamique du super-espace, et ils étaient morts depuis des siècles.

Ils engagèrent aussitôt une conversation technique qui les absorba tellement qu'ils en oublièrent presque le monde extérieur. Soudain, une voix légèrement inquiète demanda, près du tableau de commandes :

— Loren ? Ici le vaisseau. Qu'est-ce qui se passe ? Nous n'avons rien reçu de vous depuis une demi-heure.

Loren toucha nonchalamment une manette.

— Comme vous nous observez sur six canaux vidéo et cinq audio, c'est une petite exagération, répondit-il en espérant que Brant captait le message : « Nous sommes tout à fait maîtres de la situation et nous ne prenons rien pour argent comptant. » Écoutez Moïse. Il n'y a que lui qui parle, comme d'habitude.

Par les hublots convexes, ils voyaient que Kaldor et le maire étaient toujours en grande discussion, avec le conseiller Simmons qui mettait son grain de sel de temps en temps.

Loren abaissa une autre manette et leurs voix amplifiées emplirent soudain la cabine, bien plus fortes que s'ils avaient été là, à côté d'eux.

— ... notre hospitalité. Mais vous vous rendez certainement compte que ce monde est très petit, pour ce qui est de la superficie de la terre ferme. Combien dites-vous qu'il y a de personnes à bord de votre vaisseau ?

— Je ne crois pas avoir cité de chiffre, madame le maire. De toute façon, nous serons très peu nombreux à descendre sur Thalassa, si belle qu'elle soit. Je comprends parfaitement votre — euh — souci, mais ne vous inquiétez pas. Dans un an ou deux, si tout va bien, nous repartirons.

» Cependant, ce n'est pas une visite mondaine. Nous ne nous sommes jamais attendus à trouver quelqu'un ici, après tout ! Mais un vaisseau spatial n'atteint pas la moitié de la vitesse de la lumière sans avoir une très bonne raison de le faire. Vous possédez quelque chose dont nous avons besoin, et nous avons aussi quelque chose à vous donner.

— Quoi donc, si je puis me permettre de le demander ?

— De notre part, si vous les acceptez, les derniers siècles d'art et de science humains. Mais je dois vous avertir : réfléchissez à l'effet qu'un tel cadeau peut produire sur votre culture. Ce ne serait peut-être pas prudent d'accepter tout ce que nous pouvons offrir.

— J'apprécie votre franchise et votre compréhension. Vous devez détenir des trésors inestimables. Que nous est-il possible de vous offrir en échange ?

Kaldor éclata d'un beau rire sonore.

— Heureusement, cela ne pose aucun problème.

Vous ne le remarqueriez même pas, si nous le prenions sans demander quoi que ce soit. Tout ce que nous voulons de Thalassa, c'est cent mille tonnes d'eau. Ou, pour être plus précis, de *glace.*

11

La délégation

Le Président de Thalassa n'était en fonction que depuis deux mois et ne s'était pas encore résigné à son infortune. Mais il n'y pouvait rien, sinon faire contre mauvaise fortune bon cœur et tirer le meilleur parti d'un sale travail pendant les trois ans de son mandat. Il était inutile d'exiger qu'on recompte ; le programme de sélection, comportant la production et l'intercalage de nombres de mille chiffres pris au hasard, était ce que l'ingéniosité humaine pouvait trouver de plus proche de la chance pure.

Il y avait exactement cinq manières d'éviter le danger d'être traîné au palais présidentiel (vingt pièces, dont une salle assez grande pour contenir une centaine de personnes) : avoir moins de trente ou plus de soixante-dix ans ; souffrir d'une maladie incurable ; être mentalement déficient ou avoir commis un crime grave. La seule option offerte au président Edgar Farradine était la dernière, et il y avait même réfléchi sérieusement.

Toutefois, il devait reconnaître qu'en dépit des inconvénients personnels que cela lui causait, c'était probablement la meilleure forme de gouvernement jamais imaginée par l'humanité. La planète mère avait mis quelque dix mille ans à la perfectionner, à tâtons et en commettant parfois de hideuses erreurs.

Dès que toute la population adulte avait été éduquée jusqu'aux limites de ses facultés intellectuelles (et parfois, hélas ! au-delà), l'authentique démocratie était devenue possible. La dernière phase exigeait le développement des communications personnelles instantanées, en liaison avec des ordinateurs centraux. Selon les historiens, la première véritable démocratie de la Terre avait été établie en l'an (terrestre) 2011 dans un pays appelé la Nouvelle-Zélande.

Ensuite, la sélection d'un chef d'État était relativement peu importante. Une fois qu'il fut universellement reconnu que quiconque ayant *délibérément* visé cette fonction serait automatiquement disqualifié, presque n'importe quel système aurait fonctionné aussi bien et la loterie était la procédure la plus simple.

— Monsieur le Président, annonça la secrétaire du Cabinet, les visiteurs attendent dans la bibliothèque.

— Merci, Lisa. Et sans leur costume bulle ?

— Oui. Toutes les personnalités médicales sont d'accord, il n'y a aucun danger. Mais je dois vous avertir, Monsieur le Président. Ils... eh bien, ils sentent drôle.

— Krakan ! De quelle manière ?

La secrétaire sourit.

— Oh, ce n'est pas désagréable, du moins je ne trouve pas. Ça doit venir de ce qu'ils mangent. Au bout de mille ans, nos biochimics ont sans doute divergé. Je crois que le meilleur mot pour décrire l'odeur serait « aromatique ».

Le Président ne savait pas trop ce que ça voulait

dire et il y réfléchissait quand une pensée inquiétante lui vint.

— Et à votre avis, quelle odeur avons-nous, pour *eux* ?

À son grand soulagement, ses cinq invités ne présentèrent aucun signe évident de détresse olfactive, quand ils lui furent présentés à tour de rôle. Mais la secrétaire Elizabeth Ishihara avait eu bien raison de l'avertir ; il savait maintenant exactement ce qu' « aromatique » signifiait. Elle avait raison aussi de dire que ce n'était pas désagréable ; cette odeur lui rappelait même les épices que sa femme employait, quand c'était à son tour de faire la cuisine au palais.

En s'asseyant à l'arrondi de la table de conférence en fer à cheval, le Président de Thalassa se surprit à méditer ironiquement sur le Hasard et le Destin, deux sujets dont il ne s'était jamais beaucoup occupé dans le passé. Mais le Hasard, sous sa forme la plus pure, l'avait placé dans sa situation actuelle. À présent ce Hasard — ou son frère le Destin — frappait à nouveau. Comme il était singulier que *lui,* fabricant sans ambitions d'articles de sport, ait été choisi pour présider cette rencontre historique ! Pourtant, quelqu'un devait bien s'en charger et il reconnaissait qu'il commençait à s'amuser. En tout cas, personne ne pourrait l'empêcher de prononcer son discours de bienvenue.

C'était d'ailleurs un très bon discours, peut-être un peu trop long, même pour une telle occasion. Vers la fin, il s'aperçut que l'expression polie et attentive de ses auditeurs commençait à s'égarer un peu, alors il supprima quelques statistiques sur la productivité et sauta tout le passage sur la nouvelle centrale énergétique de l'île du Sud. Quand il se rassit, il était satisfait, certain d'avoir brossé le tableau d'une société vigoureuse, progressive, atteignant un haut niveau technologique. Même si, au premier coup d'œil, on pouvait s'y tromper, Thalassa n'était ni attardée ni décadente et respectait encore les plus belles traditions de ses grands ancêtres. Et cetera.

— Merci beaucoup, Monsieur le Président, dit alors le capitaine Bey. Ce fut pour nous, certes, une heureuse surprise de découvrir que Thalassa n'était pas seulement habitée mais florissante. Cela rendra notre séjour ici d'autant plus plaisant et nous espérons repartir en ne laissant que des amis.

— Pardonnez-moi d'être si abrupt — cela peut même paraître grossier de poser la question dès l'arrivée d'invités —, mais combien de temps comptez-vous rester ici ? Nous aimerions le savoir dès que possible, afin de prendre toutes les dispositions nécessaires.

— Je comprends très bien, Monsieur le Président. À ce stade, nous ne pouvons être très précis, parce que cela dépend en grande partie de l'aide que vous nous apporterez. En principe, je dirais au moins une de vos années, peut-être plutôt deux.

Edgar Farradine, comme tous les Lassans, dissimulait mal ses émotions et le capitaine Bey fut alarmé par son expression soudain joyeuse, et même rusée.

— J'espère, Votre Excellence, que cela ne posera pas de problèmes ? demanda-t-il avec anxiété.

— Au contraire ! répliqua le Président en se retenant de se frotter les mains. Vous ne le savez peut-être pas, mais nos deux centièmes Jeux Olympiques auront lieu dans deux ans. Quand j'étais jeune, j'ai obtenu la médaille de bronze du mille mètres, confia-t-il en toussotant avec modestie, alors j'ai été chargé de l'organisation. Un peu de concurrence de l'extérieur ne nous ferait pas de mal.

— Monsieur le Président, intervint la secrétaire du Cabinet, je ne sais pas si le règlement...

— C'est ma responsabilité, interrompit fermement le Président. Capitaine, considérez cela comme une invitation, s'il vous plaît. Ou un défi, si vous préférez.

Le commandant du vaisseau spatial *Magellan* avait l'habitude de prendre des décisions rapides, mais pour une fois, il fut totalement pris de court. Avant qu'il trouve une réponse convenable, son premier officier médecin intervint.

— C'est extrêmement aimable de votre part, Monsieur le Président, répondit le commandant Mary Newton, mais en ma qualité de médecin, je dois vous faire observer que nous avons tous plus de trente ans, que nous sommes loin d'être en pleine forme et que la gravité de Thalassa est de 6 % plus forte que celle de la Terre, ce qui nous désavantagerait énormément. Alors, à moins que vos Jeux Olympiques comprennent des épreuves d'échecs ou de jeux de cartes...

Le Président parut déçu mais se ressaisit vite.

— Ah... Enfin... Au moins, capitaine Bey, j'aimerais vous présenter quelques-uns des prix.

— J'en serais enchanté, assura le capitaine quelque peu désorienté, sentant les événements lui échapper et bien résolu à revenir à l'ordre du jour. Puis-je expliquer ce que nous venons faire ici, Monsieur le Président ?

— Certainement.

La réponse était assez indifférente. Les pensées de Son Excellence vagabondaient. Peut-être revivait-il les victoires de sa jeunesse. Finalement, avec un effort évident, il força son attention à revenir sur le présent.

— Nous sommes flattés de votre visite, mais un peu perplexes. Je ne vois pas très bien ce que notre monde peut vous offrir. On me dit qu'il a été question de glace, mais c'était sûrement une plaisanterie.

— Non, Monsieur le Président, nous sommes tout à fait sérieux. C'est tout ce que nous attendons de Thalassa, encore que, maintenant que nous avons goûté certains de vos produits alimentaires — je pense surtout aux fromages et au vin qu'on nous a servis à déjeuner —, nous puissions augmenter considérablement nos demandes. Mais la glace est essentielle ; permettez-moi de vous expliquer. Première image, s'il vous plaît.

Le vaisseau *Magellan,* long de deux mètres, flotta devant le Président. Cela paraissait si réel qu'il eut envie d'avancer la main pour le toucher et il l'aurait certainement fait s'il n'y avait pas eu de spectateurs pour observer un comportement aussi naïf.

— Vous constatez que le vaisseau est plus ou moins cylindrique, long de quatre kilomètres, large d'un. Comme notre système de propulsion puise les énergies de l'espace lui-même, il n'y a aucune limite théorique à sa rapidité, jusqu'à la vitesse de la lumière. Mais dans la pratique, nous avons eu des ennuis à environ un cinquième de cette vitesse, à cause de la poussière et des gaz interstellaires. Tout ténu qu'il soit, un objet se déplaçant à soixante mille kilomètres seconde ou plus se heurte à une étonnante quantité de choses et, à cette vitesse, même un seul atome d'hydrogène peut provoquer des dégâts.

» Par conséquent, le *Magellan,* tout comme les premiers vaisseaux spatiaux primitifs, porte à l'avant un bouclier d'ablation. Presque n'importe quelle matière fait l'affaire, du moment que nous en utilisons assez. Et à la température au-dessous de zéro qui règne entre les étoiles, il est difficile de trouver mieux que la glace. C'est bon marché, facile à travailler et étonnamment solide ! Ce cône émoussé ressemble à ce qu'était notre petit iceberg quand nous avons quitté le système solaire il y a deux cents ans. Et regardez ce qu'il est devenu !

L'image clignota et reparut. Le vaisseau était inchangé mais le cône flottant à l'avant n'était plus qu'un disque mince.

— Voilà le résultat du forage d'un trou long de cinquante années-lumière à travers ce secteur plutôt poussiéreux de la galaxie. Je suis heureux de dire que le degré d'ablation reste dans les 5 % de l'estimation, ce qui fait que nous n'avons jamais été en danger, bien que naturellement il y ait toujours la lointaine possibilité de heurter quelque chose de vraiment important. Aucun bouclier ne pourrait nous protéger contre cela, qu'il soit fait de glace ou du meilleur acier blindé. Nous sommes encore parés pour dix autres années-lumière, mais ce n'est pas suffisant. Notre destination finale est la planète Sagan Deux, encore à soixante-quinze années-lumière.

» Vous comprenez maintenant, Monsieur le Président, pourquoi nous avons fait escale à Thalassa. Nous aimerions emprunter... ou plutôt, mendier, puisque nous ne pouvons guère promettre de les rendre, cent mille tonnes d'eau environ. Nous devons fabriquer un autre iceberg, là-haut sur orbite, pour balayer la route devant nous quand nous poursuivrons notre chemin vers les étoiles.

— Mais comment diable pouvons-nous vous aider ? Techniquement, vous devez avoir des siècles d'avance sur nous.

— J'en doute, à l'exception de la poussée quantique. Le capitaine adjoint Malina pourrait peut-être donner une idée de notre projet, soumis à votre approbation, bien entendu.

— Je vous en prie.

— Tout d'abord, nous devons trouver un site pour notre usine de congélation. Il y a de nombreuses possibilités. Cela pourrait être dans n'importe quelle région isolée de vos côtes. Cela ne causera absolument aucun bouleversement écologique mais, si vous le désirez, nous pourrons l'installer dans l'île de l'Est, en espérant que le Krakan n'entrera pas en éruption avant que nous ayons fini !

» Le plan de l'usine est presque terminé, il ne nécessite plus que quelques modifications mineures pour s'adapter au site que nous choisirons. La plupart des principaux éléments peuvent commencer tout de suite la production. Ils sont tous très simples, des pompes, des systèmes de réfrigération, des échangeurs d'air, des grues, de la bonne vieille technologie du deuxième millénaire !

» Si tout se passe bien, nous devrions avoir notre première glace dans quatre-vingt-dix jours. Nous comptons fabriquer des blocs standard, pesant chacun six cents tonnes, en plaques hexagonales plates. Quelqu'un les a baptisées « flocons de neige » et le nom est resté.

» Quand la production aura commencé, nous emporterons un flocon de neige par jour. Ils seront assemblés sur orbite et imbriqués pour construire le bouclier. De la première ascension aux dernières vérifications de structure, nous devrions en avoir pour deux cent cinquante jours. Ensuite, nous serons prêts à repartir.

Quand le capitaine adjoint eut fini, le président Farradine resta un moment silencieux, le regard lointain. Puis il murmura, presque révérencieusement :

— De la glace... Je n'en ai jamais vu, sauf au fond d'un verre...

Alors qu'il serrait la main à ses visiteurs qui prenaient congé de lui, le président Farradine fit une singulière constatation. Leur odeur aromatique était maintenant à peine perceptible.

S'y était-il déjà habitué, ou avait-il perdu le sens de l'odorat ?

Bien que les deux réponses soient exactes, quand vint minuit, il n'acceptait plus que la seconde. Il se réveilla, les yeux larmoyants et le nez si bouché qu'il avait du mal à respirer.

— Qu'est-ce qu'il y a, mon chéri ? demanda anxieusement sa femme.

— Appelle le — *atchoum* — médecin. Le nôtre et aussi celui du vaisseau. Je ne crois pas qu'ils puissent y faire grand-chose, mais j'aurais — *atchoum* — deux mots à leur dire ! Et j'espère bien que tu ne l'as pas attrapé aussi !

La femme du Président voulut le rassurer mais elle fut interrompue par un éternuement.

Tous deux se dressèrent dans leur lit et se regardèrent tristement.

— Je crois qu'il fallait sept jours pour s'en remettre, dit en reniflant le Président. Mais la science médicale a pu faire des progrès, lors des derniers siècles.

Son espoir fut confirmé, mais tout juste. Grâce à des efforts héroïques et sans pertes de vies, l'épidémie fut jugulée, en six misérables jours.

Ce n'était pas un heureux début pour le premier contact entre cousins perdus dans les étoiles, depuis près de mille ans.

12

L'héritage

Nous sommes ici depuis deux semaines, Evelyn, mais cela semble moins long puisque cela ne fait que onze jours de Thalassa. Tôt ou tard, nous devrons abandonner l'ancien calendrier mais mon cœur battra toujours au rythme antique de la Terre.

Nous avons été très occupés et, dans l'ensemble agréablement. Le seul vrai problème était médical ; en dépit de toutes les précautions, nous avons interrompu la quarantaine trop tôt et environ 20 % des Lassans ont attrapé une espèce de virus. Pour nous rendre encore plus coupables, aucun de nous n'a présenté le moindre symptôme. Heureusement, personne n'est mort, mais je crains que nous ne puissions en remercier les médecins locaux. La science médicale est nettement en retard, ici ; ils ont fini par tant dépendre de systèmes automatisés qu'ils sont dépassés par tout ce qui sort de l'ordinaire.

Mais nous sommes pardonnés ; les Lassans sont de très braves gens, faciles à vivre. Ils ont eu une chance incroyable — peut-être trop — avec leur planète ; cela rend le contraste avec Sagan Deux encore plus sombre.

Leur seul véritable handicap est le manque de terres et ils ont eu la sagesse de maintenir la population bien au-dessous du maximum souhaitable. Si jamais ils étaient tentés de le dépasser, dans les archives des banlieues surpeuplées et des taudis de la Terre, ils trouveraient un terrible avertissement.

Comme c'est un peuple très beau et charmant, la tentation est grande de l'aider au lieu de le laisser développer sa propre culture à sa façon. Dans un sens, ils sont nos enfants et tous les parents ont du mal à accepter que tôt ou tard, ils doivent cesser d'intervenir.

Dans une certaine mesure, naturellement, nous ne pouvons éviter de le faire ; notre seule présence est déjà une intervention. Nous sommes des invités inattendus — mais heureusement bien accueillis — sur leur planète. Et ils n'oublient jamais que le *Magellan* est sur orbite, au-dessus de l'atmosphère, le dernier émissaire du monde de leurs ancêtres.

J'ai revisité Premier Contact — leur lieu de naissance — et j'ai fait le tour que tout Lassan fait au moins une fois dans sa vie. C'est à la fois un musée et un sanctuaire, le seul endroit de la planète où le mot « sacré » puisse s'appliquer. Rien n'a changé en sept cents ans. Le vaisseau-semeur, qui pourtant n'est plus qu'une coque vide, a l'air d'avoir atterri à l'instant. Il est entouré d'appareils silencieux, les excavatrices, les machines de construction, les usines de produits chimiques avec leurs ouvriers robots. Et, naturellement, les crèches et les écoles de la Première Génération.

Il n'y a presque pas d'archives de ces premières décennies ; peut-être est-ce volontaire. Malgré toutes les précautions et l'habileté des organisateurs, il s'est sûrement produit des accidents biologiques, éliminés sans scrupule du programme général. Et l'époque où ceux qui n'avaient pas de parents organiques cédaient la place à ceux qui en avaient a dû être fertile en traumatismes psychologiques.

Mais le drame et la tristesse des décennies de la

genèse sont maintenant passés depuis des siècles. Comme les tombes de tous les pionniers, ils ont été oubliés par les bâtisseurs de la nouvelle société.

Je serais heureux de finir mes jours ici ; il y a de quoi faire, sur Thalassa, pour toute une armée d'anthropologues, de psychologues et de chercheurs sociaux. Surtout, comme j'aimerais rencontrer quelques-uns de mes collègues morts depuis longtemps et leur faire savoir que beaucoup de nos interminables discussions ont finalement trouvé une solution !

Il est possible de créer une culture rationnelle et humaine, totalement libérée de la menace des contraintes surnaturelles. Bien qu'en principe je sois opposé à toute censure, il semble que ceux qui se sont occupés des archives de la colonie thalassane aient réussi une tâche quasi impossible. Ils ont annihilé dix mille ans d'histoire et de littérature et le résultat justifie leurs efforts. Nous devons être très prudents avant de remplacer ce qui a été perdu, si belle, si émouvante que soit une œuvre d'art.

Les Thalassans n'ont jamais été empoisonnés par les scories des religions mortes, et en sept cents ans aucun prophète n'est apparu ici pour prêcher une nouvelle foi. Le simple nom de « Dieu » a presque disparu de leur vocabulaire et ils sont très surpris — et amusés — quand nous le prononçons.

Mes amis savants aiment à répéter qu'un exemple ne fait pas une statistique, alors je me demande si l'absence totale de religion dans cette société prouve quelque chose. Nous savons que les Thalassans ont aussi été très soigneusement sélectionnés, génétiquement, pour éliminer le plus grand nombre de traits de caractère indésirables. Oui, oui, je sais que 15 % seulement du comportement humain est déterminé par les gènes, mais cette fraction est très importante ! Les Lassans me semblent remarquablement dépourvus de défauts aussi déplaisants que l'envie, l'intolérance, la jalousie, la colère. Est-ce uniquement le résultat d'un conditionnement culturel ?

Comme j'aimerais savoir ce qui est arrivé aux vaisseaux-semeurs lancés par des groupes religieux au XXVIe siècle ! *L'Arche d'Alliance* des Mormons, *L'Epée du Prophète*, il y en avait six ou sept. Je me demande si l'un d'eux a réussi et, dans ce cas, quel rôle a joué la religion dans leur réussite ou leur échec. Un jour peut-être, quand le réseau de communications local sera établi, nous découvrirons ce que sont devenus ces premiers pionniers.

L'athéisme total des Lassans se manifeste par une sérieuse pénurie de jurons. Quand un Lassan laisse tomber quelque chose sur son pied, il est à court de mots. Même l'allusion habituelle aux fonctions corporelles n'est pas d'un grand secours car elles sont toutes jugées très... naturelles. Le seul juron à tout faire est « Krakan ! » et ce mot est bien usé. Mais il montre bien quelle impression le mont Krakan a produite quand il est entré en éruption il y a quatre cents ans ; j'espère que j'aurai l'occasion d'aller le voir avant que nous partions.

Ce départ est encore à de nombreux mois dans l'avenir et pourtant je le redoute déjà. Non pas à cause du danger possible, car s'il arrive quelque chose au vaisseau, je ne le saurai jamais. Mais parce que cela signifiera qu'un autre lien avec la Terre a été rompu et, mon amour, un lien avec toi.

13

Force tactique

— Ça ne va pas plaire au Président, dit avec satisfaction le maire Waldron. Il est bien décidé à vous envoyer sur l'île du Nord.

— Je sais, répondit le capitaine adjoint Malina. Et nous serons navrés de le décevoir, il a été très serviable. Mais l'île du Nord est beaucoup trop rocheuse ; les seules régions côtières qui conviendraient sont déjà utilisées. En revanche, il y a une baie complètement déserte, avec une plage en pente douce, à neuf kilomètres seulement de Tarna. Ce serait parfait.

— Ça me paraît trop beau pour être vrai. Pourquoi est-ce désert, Brant ?

— C'était le projet Palétuvier. Tous les arbres sont morts, nous ne savons pas pourquoi, et personne n'a eu le courage de déblayer tout ça. C'est horrible et ça empeste.

— Donc, c'est déjà une zone sinistrée écologiquement parlant. Grand bien vous fasse, capitaine ! Vous ne pouvez qu'arranger les choses.

— Je puis vous assurer que notre usine sera très jolie et ne détériorera absolument pas l'environnement. Et, naturellement, nous la détruirons avant de partir, à moins que vous vouliez la garder.

— Merci, mais je ne vois pas ce que nous ferions de plusieurs centaines de tonnes de glace par jour. En attendant, quelles facilités Tarna peut-il vous offrir, en ce qui concerne le logement, l'alimentation, les transports ? Nous, nous ne demandons qu'à vous aider. Je suppose que vous serez très nombreux à venir travailler ici.

— Une centaine, probablement, et nous apprécions votre offre d'hospitalité. Mais j'ai peur que nous soyons des invités bien désagréables. Nous serons en conférence avec le vaisseau à toute heure du jour ou de la nuit. Nous devons donc rester ensemble et dès que nous aurons assemblé notre petit village préfabriqué, nous nous y installerons avec tout notre matériel. Je regrette que cela paraisse ingrat mais tout autre arrangement ne serait pas du tout pratique.

— Vous avez sans doute raison, reconnut le maire en soupirant.

Elle s'était demandé comment elle pourrait faire une entorse au protocole et offrir ce qui passait pour l'appartement des hôtes à Lorenson, l'impressionnant capitaine de corvette, et non au capitaine adjoint Malina. Le problème lui avait semblé insoluble et maintenant il ne se posait même plus.

Son découragement était tel qu'elle était presque tentée d'appeler l'île du Nord et de faire revenir son dernier compagnon officiel, pour des vacances. Mais ce vaurien la repousserait probablement une fois de plus, et cela, elle était incapable de le supporter.

14

Mirissa

Même lorsqu'elle fut devenue une très vieille femme, Mirissa Leonidas pouvait encore se rappeler l'instant exact où elle avait vu Loren pour la première fois. Ce n'était vrai de personne d'autre, pas même de Brant.

La nouveauté n'avait rien à voir à l'affaire ; elle avait déjà fait la connaissance de plusieurs Terriens avant de rencontrer Loren et ils ne l'avaient pas particulièrement marquée. La plupart auraient pu passer pour des Lassans, s'ils avaient été laissés quelques jours au soleil.

Mais pas Loren : sa peau ne bronzait jamais et ses étonnants cheveux devenaient, si possible, encore plus argentés. Ce fut indiscutablement ce qui attira son attention quand elle le vit sortir du bureau du maire avec deux de ses camarades ; ils avaient tous cet air un peu dépité, résultant généralement d'un affrontement avec la bureaucratie léthargique et bien retranchée de Tarna.

Leurs regards se croisèrent, mais un instant seulement. Mirissa fit encore quelques pas ; puis, sans le vouloir, elle s'arrêta, se retourna... et vit que le visiteur la regardait fixement. Déjà, tous deux savaient que leur vie venait de changer irrévocablement. Cette nuit-là, après l'amour, elle demanda à Brant ;

— Est-ce qu'ils ont dit combien de temps ils restaient ?

— Tu choisis bien ton moment, grommela-t-il

d'une voix ensommeillée. Au moins un an. Peut-être deux. Re-bonne nuit !

Elle jugea préférable de ne plus poser de questions, même si elle était encore bien réveillée. Pendant un long moment elle resta allongée, les yeux grands ouverts, à regarder les ombres fugaces de la lune intérieure glisser sur le plancher tandis que le corps aimé, à côté d'elle, sombrait dans le sommeil.

Elle avait connu plusieurs hommes avant Brant mais depuis qu'ils étaient ensemble, les autres lui étaient totalement indifférents. Alors, pourquoi cet intérêt subit — elle prétendait encore que ce n'était que cela — pour un homme qu'elle avait à peine entrevu quelques secondes et dont elle ignorait tout, même son nom ? (Mais ce serait certainement sa première priorité du lendemain.)

Mirissa se flattait d'être honnête et d'avoir les idées claires ; elle méprisait un peu les femmes — ou les hommes — qui se laissaient gouverner par leurs sentiments. Elle était sûre qu'une partie de l'attrait était la nouveauté, le prestige de vastes horizons nouveaux. Pouvoir parler à quelqu'un qui avait réellement marché dans les villes de la Terre — qui avait été témoin des dernières heures du système solaire — et qui était maintenant en route vers des soleils inconnus, c'était une merveille dépassant ses rêves les plus fous.

Cela lui faisait prendre plus fortement conscience de son insatisfaction, de son agacement du rythme paisible de la vie thalassane, en dépit de son bonheur avec Brant.

Ou bien était-ce simplement du contentement, et non du bonheur ? Que voulait-elle *réellement* ? Elle ne savait s'il lui serait possible de le trouver avec ces inconnus venus des étoiles, mais elle avait bien l'intention d'essayer, avant qu'ils quittent Thalassa à jamais.

Ce même matin, Brant rendit visite au maire, qui l'accueillit avec un peu moins d'empressement que d'habitude ; il jeta sur son bureau les fragments de son piège à poissons.

— Je sais que vous êtes occupée par des affaires plus importantes, dit-il, mais qu'est-ce que vous comptez faire pour *ça* ?

Elle examina sans enthousiasme l'amas de câbles enchevêtrés. Après l'enivrante agitation de la politique interstellaire, il lui était difficile de retomber dans la routine quotidienne.

— Que s'est-il passé, à votre avis ? demanda-t-elle.

— C'est manifestement voulu ! Regardez comme ce fil a été tordu jusqu'à ce qu'il casse. Non seulement la grille a été endommagée mais des parties ont été emportées. Je suis certain que personne, dans l'île du Sud, ne ferait une chose pareille. Quel mobile aurait-on ? Et je finirai fatalement par le découvrir tôt ou tard...

Le lourd silence de Brant ne laissa guère de doute sur ce qui se passerait alors.

— Qui soupçonnez-vous ?

— Depuis que j'ai commencé à faire des expériences avec les pièges électriques, j'ai eu à lutter non seulement contre les Conserveurs mais contre tous ces cinglés qui croient que *toute* l'alimentation doit être synthétique parce que c'est mal de manger des créatures vivantes, comme les animaux, ou même les plantes.

— Les Conserveurs, au moins, ont une raison valable. Si votre piège est aussi efficace que vous le prétendez, il risque de bouleverser l'équilibre écologique dont ils ne cessent de parler.

— Le recensement périodique du récif nous avertirait si cela se produisait, et nous nous interrompions un moment, c'est tout. D'ailleurs, ce sont les pélagiques que je cherche ; mon champ d'action semble les attirer à trois ou quatre kilomètres à la ronde. Et même si tout le monde, aux Trois Îles, ne mangeait que du poisson, nous ne pourrions pas faire un seul accroc à la population océanique.

— Je suis sûre que vous avez raison, du moins en ce qui concerne les pseudo-poissons indigènes. Et grand bien nous fasse puisque la plupart sont trop toxiques pour valoir la peine d'être traités. Vous êtes *sûr* que le stock terrien s'est bien établi et acclimaté ? Vous pourriez être la dernière goutte, comme dit le vieux dicton.

Brant considéra le maire avec respect ; elle le surprenait constamment, avec des questions intelligentes comme celle-là. L'idée ne lui était jamais venue qu'elle n'occuperait pas ses fonctions depuis si longtemps si elle n'était pas beaucoup plus avisée qu'elle n'en avait l'air.

— J'ai peur que les thons ne survivent pas : il faudra attendre quelques milliards d'années avant que les océans soient assez salés pour eux. Mais la truite et le saumon vont très bien.

— Et ils sont délicieux. Avec eux, les synthésistes pourraient même oublier leurs scrupules. Notez, je ne dis pas que j'accepte votre intéressante hypothèse. Ces gens parlent beaucoup mais ils ne font rien.

— Il y a deux ans, ils ont lâché tout un troupeau de bétail de cette ferme expérimentale.

— Vous voulez dire qu'ils ont essayé. Les vaches sont aussitôt retournées chez elles. Tout le monde en a tellement ri qu'ils ont annulé leurs autres manifestations. Je ne peux vraiment pas imaginer qu'ils se donnent tout ce mal, déclara le maire en désignant le piège cassé.

— Ce n'est pas bien difficile. Un petit bateau la nuit, deux plongeurs... il n'y a que vingt mètres de fond.

— Très bien, je vais me renseigner. En attendant, je veux que vous fassiez deux choses.

— Quoi donc ? demanda Brant en s'efforçant de ne pas paraître méfiant mais sans y parvenir.

— Réparez le piège. TechStock vous donnera tout ce qu'il vous faut. Et cessez de porter des accusations tant que vous ne serez pas certain à 100 %. Si vous vous trompez vous aurez l'air idiot et risquerez de devoir faire des excuses. Si vous avez raison, vous ferez peur aux coupables avant que nous puissions les arrêter. C'est compris ?

Brant fut quelque peu suffoqué ; jamais il n'avait vu le maire d'humeur aussi cassante. Il ramassa la pièce à conviction et s'en alla sans mot dire.

Il aurait été encore plus étonné — ou peut-être simplement amusé — d'apprendre que madame le maire Waldron n'était plus tout à fait aussi amoureuse de lui.

Le chef mécanicien adjoint Loren Lorenson avait impressionné plus d'une habitante de Tarna.

15

Terra Nova

Personne n'osait avouer la paternité de ce nom Terra Nova, donné au cantonnement, qui rappelait un peu trop la Terre. Mais, plus prestigieux que « camp de base », il fut pourtant rapidement adopté.

Le complexe de baraquements préfabriqués avait poussé avec une rapidité ahurissante, littéralement du jour au lendemain. C'était pour Tarna la première démonstration des Terriens — ou plutôt des robots de la Terre — passés à l'action et les villageois étaient fortement impressionnés. Même Brant, qui avait toujours considéré que les robots causaient plus d'ennuis qu'autre chose, sauf pour les travaux risqués ou monotones, commençait à revenir sur sa façon de penser. Il y avait un élégant constructeur mobile à tout faire qui fonctionnait à une vitesse si éblouissante qu'il était souvent impossible de suivre ses mouvements. Partout où il allait, il était suivi d'une cohorte de petits Lassans admiratifs. S'ils se mettaient en travers de son chemin, il s'arrêtait poliment et attendait que la voie soit libre. Brant se dit que c'était exactement le genre d'assistant dont il avait besoin ; peut-être y aurait-il un moyen de persuader les visiteurs...

À la fin de la semaine, Terra Nova était un microcosme parfaitement opérationnel du grand vaisseau tournant sur orbite au-delà de l'atmosphère. Il y avait des logements simples mais confortables pour cent hommes, avec tous les équipements dont ils avaient besoin pour vivre ainsi qu'une bibliothèque, un gymnase, une piscine et un cinéma. Les Lassans appréciaient beaucoup tout cela et en profitaient pleinement. Ainsi le village, initialement prévu pour cent personnes, voyait-il très souvent doubler sa population.

La plupart des Tarnans — invités ou non — ne demandaient qu'à aider et à rendre le séjour de leurs visiteurs le plus confortable possible. Tant de gentillesse, tout en étant bienvenue et extrêmement appréciée, était parfois embarrassante. Les Lassans étaient d'une insatiable curiosité et le concept d'intimité leur était totalement inconnu. Une pancarte « Prière de ne pas déranger » était considérée comme un défi à relever et cela aboutissait à d'intéressantes complications...

— Vous êtes tous des officiers chevronnés et des adultes hautement intelligents, déclara le capitaine Bey à la dernière conférence d'état-major à bord du vaisseau. Alors, il ne devrait pas être nécessaire de vous dire ceci. Essayez de ne pas être mêlés à des... enfin, de ne pas vous lier... euh... trop intimement, avant que nous sachions *exactement* quel est le point de vue des Lassans sur cette question. Ils ont l'air très faciles à vivre mais on ne sait jamais. Vous n'êtes pas d'accord, professeur Kaldor ?

— Je n'ai pas la prétention de faire autorité sur les mœurs des Lassans, après une aussi brève période d'étude, mais on peut faire certains parallèles historiques intéressants, avec l'époque où les anciens navires à voile de la Terre arrivaient au port après un long voyage en mer. Je suppose que beaucoup d'entre vous ont vu cet antique classique vidéo, *les Mutinés du Bounty* ?

— J'espère, docteur Kaldor, que vous ne me comparez pas au capitaine Cook... non, je veux dire Bligh.

— Ce ne serait pas une insulte. Bligh était un marin remarquable qui a été odieusement calomnié. À ce stade, tout ce qu'il nous faut, c'est du bon sens, de bonnes manières et, comme vous l'avez indiqué, de la prudence.

Loren se demanda si Kaldor avait regardé de son côté en faisant cette dernière réflexion. Ce n'était tout de même pas déjà aussi évident.

Après tout, ses tâches officielles le mettaient en contact dix fois par jour avec Brant Falconer. Il ne pouvait éviter de rencontrer Mirissa... même si telle avait été son intention.

Ils n'avaient jamais été seuls ensemble et

n'avaient encore échangé que quelques mots polis. Pourtant, déjà, il était inutile d'en dire plus.

16

Jeux de société

— Ça s'appelle un bébé, dit Mirissa, et en dépit des apparences, un jour ça grandira et deviendra un être humain parfaitement normal.

Elle souriait mais il y avait de la buée dans ses yeux. L'idée ne lui était jamais venue, avant de remarquer la fascination de Loren, qu'il y avait probablement plus d'enfants dans le petit village de Tarna qu'il n'y en avait eu sur toute la planète Terre durant les dernières décennies de naissances zéro.

— Il... il est à vous ? demanda-t-il doucement.

— C'est le neveu de Brant, Lester. Nous le gardons pendant que ses parents sont dans l'île du Nord.

— Il est beau. Je peux le tenir ?

Comme pour lui répondre, Lester se mit à hurler.

— Ce ne serait pas une bonne idée, pouffa Mirissa en se hâtant de prendre le bébé pour le porter à la salle de bains. Je reconnais les symptômes. Dites à Brant ou à Kumar de vous faire visiter, en attendant les autres invités.

Les Lassans adoraient les réceptions et ne manquaient aucune occasion d'en organiser. L'arrivée du *Magellan* était, très littéralement, une occasion unique, la chance d'une vie et même de plusieurs vies. Si les visiteurs avaient été assez téméraires pour accepter toutes les invitations, ils auraient passé tous les instants de la journée à se rendre d'un pas nonchalant d'une réception, officielle ou non, à une autre. Très vite, et ce ne fut pas trop tôt, le capitaine diffusa une de ses assez rares mais implacables directives — les « coups de tonnerre de Bey », les appelait-on ironiquement, ou plus simplement les « Beytonnerres » —, rationnant ses officiers à un maximum d'une réception en cinq jours. Certains estimèrent que, compte tenu du temps qu'il fallait pour se remettre de l'hospitalité lassane, c'était encore beaucoup trop généreux.

La demeure des Leonidas, actuellement occupée par Mirissa, Kumar et Brant, était un grand bâtiment en forme d'anneau, la maison de la famille depuis six générations. De plain-pied (il y avait peu d'étages à Tarna), elle entourait un patio gazonné de trente mètres de diamètre. Au centre se trouvait un bassin avec une petite île, accessible au moyen d'un pittoresque pont de bois, où poussait un platane solitaire qui ne paraissait pas en excellente santé.

— Ils doivent tout le temps le remplacer, expliqua Brant comme s'il s'excusait. Certaines plantes terriennes poussent très bien ici, d'autres s'étiolent en dépit de tous les engrais chimiques.. On a le même problème avec les poissons que nous avons tenté d'introduire. Les élevages en eau douce marchent bien, naturellement, mais nous n'avons pas assez de place pour eux. C'est exaspérant de penser que nous disposerions d'un million de fois plus d'océan, si seulement nous savions bien l'utiliser.

Loren trouvait Brant très ennuyeux quand il se mettait à parler de la mer. Il devait cependant reconnaître que c'était un sujet de conversation beaucoup moins épineux que Mirissa, qui avait réussi à se débarrasser de Lester et qui accueillait maintenant les invités.

Aurait-il pu jamais rêver, se demandait Loren, qu'il se trouverait un jour dans une situation comme celle-ci ? Il avait déjà été amoureux, mais les souvenirs — même les noms — avaient été miséricordieusement chassés par le programme d'effacement qu'ils avaient tous subi avant de quitter le système solaire. Il ne voulait même pas tenter de les retrouver ; pourquoi se tourmenter avec des images d'un passé qui avait été radicalement détruit ?

Même la figure de Kitani devenait floue, et pourtant, il l'avait vue dans l'Hibernaculum la semaine précédente. Elle faisait partie d'un avenir qu'ils avaient prévu mais ne partageraient peut-être jamais : Mirissa était là, maintenant, pleine de vie et de rires et pas congelée pour un sommeil d'un demi-millénaire. Grâce à elle, il éprouvait le sentiment d'être de nouveau entier, heureux de voir que les tensions et les fatigues des Derniers Jours ne l'avaient pas privé de sa jeunesse.

Chaque fois qu'ils étaient ensemble, il ressentait la pression qui lui disait qu'il était encore un homme ; tant qu'il n'en serait pas soulagé, il ne connaîtrait guère de paix et ne pourrait peut-être même pas travailler efficacement. Il y avait des moments où il voyait le visage de Mirissa en surimpression sur les plans de la baie des Palétuviers, et il était forcé de donner à l'ordinateur l'ordre PAUSE avant qu'ils puissent poursuivre leur conversation mentale. C'était une singulière torture de passer deux heures à quelques mètres d'elle, sans pouvoir échanger autre chose que des banalités polies.

Loren se sentit soulagé quand Brant s'excusa et partit précipitamment. Il comprit vite pourquoi.

— Capitaine Lorenson ! s'exclama madame le maire. J'espère que Tarna vous traite bien.

Loren gémit à part lui. Il savait qu'il devait se montrer courtois envers le maire, mais les mondanités n'avaient jamais été son fort.

— Très bien, je vous remercie. Je ne crois pas que vous connaissiez encore ces messieurs...

Il parlait beaucoup plus fort qu'il le fallait en faisant signe à un groupe de camarades qui venaient d'arriver dans le patio. Par bonheur, ils étaient tous lieutenants ; même en dehors du service, le rang donnait des privilèges et Loren n'hésitait jamais à en profiter.

— Madame le maire Waldron, je vous présente le lieutenant Fletcher. C'est la première fois que vous descendez, n'est-ce pas, Owen ? Le lieutenant Werner Ng, le lieutenant Ranjit Winson, le lieutenant Karl Bosley...

Exactement comme des Martiens grégaires, pensa-t-il, toujours ensemble. Eh bien, cela faisait d'eux un splendide objectif et ils étaient tous d'aimables et charmants jeunes gens. Il pensa que le maire ne remarquerait pas son repli stratégique.

Doreen Chang aurait préféré parler au capitaine mais il avait fait une apparition extrêmement rapide, juste pour la forme, bu un seul verre et présenté ses excuses à ses hôtes avant de s'esquiver.

— Pourquoi est-ce qu'il ne me permet pas de l'interviewer ? demanda-t-elle à Kaldor qui n'avait aucune de ces inhibitions et avait déjà à son actif plusieurs fois vingt-quatre heures d'enregistrement sur magnétophone et vidéo.

— Le capitaine Sirdar Bey, répondit-il, est dans une situation privilégiée. Contrairement à nous tous, il n'a pas à donner d'explications ni à s'excuser.

— Je détecte dans votre voix une nuance de sarcasme, dit la commentatrice vedette de la Thalassa Broadcasting Corporation.

— Ce n'était pas voulu. J'admire énormément le capitaine et j'accepte même ce qu'il pense de moi, avec des réserves, bien entendu. Euh... Est-ce que vous enregistrez ?

— Pas en ce moment. Il y a trop de bruits de fond.

— Heureusement pour vous, je suis très confiant, alors qu'il me serait impossible de savoir si vous enregistriez.

— Tout à fait entre nous, Moïse, que pense-t-il de vous ?

— Il est heureux d'avoir mon opinion, mon expérience, mais il ne me prend pas très au sérieux. Je ne sais pas très bien pourquoi. Un jour, il m'a dit : « Moïse, vous aimez le pouvoir mais pas la responsabilité. J'aime les deux. » C'était une déduction très astucieuse ; elle résume la différence entre nous.

— Qu'avez-vous répondu ?

— Que pouvais-je dire ? C'était parfaitement vrai. La seule fois où je me suis mêlé de politique pratique, ç'a été... non, pas précisément un désastre, mais je n'ai pas du tout apprécié.

— La Croisade Kaldor ?

— Ah ? Vous avez entendu parler de ça ? Un nom stupide, qui m'irritait. Et c'était un autre sujet de désaccord entre le capitaine et moi. Il pensait — il pense encore, j'en suis sûr — que la Directive nous ordonnant d'éviter *toutes* les planètes ayant un potentiel de vie n'est qu'une niaiserie sentimentale. Une autre citation du bon capitaine : « La loi, je comprends. La métaloi est de la co... euh... de l'ânerie. »

— C'est fascinant. Un jour, vous devrez me laisser enregistrer tout cela.

— Certainement pas. Qu'est-ce qui se passe là-bas ?

Doreen Chang était persévérante mais elle savait quand renoncer.

— C'est une des sculptures gazeuses préférées de Mirissa. Vous en aviez certainement sur Terre.

— Naturellement. Et puisque c'est toujours strictement entre nous, je ne trouve pas que ce soit de l'art. Mais c'est amusant.

Les principales lumières venaient d'être éteintes dans une partie du patio et une dizaine d'invités faisaient cercle autour d'une espèce de bulle de savon géante, de près d'un mètre de diamètre. Alors que Chang et Kaldor se dirigeaient dans cette direction, les premiers tourbillons de couleurs se formèrent à l'intérieur, un peu comme la naissance d'une nébuleuse en spirale.

— Ça s'appelle *La Vie,* expliqua Doreen, et c'est dans la famille de Mirissa depuis deux cents ans. Mais le gaz commence à fuir. Je me la rappelle quand elle était beaucoup plus brillante.

Malgré tout, c'était impressionnant. La batterie de canons à électrons et de lasers, à la base, avait été programmée par un artiste patient, mort depuis longtemps, afin de créer une série de formes géométriques évoluant lentement en structures organiques. Des formes encore plus complexes apparurent au centre de la sphère et se déployèrent avant de disparaître pour être remplacées par d'autres. Au cours d'une séquence pleine d'esprit, on voyait des créatures unicellulaires monter par un escalier en colimaçon, reconnaissable immédiatement comme une représentation de la molécule d'ADN. À chaque pas, quelque chose de nouveau était ajouté ; en quelques minutes, le tableau engloba l'odyssée de quatre milliards d'années, de l'amibe à l'homme.

Ensuite, l'artiste avait tenté d'aller au-delà et Kaldor ne suivit plus. Les contorsions du gaz fluorescent devenaient trop complexes et trop abstraites. Il se dit que peut-être... s'il regardait ce déploiement quelques fois encore, un schéma se dégagerait...

— Qu'est devenu le son ? demanda Doreen quand le tourbillon de couleurs s'éteignit subitement dans la bulle. Dans le temps, il y avait de la très bonne musique, surtout à la fin.

— J'avais peur que quelqu'un pose cette question, dit Mirissa avec un sourire navré. Nous ne savons pas si ça vient du mécanisme de play-back ou du programme en soi.

— Vous avez sûrement une copie ?

— Oui, naturellement. Mais le module de rechange est quelque part dans la chambre de Kumar, probablement enfoui sous des bouts de sa pirogue. Tant que vous n'avez pas vu son antre, vous ne pouvez comprendre ce que veut dire entropie.

— Ce n'est pas une pirogue, c'est un kayak, protesta Kumar qui venait d'arriver avec une jolie fille du village à chaque bras. Et qu'est-ce que c'est, l'entropie ?

Un des jeunes Martiens eut la sottise de tenter une explication en versant deux breuvages de couleurs différentes dans le même verre. Avant qu'il aille bien loin, sa voix fut couverte par un tonnerre de musique provenant de la sculpture gazeuse.

— Vous voyez ! glapit Kumar dans le tintamarre, avec une fierté évidente. Brant peut arranger *n'importe quoi !*

N'importe quoi ? pensa Loren. Je me demande... Je me demande...

17

Hiérarchie militaire

De : Capitaine
À : Tout l'équipage

CHRONOLOGIE

Comme il y a déjà eu beaucoup de confusion inutile, je tiens à préciser les points suivants :

1. Tous les horaires et documents du vaisseau demeureront à l'heure de la Terre — modifiée pour nécessité de réalisme — jusqu'à la fin du voyage. Toutes les pendules et horloges, tous les systèmes d'horlogerie du bord continueront de marquer l'HT.

2. Pour des raisons de commodité, les équipes au sol observeront au besoin l'heure locale (HL) mais tiendront les registres et rédigeront tous documents en HT avec HL entre parenthèses.

3. Rappel :

La durée du jour solaire moyen de Thalassa est de 29,4325 heures HT.

Il y a 313,1561 jours dans l'année sidérale thalassane, qui est divisée en 11 mois de 28 jours. Le mois de janvier est omis du calendrier mais les cinq jours supplémentaires, pour composer le total de 313, suivent immédiatement le dernier jour de décembre (28). Des journées bissextiles sont intercalées tous les six ans mais il n'y en aura pas pendant notre séjour.

4. Comme la journée thalassane est de 22 % plus longue que celle de la Terre, et qu'il y a 14 % de jours en moins dans son année, la durée réelle de l'année thalassane n'est que d'environ 5 % plus longue que celle de la Terre. Comme vous le voyez tous, cela a une commodité, pour les anniversaires. L'âge chronologique est à peu près le même sur Thalassa que sur Terre. Une personne thalassane de vingt et un ans a vécu aussi longtemps qu'un Terrien de vingt ans. Le calendrier lassan commence à Premier Contact, c'est-à-dire en 3109 HT. L'année actuelle est 718 HL, c'est-à-dire 754 années terriennes plus tard.

5. Finalement — et nous pouvons en être reconnaissants — il n'y a qu'une zone horaire sur Thalassa.

Sirdar Bey (capt)
27/2/3827, 21 h 30 HT
2/00/718, 15 h 00 HL

— Qui aurait pu imaginer que des choses aussi simples soient aussi compliquées ? s'exclama Mirissa en riant, après avoir parcouru l'affichette épinglée sur le tableau de service de Terra Nova. Je suppose que c'est un des fameux Beytonnerres ? Comment est le capitaine ? Quel genre d'homme ?

Je n'ai encore jamais eu l'occasion de m'entretenir réellement avec lui.

— Il n'est pas facile à connaître, répondit Moïse Kaldor. Je ne crois pas lui avoir parlé en particulier plus d'une dizaine de fois. Et c'est le seul homme à bord à qui l'on donne toujours son grade, *toujours*. Il n'y a que le capitaine adjoint Malina qui peut se permettre de ne pas le faire quand ils ne sont que tous les deux ensemble... Par hasard, cette note de service n'est pas un authentique Beytonnerre, c'est trop technique. Elle a dû être rédigée par l'officier scientifique Varley et le secrétaire Leroy. Le capitaine Bey maîtrise remarquablement les principes de mécanique — bien mieux que moi — mais c'est avant tout un administrateur. Et, à l'occasion, quand il le faut, un commandant en chef.

— Je n'aimerais pas du tout cette responsabilité.

— Quelqu'un doit se charger de ce travail. Les problèmes de routine peuvent généralement se résoudre en consultant les officiers supérieurs et les mémoires d'ordinateurs. Mais parfois, une décision doit être prise par un seul individu, qui a l'autorité pour la faire exécuter. C'est pourquoi on a besoin d'un capitaine. Une commission ne peut pas commander un vaisseau, du moins pas en permanence.

— Je crois que c'est ainsi que nous dirigeons Thalassa. Pouvez-vous imaginer le président Farradine capitaine de quoi que ce soit ?

— Ces pêches sont délicieuses, dit Kaldor avec tact et il en prit une autre tout en sachant parfaitement qu'elles étaient destinées à Loren. Mais vous avez eu de la chance, vous n'avez pas eu une seule vraie crise en sept cents ans ! Est-ce que ce n'est pas un de vos compatriotes qui a dit : « Thalassa n'a pas d'histoire, rien que des statistiques » ?

— Oh, ce n'est pas vrai ! Et le mont Krakan, alors ?

— C'était une catastrophe naturelle, et même pas un cataclysme. Je faisais naturellement allusion aux crises politiques, à des émeutes, ce genre de choses.

— Nous pouvons remercier la Terre pour ça. Vous nous avez donné une constitution Jefferson Mark Trois, que quelqu'un a appelée « l'utopie dans deux mégabytes », et elle a extraordinairement bien fonctionné. Le programme n'a pas été modifié depuis trois cents ans et nous n'en sommes encore qu'à notre sixième amendement.

— Et je vous souhaite d'en rester là longtemps, dit Kaldor avec ferveur. Je ne voudrais pas que nous soyons responsables d'un septième.

— Si jamais cela arrive, il sera d'abord étudié par les mémoires des Archives. Quand allez-vous revenir nous voir ? Il y a tant de choses que je veux vous montrer !

— Il y en a encore plus que je veux voir. Vous devez avoir bien des choses qui nous seraient utiles sur Sagan Deux, même si c'est un monde d'un genre très différent.

Et infiniment moins séduisant, se dit Kaldor.

Pendant cette conversation, Loren était arrivé discrètement dans l'aire de réception, en allant évidemment de la salle des jeux aux douches. Il portait un short extrêmement court et une serviette drapée sur ses épaules nues. Sa vue fit nettement flageoler Mirissa sur ses jambes.

— Et vous avez battu tout le monde, comme d'habitude ? ironisa Kaldor. Est-ce que ça ne devient pas ennuyeux ?

Loren rit un peu.

— Certains de ces jeunes Lassans promettent. Il

y en a un qui vient de me prendre trois points. Mais naturellement, je jouais de la main gauche.

— Au cas, extrêmement improbable, où il ne vous l'aurait pas dit, confia Kaldor à Mirissa, Loren a été champion du monde de tennis de table, sur Terre.

— N'exagérez pas, Moïse ! Je n'étais que cinquième et vers la fin, le niveau était terriblement bas. N'importe quel joueur chinois du troisième millénaire m'aurait pulvérisé.

— Vous n'avez pas songé à initier Brant à ce jeu ? demanda malicieusement Kaldor. Ce devrait être intéressant.

Il y eut un bref silence, puis Loren répondit, d'un air satisfait mais à juste titre :

— Ce ne serait pas juste.

— Pourtant, intervint Mirissa, justement, Brant a quelque chose à vous montrer, à vous.

— Ah ?

— Vous dites que vous n'êtes jamais allé en bateau.

— C'est vrai.

— Eh bien, vous êtes invité à rejoindre Brant et Kumar à la Jetée Trois, demain matin à huit heures et demie.

Loren regarda Kaldor.

— Croyez-vous que je puisse y aller sans danger ? demanda-t-il avec une fausse gravité. Je ne sais pas nager.

— Ne vous inquiétez donc pas, répondit aimablement Kaldor. S'ils n'ont prévu pour vous qu'un aller simple, ça n'y changera rien du tout.

18

Kumar

Un seul drame avait assombri les dix-huit années de vie de Kumar Leonidas : il resterait petit, il aurait toujours dix centimètres de moins que ce qu'il rêvait. Ce n'était pas surprenant qu'il ait été surnommé « le petit lion », mais très peu osaient l'appeler ainsi en sa présence.

Pour compenser sa courte taille, il avait travaillé assidûment à se développer en largeur et en force. Bien souvent, Mirissa lui disait, avec une exaspération amusée :

— Kumar ! Si tu consacrais autant de temps à développer ton cerveau que tes muscles, tu serais le plus grand génie de Thalassa !

Ce qu'elle ne lui avait jamais dit — et s'avouait à peine à elle-même —, c'était que le spectacle de ses exercices matinaux quotidiens éveillait souvent en elle des sentiments fort peu fraternels et même, une certaine jalousie à l'égard de tous les autres admirateurs qui s'assemblaient pour le regarder. Et à un moment ou un autre, la plupart des jeunes gens de la génération de Kumar s'étaient retrouvés là. Bien que la rumeur envieuse prétendant qu'il avait fait l'amour avec toutes les filles et la moitié des garçons de Tarna fût un peu exagérée, elle contenait néanmoins une part de vérité non négligeable.

Mais Kumar, en dépit du gouffre intellectuel qui le séparait de sa sœur, n'était pas un crétin tout en muscles. Si quelque chose l'intéressait vraiment, il n'était pas satisfait tant qu'il ne l'avait pas maîtrisé, quel que fût le temps qu'il devait y consacrer. C'était un remarquable marin et, depuis plus de deux ans et avec l'aide de Brant, il construisait un superbe kayak de quatre mètres. La coque était terminée mais il n'avait pas encore travaillé au pont.

Un jour, jurait-il, il le lancerait et tous les rires se tairaient. En attendant, l'expression « le kayak de Kumar » servait désormais à désigner tout travail inachevé, à Tarna, et ils étaient nombreux.

A part cette tendance générale des Lassans à tout remettre au lendemain, Kumar avait aussi, et c'étaient là ses principaux défauts, un caractère aventureux et un goût quelque peu immodéré pour les farces assez osées. De l'avis de tous, cela ne manquerait pas de lui causer un jour de graves ennuis.

Mais il était impossible de se fâcher contre ses frasques les plus scandaleuses, car elles étaient toutes sans malice. Il était tout à fait franc, transparent même; personne ne l'imaginait capable d'un mensonge. Alors, on pouvait beaucoup lui pardonner.

Naturellement, l'arrivée des visiteurs était l'événement le plus important de sa vie. Il était fasciné par leur matériel, le son, la vidéo, les enregistrements sensoriels qu'ils apportaient, les histoires qu'ils racontaient, enfin tout. Et comme il voyait plus souvent Loren que les autres, il n'était pas étonnant qu'il s'attache à lui.

Ce n'était pas précisément du goût de Loren. S'il y avait une chose plus importune qu'un conjoint gênant, c'était ce traditionnel rabat-joie, un petit frère collant.

19

Jolie Polly

— Je n'arrive pas à le croire, Loren, dit Brant Falconer. Vous n'avez jamais mis les pieds dans un bateau ?

— Il me semble me rappeler avoir pagayé dans un canot pneumatique, à travers une petite mare. Ça devait être quand j'avais cinq ans.

— Alors, ça va vous plaire. Pas même une risée pour vous troubler l'estomac. Nous pourrons peut-être vous persuader de plonger avec nous.

— Non, merci ! Je n'accepte qu'une expérience nouvelle à la fois. Et j'ai appris à ne jamais gêner ceux qui ont du travail.

Brant avait raison. Loren commençait à aimer la promenade, alors que les hydroréacteurs poussaient le petit trimaran presque sans bruit vers le récif. Pourtant, après être monté à bord et avoir vu s'éloigner rapidement la sécurité de la terre ferme, il avait éprouvé un moment de panique.

Seul le sens du ridicule l'avait retenu de se donner en spectacle. Il avait voyagé pendant cinquante années-lumière — le plus long voyage jamais effectué par des êtres humains — pour arriver là. Et maintenant, il s'inquiétait de quelques centaines de mètres le séparant de la côte la plus proche !

Il lui était cependant impossible de ne pas relever le défi. Alors qu'il était assis, l'air détendu, à l'arrière et observait Falconer à la barre (comment avait-il acquis cette cicatrice blanche en travers des épaules ?... ah oui, il avait vaguement parlé d'une chute en microplaneur, il y avait des années...), il se demandait ce qui se passait au juste dans la tête du Lassan.

C'était difficile de croire qu'une société humaine, même la plus éclairée et la plus tolérante, puisse être totalement dépourvue de jalousie ou d'une forme quelconque de possession sexuelle. Encore que — jusqu'à présent, hélas ! — Brant n'eût pas grande raison d'être jaloux.

Loren ne pensait pas avoir adressé plus de cent mots à Mirissa, et la plupart l'avaient été en présence de son mari. Rectification : à Thalassa, les mots de mari et femme n'étaient pas utilisés avant la naissance du premier enfant. Quand un fils était choisi, la mère prenait en général — mais pas toujours — le nom du père. Si le premier-né était une fille, toutes deux gardaient le nom de la mère, tout au moins jusqu'à la naissance du second et dernier enfant.

Fort peu de choses, en vérité, choquaient les Lassans. Mais la cruauté, particulièrement envers les enfants, en faisait partie, ainsi qu'une troisième grossesse, dans ce monde où il n'y avait que vingt mille kilomètres carrés de terres.

La mortalité infantile était si rare que les naissances multiples suffisaient à maintenir une démographie constante. Il y avait eu le cas célèbre — le seul dans toute l'histoire de Thalassa — d'une famille qui avait été bénie, ou affligée, par la venue de quintuplés, à deux reprises. La pauvre mère ne pouvait guère être blâmée, mais son souvenir était maintenant entouré de cette aura de délicieuse dépravation qui avait jadis environné Lucrèce Borgia, Messaline ou Fausta.

Il va falloir que je joue mon jeu très prudemment, se disait Loren. Il savait déjà qu'il plaisait à

Mirissa. Il le devinait à son expression et au ton de sa voix. Et il en avait une preuve encore plus concluante grâce aux contacts accidentels de la main ou du corps, qui duraient plus longtemps qu'il n'était nécessaire.

Ils savaient tous deux que ce n'était qu'une question de temps. Brant aussi, Loren en était absolument certain. Cependant, en dépit de la tension mutuelle entre eux, ils gardaient encore des rapports assez amicaux.

La pulsation des réacteurs se tut et le bateau s'arrêta en dérivant près d'une grande bouée de verre qui dansait doucement à la surface de la mer.

— C'est notre source d'énergie, expliqua Brant. Nous n'avons besoin que de quelques centaines de watts, alors nous pouvons nous débrouiller avec des piles solaires. C'est un avantage des mers d'eau douce ; ça ne marcherait pas sur Terre. Vos océans étaient beaucoup trop salés, ils auraient dévoré kilowatt sur kilowatt.

— Vous êtes sûr de ne pas vouloir changer d'idée, oncle ? demanda Kumar en riant.

Loren secoua la tête. Il avait d'abord été étonné et puis il s'était habitué à cette appellation universelle employée par les jeunes Lassans. C'était même assez agréable d'avoir subitement des dizaines de neveux et de nièces.

— Non, merci. Je peux rester là et regarder par le hublot sous-marin, au cas où vous seriez mangés par des requins.

— Des requins ! s'exclama Kumar d'un air nostalgique. De merveilleux animaux, vraiment. J'aimerais bien qu'il y en ait ici. Ça rendrait la plongée bien plus excitante.

Loren observa avec l'intérêt d'un technicien quand Brant et Kumar endossèrent leur équipement. À côté de celui que l'on avait besoin de porter dans l'espace, c'était remarquablement simple ; la bouteille d'air comprimé était un tout petit objet qui tenait dans le creux de la main.

— Cette bouteille d'oxygène, dit-il. J'aurais pensé qu'elle ne pouvait pas durer plus de deux minutes.

Brant et Kumar le regardèrent d'un air de reproche.

— De l'oxygène ! s'exclama Brant. C'est un poison mortel au-dessous de vingt mètres. Cette bouteille contient de l'air, et c'est seulement la provision de secours, bonne pour un quart d'heure.

Il indiqua l'espèce de grille sur le paquetage à dos que portait déjà Kumar.

— Tout l'oxygène dont on a besoin est dissous dans l'eau de mer, si on peut l'extraire. Mais pour que ce soit possible, il faut de l'énergie, alors on doit avoir une pile pour faire marcher les pompes et les filtres. Avec ça, je pourrais rester dans le fond pendant une semaine, si je le voulais.

Il tapota la fluorescence verte d'un petit écran d'ordinateur à son poignet gauche.

— Ce truc donne toute l'information qu'il me faut, la profondeur, l'état de la pile, le temps de remontée, les paliers de décompression...

Loren hasarda une nouvelle question idiote :

— Pourquoi portez-vous un masque et pas Kumar ?

— Mais j'en ai un ! répliqua Kumar avec un grand sourire. Regardez de plus près.

— Hein... ? Ah, je vois ! Très astucieux.

— Mais agaçant, dit Brant, à moins qu'on passe sa vie dans l'eau, comme Kumar. J'ai essayé les contacts une fois, mais ça me fait mal aux yeux. Alors je m'en tiens au bon vieux masque, c'est bien plus commode. Prêt ?

— Prêt, capitaine.

Ils plongèrent simultanément à bâbord et à tribord, avec des mouvements tellement bien synchronisés que l'embarcation roula à peine. À travers le panneau de verre épais au fond de la coque, Loren les regarda descendre sans effort sur le récif qui était, il le savait, à plus de vingt mètres de profondeur tout en paraissant bien plus près.

Des outils et du câblage y avaient déjà été lancés et les deux plongeurs se mirent rapidement au travail pour réparer les pièges endommagés. De temps en temps, ils échangeaient d'énigmatiques interjections, mais la plupart du temps ils travaillaient en silence. Chacun savait ce qu'il avait à faire, ils n'avaient donc pas besoin de parler.

Le temps passa très vite pour Loren ; il avait l'impression de contempler un monde nouveau, ce qui, en somme, était vrai. Il avait beau avoir vu d'innombrables enregistrements vidéo tournés au cœur des océans terrestres, toute cette vie qui s'agitait au-dessous de lui était totalement inconnue. Il y avait des disques tourbillonnants et des gélatines palpitantes, des tapis ondulants et des spirales en tire-bouchon, mais très peu de créatures qui, même avec la plus folle imagination, pouvaient être qualifiées de poissons. Une fois seulement, du coin de l'œil, il surprit une espèce de torpille rapide qu'il fut presque certain de reconnaître. S'il ne se trompait pas, elle aussi était une exilée de la Terre.

Il croyait que Brant et Kumar l'avaient oublié quand un message lui parvint par l'interphone sous-marin et le fit sursauter.

— Nous remontons. Nous serons avec vous dans vingt minutes. Tout va bien ?

— Très bien, répondit Loren. Est-ce que c'est un poisson de la Terre que je viens de voir ?

— Je n'ai rien remarqué.

— Oncle a raison, Brant. Une truite mutante de vingt kilos est passée il y a cinq minutes. Ta lampe à souder lui a fait peur.

Ils avaient maintenant quitté le fond de la mer et montaient lentement le long de l'élégante caténaire du câble d'ancre. À environ cinq mètres de la surface, ils s'arrêtèrent.

— C'est la partie la plus ennuyeuse de toute plongée, dit Brant. Nous devons attendre ici pendant un quart d'heure. Canal deux, s'il vous plaît... Merci, mais pas aussi fort...

La musique de décompression avait été choisie par Kumar ; son rythme syncopé ne semblait guère approprié à la paix du paysage sous-marin. Loren fut très heureux de ne pas y être immergé et ravi d'arrêter la musique quand les deux plongeurs reprirent leur remontée.

— Voilà une bonne matinée de travail, déclara Brant en se hissant à bord. Voltage et courant normaux. Maintenant, nous pouvons rentrer.

Les efforts malhabiles de Loren, pour les aider à se débarrasser de leur matériel, furent acceptés avec reconnaissance. Les deux garçons étaient fatigués, ils avaient froid, mais ils furent vite ranimés par quelques tasses de ce breuvage chaud et sucré que les Lassans appelaient du « thé » mais qui ressemblait fort peu à toute boisson terrienne de ce nom.

Kumar mit le moteur en marche et le bateau repartit tandis que Brant fouillait dans le matériel qui traînait en désordre au fond de l'embarcation et y pêchait une petite boîte multicolore.

— Non, merci, dit Loren quand Brant lui offrit un des comprimés de drogue douce. Je ne tiens pas à acquérir des habitudes locales qui ne seraient pas faciles à abandonner.

Il regretta aussitôt cette réflexion ; elle devait

avoir été inspirée par quelque impulsion perverse du subconscient, ou peut-être par son remords. Mais Brant n'y avait sans doute pas décelé de signification plus profonde et s'était allongé, les mains derrière la tête, les yeux fixés sur le ciel sans nuages.

— On peut voir le *Magellan* dans la journée, dit Loren pour changer de conversation, si l'on sait exactement où regarder. Mais je n'ai jamais cherché moi-même.

— Mirissa l'a vu, souvent, dit Kumar. Et elle m'a montré comment. On n'a qu'à appeler Astronet pour avoir l'heure de passage et puis on s'allonge sur le dos, dehors. C'est comme une étoile brillante, juste au-dessus, et ça n'a pas l'air de bouger du tout. Mais si on se détourne seulement une seconde, on l'a perdu.

Brusquement, Kumar coupa le moteur, dériva quelques minutes et arrêta complètement le bateau. Loren regarda de tous côtés pour s'orienter ; il fut surpris de voir qu'ils étaient maintenant à au moins un kilomètre de la côte. Il y avait là une autre bouée qui se balançait à côté d'eux, portant une grande lettre P et surmontée d'un fanion rouge.

— Pourquoi nous sommes-nous arrêtés ? demanda-t-il.

Kumar rit et vida par-dessus bord un petit seau. Heureusement, il avait été bien fermé jusqu'à présent ; le contenu ressemblait à du sang mais l'odeur était bien plus épouvantable. Loren s'écarta le plus possible, dans l'espace limité de l'embarcation.

— Simple visite à une vieille amie, murmura Brant. Ne bougez pas, ne faites pas de bruit. Elle est très peureuse.

Elle ? pensa Loren. Que se passait-il ?

Pendant au moins cinq minutes, il ne se passa

rien du tout ; Loren n'aurait jamais cru que Kumar soit capable de rester immobile si longtemps. Enfin, il remarqua une longue bande recourbée de couleur foncée, à quelques mètres, juste au-dessous de la surface. Il la suivit des yeux et constata qu'elle formait un cercle complet qui les entourait.

Il s'aperçut au même moment que Brant et Kumar ne regardaient pas la chose mais l'observaient, lui. Tiens, ils cherchent à me faire une surprise, pensa-t-il ; eh bien, c'est ce que nous allons voir.

Malgré tout, Loren eut besoin de toute sa volonté pour retenir un cri de terreur pure quand une espèce de mur de chair rose vif — non, *putride* — s'éleva hors de la mer. Cela monta en ruisselant, à peu près à la moitié de la taille d'un homme et forma autour d'eux une barrière uniforme. Et, horreur finale, le dessus était complètement recouvert de serpents grouillants rouge et bleu vif.

Une gigantesque bouche frangée de tentacules était remontée des profondeurs et s'apprêtait à les engloutir...

Pourtant, il était évident qu'il n'y avait pas de danger, c'était visible à l'expression amusée de ses compagnons.

— Au nom de Dieu, de Krakan, qu'est-ce que c'est que ça ? souffla-t-il en s'efforçant de maîtriser sa voix.

— Vous avez très bien réagi, approuva Brant. Il y en a qui se cachent dans le fond du bateau. C'est Polly, diminutif de polype. Jolie Polly. Invertébré colonial, des milliards de cellules spécialisées qui collaborent toutes. Vous aviez des animaux très semblables, sur Terre, mais je ne crois pas qu'ils étaient aussi grands.

— Je suis bien certain que non ! Et, si je puis me

permettre de le demander, comment sortons-nous d'ici ?

Brant fit signe à Kumar qui remit en marche les moteurs, à pleine puissance. Avec une rapidité stupéfiante pour une chose aussi gigantesque, le mur vivant replongea dans les profondeurs marines, ne laissant qu'à peine une risée à la surface.

— Les vibrations lui ont fait peur, expliqua Brant. Regardez par le hublot. Maintenant, vous verrez toute la bête.

Au-dessous d'eux, quelque chose comme un tronc d'arbre de dix mètres d'épaisseur battait en retraite vers le fond. Loren comprit que les « serpents » qu'il avait vus grouiller sur le dessus étaient de minces tentacules ; revenus dans leur élément, ils ondulaient sans effort à la recherche de ce qu'ils pourraient dévorer.

— Quel monstre ! murmura-t-il.

Il se détendit enfin, après plusieurs minutes. Une chaude sensation de fierté — et même d'exaltation — l'envahit. Il savait qu'il venait de passer un nouvel examen et qu'il avait gagné l'approbation de Brant et de Kumar. Il l'acceptait avec reconnaissance.

— Ce n'est pas *dangereux ?* demanda-t-il.

— Bien sûr que si ! C'est pourquoi nous avons la bouée d'avertissement.

— Franchement, je serais tenté de la tuer.

— Pourquoi ? s'exclama Brant, sincèrement choqué. Quel mal fait-elle ?

— Eh bien... Une créature de cette taille doit attraper un nombre considérable de poissons.

— Oui, mais seulement des poissons lassans, pas le poisson que nous mangeons. Et voilà le plus intéressant. Pendant longtemps, nous nous sommes demandé comment elle pouvait persuader les poissons — même les idiots d'ici — de nager dans sa gueule. Nous avons fini par découvrir qu'elle sécrète une sorte d'appât chimique, et c'est ce qui m'a fait penser aux pièges électriques. Ce qui me rappelle...

Brant prit son compack.

— Tarna Trois appelle Autodocu Tarna, ici Brant. Nous avons réparé le piège. Tout fonctionne normalement. Pas besoin d'accuser réception. Fin de message.

Mais, à la surprise de tous, il y eut une réponse immédiate, par une voix familière.

— Salut, Brant, salut, docteur Lorenson. Je suis heureuse de l'apprendre. Et j'ai des nouvelles intéressantes pour vous. Vous voulez les écouter ?

— Bien sûr, madame le maire, marmonna Brant en échangeant un regard amusé avec Loren. Allez-y.

— Archives Centrales a déniché quelque chose de vraiment surprenant. Tout cela est déjà arrivé. Il y a deux cent cinquante ans, on a essayé de construire un récif au départ de l'île du Nord, par électroprécipitation, une technique qui a donné de bons résultats sur Terre. Mais au bout de quelques semaines, les câbles sous-marins étaient cassés, quelques-uns *volés.* On n'a jamais poursuivi l'enquête parce que, par ailleurs, l'expérience était un échec total. Pas assez de minéraux dans l'eau pour que ce soit rentable. Alors, vous voyez. Vous ne pouvez accuser les Conserveurs. Ils n'existaient pas à cette époque.

Brant avait l'air tellement ahuri que Loren éclata de rire.

— Et vous avez voulu me surprendre, moi ! dit-il. Ma foi, vous avez indiscutablement prouvé qu'il y a des choses dans la mer que je n'avais jamais imaginées. Mais à présent, on dirait qu'il y en a que vous-même n'avez jamais imaginées non plus !

20

Idylle

Les Tarnans trouvaient cela désopilant et feignaient de ne pas croire Loren.

— D'abord, vous n'étiez jamais monté sur un bateau, et maintenant, vous dites que vous ne savez pas faire de la bicyclette !

— Vous devriez avoir honte ! le gourmanda Mirissa, l'œil pétillant. Le moyen de transport le plus pratique qu'on ait jamais inventé ! Et vous ne l'avez pas essayé !

— On n'en a guère besoin dans un vaisseau spatial et c'est trop dangereux en ville, marmonna Loren. Et d'ailleurs, qu'est-ce qu'il y a à apprendre ?

Il découvrit bientôt que ce n'était pas rien ; la bicyclette était bien moins simple qu'elle en avait l'air. Bien qu'il faille un réel talent pour tomber de ces engins à petites roues et au centre de gravité bas (il y parvint quand même plusieurs fois), ses premières tentatives furent décourageantes. Il n'aurait pas persévéré si Mirissa ne lui avait assuré que c'était le meilleur moyen de découvrir l'île... et s'il n'avait espéré que ce serait aussi le meilleur moyen de découvrir Mirissa.

Après quelques chutes supplémentaires, il comprit que le truc, c'était d'ignorer complètement le problème et de laisser faire les réflexes de son corps. C'était assez logique ; si l'on devait réfléchir à chaque pas que l'on fait, la simple marche deviendrait impossible. Loren acceptait cela, intellectuellement, mais il mit tout de même un moment à se fier à son instinct. Une fois qu'il eut franchi cet obstacle, il progressa très rapidement. Et finalement, comme il l'avait espéré, Mirissa proposa de lui faire visiter les coins les plus reculés de l'île.

Il était facile de croire qu'ils étaient seuls au monde, et pourtant ils ne devaient pas être à plus de cinq kilomètres du village. Ils avaient certainement pédalé beaucoup plus loin, mais l'étroite piste cyclable avait été étudiée pour emprunter le chemin le plus pittoresque, qui était également le plus long. Loren avait la possibilité de s'orienter en un instant, grâce au chercheur de position de son compack, mais il ne prenait pas cette peine. C'était plus amusant de prétendre qu'on était perdu.

Mirissa aurait été plus heureuse s'il avait laissé le compack au village.

— Pourquoi faut-il que vous transportiez ça ? demanda-t-elle en montrant le brassard constellé de boutons, sur son bras gauche. C'est parfois plaisant d'échapper aux gens.

— Entièrement d'accord mais les règlements du vaisseau sont très stricts. Si le capitaine Bey a besoin de moi en vitesse et si je ne réponds pas...

— Eh bien ? Qu'est-ce qu'il ferait ? Il vous mettrait aux fers ?

— J'aimerais mieux ça que l'inévitable sermon. D'ailleurs, je me suis branché sur sommeil. Si le Combord passait *outre* alors il s'agirait d'un véritable cas d'urgence, et je voudrais certainement être en contact.

Comme la majorité des Terriens depuis plus de mille ans, Loren était beaucoup plus à l'aise sans vêtements que sans compack. L'histoire de la Terre abondait en récits terrifiants d'individus négligents ou téméraires qui étaient morts — parfois à quelques mètres de la sécurité — parce qu'ils n'avaient pu atteindre le bouton rouge URGENCE.

Indiscutablement, la piste cyclable avait été conçue à l'économie et non pour une circulation dense. Elle ne faisait pas un mètre de large et, au début, Loren eut l'impression de rouler sur la corde raide. Il devait concentrer son attention sur le dos de Mirissa (ce qui n'était pas du tout désagréable) pour éviter de tomber. Mais au bout de quelques kilomètres, il prit de l'assurance et put profiter aussi des beautés du paysage. Si jamais ils rencontraient quelqu'un venant en sens inverse, tout le monde devrait mettre pied à terre ; la pensée d'une collision à cinquante klicks à l'heure ou plus était trop horrible. Et ce serait bien long de rentrer à pied, en portant les bicyclettes cassées.

La plupart du temps, ils roulaient dans un silence parfait, rompu uniquement lorsque Mirissa lui indiquait un arbre insolite ou quelque point de vue exceptionnel. Ce silence aussi était une grande nouveauté pour Loren ; sur Terre, il avait toujours été environné de bruit et, à bord, la vie devenait toute une symphonie de bourdonnements et de cliquetis mécaniques, avec, à l'occasion, l'effroi d'un système d'alarme.

Les arbres tissaient autour d'eux un invisible voile insonorisant, si bien que chaque mot semblait aspiré dans le silence, à l'instant où il était émis. Au début, l'originalité de la sensation la rendait plaisante, mais à présent, Loren commençait à rêver que quelque chose vienne remplir ce vide acoustique. Il fut même tenté de réclamer un peu de musique de fond à son compack, mais il était certain que Mirissa n'approuverait pas.

Ce fut donc avec un grand étonnement qu'il entendit les accents maintenant familiers d'une musique de danse thalassane, s'échappant d'entre les arbres, devant eux. Comme le sentier étroit n'avait pas de lignes droites de plus de deux ou trois cents mètres, il ne vit la source de cette musique qu'au débouché d'un virage, en se trouvant face à face avec un monstre mécanique mélodieux occupant toute la largeur de la chaussée et avançant lentement vers eux. Il ressemblait assez à une chenille robot. Quand ils mirent pied à terre pour le laisser passer, Loren s'aperçut que c'était un repaveur automatique. Il avait remarqué quelques passages défoncés et même des nids-de-poule et s'était demandé quand le Service des Ponts et Chaussées de l'île du Sud se déciderait à s'en occuper.

— Pourquoi la musique ? demanda-t-il. Ça ne m'a pas du tout l'air du genre de machine capable de l'apprécier.

À peine avait-il fait sa petite plaisanterie que le robot s'adressa à lui sévèrement :

— Vous êtes prié de ne pas rouler sur la surface de cette route à moins de cent mètres de moi, le revêtement n'a pas encore durci. Vous êtes prié de ne pas rouler sur la surface de cette route à moins de cent mètres de moi, le revêtement n'a pas encore durci... Merci.

Mirissa rit de la mine ahurie de Loren.

— Vous avez raison, naturellement, il n'est pas très intelligent. La musique sert d'avertissement aux promeneurs.

— Est-ce qu'une espèce de sirène ou de klaxon ne serait pas plus efficace ?

— Si, mais tellement... *moins amical !*

Ils poussèrent les bicyclettes sur le bas-côté et attendirent que passe le cortège de chars articulés, d'unités de contrôle et de mécanismes de repavage. Loren ne put se retenir de toucher le revêtement fraîchement étalé ; c'était tiède, un peu mou et d'aspect humide bien que parfaitement sec au toucher. Mais en quelques secondes, la substance devint dure comme de la pierre ; Loren remarqua la légère impression de ses doigts et se dit : « J'ai laissé ma marque sur Thalassa, au moins jusqu'au prochain passage du robot. »

Le chemin montait à présent dans les collines et Loren se découvrait des muscles inconnus, dans les cuisses et les mollets, qui réclamaient son attention. Un petit moteur auxiliaire aurait été le bienvenu mais Mirissa méprisait les nouveaux modèles électriques. Elle ne ralentissait absolument pas son allure et Loren fut contraint de respirer à fond et de faire des efforts pour ne pas être distancé.

Tout à coup, il se demanda quel était ce singulier grondement lointain. Il était impossible que quelqu'un essaie des moteurs de fusée à l'intérieur de l'île du Sud ! Le bruit devint de plus en plus fort à mesure qu'ils pédalaient ; Loren l'identifia quelques secondes seulement avant que la source apparaisse.

Selon les normes de la Terre, la cascade n'était pas très impressionnante, peut-être cent mètres de haut et vingt de large. Un petit pont métallique luisant d'embruns enjambait le bassin bouillonnant où tombait le torrent.

Au grand soulagement de Loren, Mirissa descendit de sa bicyclette et le regarda d'un air assez malicieux.

— Vous ne remarquez rien de... *bizarre ?* demanda-t-elle en embrassant d'un geste le paysage.

— Dans quel sens, bizarre ?

Il cherchait une indication. Tout ce qu'il voyait,

c'étaient des arbres, de la végétation, et le chemin qui continuait de serpenter de l'autre côté de la cascade.

— Les arbres... Les arbres !

— Et alors ? Vous savez, je ne suis pas botaniste.

— Moi non plus, mais ça devrait être évident. Regardez-les bien.

Il regarda, toujours aussi perplexe. Finalement il comprit, parce qu'un arbre est en quelque sorte une construction technique naturelle, et il était ingénieur.

Un constructeur d'un genre différent avait œuvré de l'autre côté du torrent. Tout en étant incapable de nommer les arbres au milieu desquels il se trouvait, et qui lui semblaient vaguement familiers, il était sûr qu'ils venaient de la Terre... Oui, celui-là était certainement un chêne et quelque part, il y avait bien longtemps, il avait vu les belles fleurs jaunes de cet arbuste.

Au-delà du pont, un autre monde commençait. Les arbres — était-ce réellement des arbres ? — paraissaient rudimentaires, inachevés. Certains avaient un tronc court en forme de barrique d'où partaient quelques branches maigres ; d'autres ressemblaient à d'immenses fougères ; d'autres encore à des doigts squelettiques de géants, avec des épines brillantes aux articulations. Et il n'y avait pas de fleurs.

— Maintenant, je comprends. C'est la propre végétation de Thalassa.

— Oui... À peine quelques millions d'années hors de la mer. Nous appelons cet endroit la ligne de démarcation. Mais c'est plutôt un champ de bataille entre deux armées, et personne ne sait quel camp sortira vainqueur. Ni l'un ni l'autre, si nous y pouvons quelque chose ! La végétation de la Terre est plus avancée, mais l'indigène est mieux adaptée à la chimie. De temps en temps, un côté envahit l'autre, alors nous intervenons avec des pelles avant que ne s'établisse une tête de pont.

Comme c'est curieux, pensa Loren alors qu'ils poussaient leurs bicyclettes sur le pont léger. Pour la première fois depuis mon arrivée à Thalassa, j'ai vraiment l'impression d'être dans un autre monde.

Ces arbres lourdauds et ces fougères grossières étaient peut-être les matières premières des gisements de charbon qui avaient alimenté la révolution industrielle, juste à temps pour sauver l'espèce humaine. Il n'aurait pas été étonné de voir un dinosaure surgir d'un fourré ; puis il se souvint que les terribles sauriens étaient apparus cent millions d'années après que de telles plantes eurent poussé sur Terre...

Ils se remettaient en selle, quand Loren s'exclama :

— Krakan et damnation !

— Qu'est-ce qu'il y a ?

Il tomba sur ce qui, providentiellement, ressemblait à un épais matelas de mousse élastique.

— Une crampe, marmonna-t-il entre ses dents, une main serrée autour des muscles durs et noués de son mollet.

— Laissez-moi faire, dit Mirissa d'une voix soucieuse mais confiante.

Sous l'effet de son agréable massage, quelque peu amateur, les spasmes se calmèrent.

— Merci, dit Loren au bout d'un moment. Ça va beaucoup mieux. Mais je vous en prie, ne vous arrêtez pas.

— Vous pensiez donc que j'allais le faire ? murmura-t-elle.

Et bientôt, entre deux mondes, ils ne firent plus qu'un.

IV

KRAKAN

21

L'Académie

Les membres de l'Académie des sciences thalassane étaient strictement limités au nombre binaire joliment rond de 100 000 000... ou, pour ceux qui préféraient compter sur leurs doigts, 256. L'officier scientifique du *Magellan* approuvait cette exclusivité ; elle permettait de maintenir un niveau élevé. Et l'Académie prenait très au sérieux ses responsabilités ; le Président avait avoué qu'en ce moment, il n'y avait que 241 membres, car il avait été impossible de trouver pour les postes vacants un personnel qualifié.

Sur ces 241, pas moins de 105 académiciens assistaient physiquement à la réunion qui se tenait dans le grand amphithéâtre de l'Académie tandis que 116 autres y étaient reliés grâce à leurs compacks. C'était une participation record et le Pr Anne Verley s'en trouvait extrêmement flattée, tout en ne pouvant se défaire d'une curiosité fugace à propos des manquants.

Elle était aussi vaguement mal à l'aise d'être présentée comme l'un des plus grands astronomes de la Terre, même si, hélas, à la date du départ du *Magellan*, cela n'avait été que trop vrai. Le Temps et le Hasard avaient donné à l'ancienne directrice de — feu — l'Observatoire lunaire de Shklovsky cette unique occasion de survivre. Elle savait parfaitement qu'elle n'était tout au plus que compétente si on la comparait à un Ackerley, un Chandrasekhar ou un Herschel, et même moins par rapport à Galilée, Copernic et Ptolémée.

— La voilà, commença-t-elle. Je suis sûre que vous avez tous vu ce planisphère de Sagan Deux, la meilleure reconstitution possible d'après nos survols et radiohologrammes. Le détail est faible, naturellement — dix kilomètres au mieux — mais suffit à nous donner les réalités de base. Diamètre, quinze mille kilomètres, un peu plus que la Terre. Une atmosphère dense, presque entièrement de l'azote. Et pas d'oxygène... *heureusement !*

Cet « heureusement » attira immanquablement l'attention ; toute l'assistance se redressa dans un sursaut.

— Je comprends votre surprise ; la plupart des êtres humains ont un préjugé en faveur de la respiration. Mais dans les décennies précédant l'Exode, beaucoup de choses se sont passées et ont modifié notre point de vue sur l'univers.

» L'absence d'autres créatures vivantes — hier comme aujourd'hui — dans le système solaire et l'échec des programmes SETI, en dépit de seize siècles d'efforts, ont convaincu presque tout le monde que la vie doit être extrêmement rare ailleurs dans l'univers et, par conséquent, extrêmement précieuse.

» Ainsi, à partir de ce moment, on a estimé que toutes les formes de vie étaient dignes de respect et devaient être aimées et protégées. Certains sont allés jusqu'à affirmer qu'il ne fallait même pas exterminer les agents pathogènes virulents et vecteurs de maladies, mais les préserver sous une stricte sauvegarde. « Respect pour la Vie » est devenu un slogan très populaire durant les Derniers Jours... et peu se sont contentés de l'appliquer exclusivement à la vie humaine.

» Une fois accepté le principe de la non-intervention biologique, certaines conséquences pratiques ont suivi. Il était convenu depuis longtemps que nous ne tenterions aucun établissement sur une planète possédant des formes de vie intelligentes ; l'espèce humaine avait de trop mauvais états de service sur sa planète natale. Heureusement — ou malheureusement — cette situation ne s'est jamais présentée.

» Mais on a poussé plus loin l'argument. Supposons que nous trouvions une planète où la vie animale vient juste de débuter. Devons-nous nous écarter et laisser l'évolution suivre son cours, au cas où dans des méga-années l'intelligence apparaîtrait peut-être ?

» Et en allant plus loin encore, s'il n'y avait qu'une vie végétale ? Rien que des microbes unicellulaires ?

» Vous vous étonnerez peut-être d'apprendre que, alors que l'existence même de l'espèce humaine était en jeu, des hommes aient pris la peine d'ouvrir le débat sur des questions morales et philosophiques aussi abstraites. Mais la mort braque l'esprit sur les questions réellement importantes : pourquoi sommes-nous ici ? Que devrions-nous faire ?

» Le concept de la « Métaloi » — je suis sûre que vous en avez entendu parler — est devenu très populaire. Était-il possible de concevoir des codes légaux et moraux applicables à *toutes* les créatures intelligentes, et pas seulement aux mammifères bipèdes consommateurs d'air, qui avaient brièvement dominé sur la planète Terre ?

» Le professeur Kaldor, par hasard, a été l'un des animateurs de ce débat. Cela l'a rendu très populaire parmi ceux qui déclaraient que, puisque l'*homo sapiens* était la seule espèce intelligente connue, sa survie prenait le pas sur toutes les autres considérations. Quelqu'un a imaginé un slogan frappant l'imagination : « Si c'est l'homme ou le moulage de boue, je vote pour l'homme ! »

» Par bonheur, il n'y a jamais eu d'affrontement direct, à notre connaissance. Des siècles passeront sans doute avant que nous recevions des rapports de tous les vaisseaux-semeurs qui ont été lancés. Et si certains restent silencieux... eh bien, les moulages de boue auront peut-être gagné...

» En 3505, durant la session finale du Parlement mondial, certaines règles — la célèbre Grande Directive — ont été établies pour la future colonisation planétaire. Beaucoup de gens l'ont trouvée trop idéaliste, et il n'y avait certainement aucun moyen de la faire respecter. Mais c'était une déclaration d'intention, un geste final de bonne volonté à l'égard d'un univers qui ne pourrait peut-être jamais l'apprécier.

» Un seul des règlements de la Directive nous concerne ici, mais c'est le plus connu et celui qui a suscité les plus vives controverses, puisqu'il écartait certains des objectifs les plus prometteurs.

» La présence d'un certain pourcentage, même infime, d'oxygène dans l'atmosphère d'une planète est la preuve absolue que la vie y existe. L'élément est bien trop réactif pour se produire à l'état libre, à moins d'être perpétuellement reproduit par des plantes, ou leur équivalent. Naturellement, l'oxygène ne signifie pas nécessairement la vie *animale* mais il en plante le décor. Et même si la vie animale aboutit rarement à l'intelligence, aucune autre route plausible vers elle n'a été trouvée jusqu'alors, même en théorie.

» Donc, selon les principes de la Métaloi, les planètes porteuses d'oxygène étaient interdites. Entre nous, je doute qu'une décision aussi radicale eût été prise si la poussée quantique ne nous avait pas donné un rayon d'action — et de l'énergie — illimité.

» Permettez-moi maintenant de vous exposer notre plan d'opération, à notre arrivée sur Sagan Deux. Comme vous le voyez sur cette carte, plus de 50 % de la surface sont recouverts de glace, sur une profondeur estimée de trois kilomètres. Tout l'oxygène dont nous aurons jamais besoin !

» Quand il aura établi son orbite finale, le *Magellan* emploiera la poussée quantique, à une petite fraction de la pleine puissance, en guise de torche. Elle brûlera la glace et séparera simultanément la vapeur en oxygène et hydrogène. L'hydrogène fuira rapidement dans l'espace ; peut-être l'y aiderons-nous avec des lasers appropriés, si besoin est.

» En vingt ans seulement, Sagan Deux aura une atmosphère contenant 10 % d'oxygène, mais elle sera encore trop pleine d'oxydes d'azote et autres poisons pour être respirable. À peu près à cette époque, nous commencerons à introduire des bactéries spécialement développées et peut-être même des plantes, pour accélérer le processus. Mais la planète sera encore bien trop froide ; même en tenant compte de la chaleur que nous y aurons pompée, la température restera au-dessous de zéro partout, sauf pendant quelques heures, vers midi, à l'équateur.

» C'est alors que nous utiliserons la poussée quantique pour la dernière fois, probablement. Le *Magellan* qui a passé toute son existence dans l'espace descendra enfin à la surface d'une planète.

» À partir de ce moment et pendant environ un quart d'heure par jour, à l'heure appropriée, la poussée quantique sera appliquée à la puissance maximale supportable par le vaisseau et par la base rocheuse où il sera posé. Nous ne savons pas combien de temps devra durer l'opération, avant d'avoir procédé aux derniers essais ; il pourrait être nécessaire de déplacer encore le vaisseau, si le site initial est géologiquement instable.

» Selon une première approximation, il apparaît qu'il nous faudra employer la poussée pendant trente ans pour ralentir la planète jusqu'à ce qu'elle tombe assez près du soleil pour avoir un climat tempéré. Et nous devrons appliquer la poussée pendant vingt-cinq ans de plus pour arrondir l'orbite. Mais pendant une grande partie de ce temps, il sera tout à fait possible de vivre sur Sagan Deux, même si les hivers restent terribles jusqu'à ce que l'orbite finale soit atteinte.

» Nous aurons donc là une planète vierge, plus grande que la Terre, avec environ 40 % d'océan et une température moyenne de 25°. L'atmosphère contiendra de l'oxygène, 30 % de moins que sur la Terre mais ce pourcentage diminuera. Il sera temps de réveiller les neuf cent mille dormeurs, toujours en hibernation, et de leur offrir un nouveau monde.

» Voilà donc le scénario, à moins que des développements — ou découvertes — inattendus nous contraignent à nous en écarter. Et au pis aller...

Le Pr Varley hésita, puis elle sourit sombrement.

— Non, quoi qu'il arrive, vous ne nous reverrez pas ! Si Sagan Deux est impossible, il y a un autre objectif, à trente années-lumière au-delà. Il serait peut-être même bien meilleur.

» Peut-être finirons-nous par coloniser les deux. Mais cela, c'est à l'avenir d'en décider.

La discussion mit quelque temps à démarrer ; la plupart des académiciens paraissaient assommés, bien que leurs applaudissements soient indiscutablement sincères. Le Président qui, grâce à une longue expérience, préparait toujours à l'avance des questions passe-partout donna le coup d'envoi :

— Un détail mineur, professeur Varley, mais de qui ou de quoi Sagan Deux porte-t-elle le nom ?

— D'un auteur de romans scientifiques, du début du troisième millénaire.

Cela rompit la glace, tout comme le souhaitait le Président.

— Vous nous avez dit, professeur, que Sagan Deux a au moins un satellite. Que lui arrivera-t-il quand vous aurez changé l'orbite de la planète ?

— Rien, à part de très légères perturbations. Il suivra sa planète.

— Si la Directive de... quelle date, déjà ? 3500...

— 3505.

— ... avait été ratifiée plus tôt, serions-nous ici en ce moment ? Je veux dire, Thalassa aurait-elle été interdite ?

— C'est une excellente question et nous en avons souvent débattu. La mission semeuse de 2751 — votre vaisseau mère de l'île du Sud — serait certainement allée à l'encontre de cette directive. Heureusement, le problème ne s'est pas posé. Puisqu'il n'y avait pas d'animaux terrestres ici, le principe de la non-intervention n'a pas été violé.

— C'est une spéculation pure, dit un des plus jeunes académiciens, à l'amusement évident de plusieurs de ses aînés, mais étant entendu que l'oxygène signifie la vie, comment pouvez-vous être sûrs que la proposition inverse soit vraie ? On peut imaginer toutes sortes de créatures — même intelligentes — sur des planètes sans oxygène, voire sans atmosphère. Si nos successeurs évolutifs sont des *machines* intelligentes, comme l'ont suggéré de nombreux philosophes, elles préféreraient une atmosphère où elles ne rouilleraient pas. Avez-vous une idée de l'âge de Sagan Deux ? La planète a peut-être dépassé l'ère oxygène-biologique et une civilisation mécanique pourrait vous attendre là-bas.

Il y eut quelques gémissements de contestation et, dans la salle, quelqu'un marmonna « Science-fiction ! » d'une voix dégoûtée. Le Pr Varley attendit que les mouvements divers se calment et répondit brièvement :

— Cela ne nous a pas empêchés de dormir. Et si nous tombions sur une civilisation mécanique, le principe de non-intervention n'aurait guère d'importance. Je m'inquiéterais bien plus de ce que cette civilisation-là pourrait nous faire, à nous, que le contraire !

Un très vieil homme — sans doute la personne la plus âgée que le Pr Varley ait vue à Thalassa — se leva lentement dans le fond de la salle. Le Président griffonna rapidement une note et la fit passer : « Prof. Derek Winslade, GVP de sciences de T, historien ». Le Pr Varley s'interrogea sur la signification de GVP pendant quelques secondes, avant qu'un éclair d'inspiration lui apprenne que cela voulait dire Grand Vieux Pontife.

Et c'était typique, pensa-t-elle, que le doyen de la science lassane soit un historien. Durant les sept cents ans de leur histoire, les Trois Îles n'avaient produit qu'une poignée de penseurs originaux.

Ce n'était pas nécessairement critiquable. Les Lassans avaient été forcés de bâtir l'infrastructure d'une civilisation à partir de zéro ; il y avait eu peu d'occasions, peu d'encouragements pour toute espèce de recherche qui ne serait pas strictement fonctionnelle. Et il y avait un problème plus grave et plus subtil, celui de la population. À aucun moment, dans aucune des disciplines scientifiques, il n'y avait eu assez de travailleurs à Thalassa pour atteindre une « masse critique », le nombre minimal de cerveaux agissants, nécessaire pour déclencher de la recherche fondamentale dans quelque nouveau domaine du savoir.

Il n'y avait de rares exceptions à cette règle qu'en mathématiques ou en musique. Un génie solitaire, un Ramanuja ou un Mozart, pouvait s'élever du néant et voguer seul sur les mers inconnues de la pensée. Le plus célèbre exemple de la science lassane était Francis Zoltan (214-242) ; cinq cents ans plus tard, son nom était encore vénéré mais le Pr Varley avait certaines réserves à faire, même sur ses talents les plus incontestables. Personne, lui semblait-il, n'avait vraiment compris ses découvertes dans le domaine des nombres hypertransfinis et personne n'avait poussé plus loin ses expériences, ce qui est la marque des authentiques percées. Même à présent, sa fameuse « Dernière hypothèse » défiait toute preuve autant que toute réfutation.

Elle soupçonnait fort — mais elle avait bien trop de tact pour le confier à ses amis lassans — que la tragique mort prématurée de Zoltan avait magnifié sa réputation, auréolé son souvenir des espoirs nostalgiques de ce qui aurait pu être. Sa disparition, alors qu'il nageait au large de l'île du Nord, avait inspiré des légions de mythes et d'hypothèses romanesques — déception amoureuse, rivaux jaloux, incapacité de découvrir des preuves critiques, terreur de l'hyper-infini en soi — dont aucun n'était tant soit peu fondé en réalité. Mais tout cela avait parfait l'image populaire du plus grand génie de Thalassa, fauché à la fleur de l'âge et de ses œuvres.

Que disait donc le vieux professeur ? Ah, mon Dieu, il y avait toujours quelqu'un, au moment du débat, pour aborder une question tout à fait en dehors du sujet ou pour profiter de l'occasion et exposer une thèse favorite. Grâce à une longue pratique, le Pr Varley savait fort bien venir à bout de ces interrupteurs et réussissait généralement à faire rire à leurs dépens. Mais il lui faudrait être polie avec un GVP entouré de collègues respectueux, sur son propre terrain.

— Professeur — euh — Winsdale... (« Win*slade* », chuchota le Président, navré, mais elle jugea qu'une rectification ne ferait qu'aggraver la bévue), la question que vous venez de poser est excellente mais devrait vraiment faire l'objet d'une autre conférence. Ou plutôt, d'une série de conférences, et, même alors, cela ne ferait qu'effleurer ce vaste sujet.

» Mais pour répondre à votre premier point. Nous avons entendu plusieurs fois cette critique, et ce n'est tout simplement pas vrai. Nous n'avons absolument pas tenté de garder le « secret », comme vous dites, de la poussée quantique. La théorie complète se trouve dans les archives du vaisseau et fait partie du matériel qui vous a été transmis.

» Cela dit, je ne voudrais pas faire naître de faux espoirs. Franchement, il n'y a *personne* parmi l'équipage du vaisseau qui comprenne réellement la poussée. Nous savons nous en servir, c'est tout.

» Il y a trois savants en hibernation qui seraient, paraît-il, des experts de la poussée. Si nous devions les réveiller avant d'atteindre Sagan Deux, nous aurions de sérieux ennuis.

» Des hommes sont devenus fous en essayant d'imaginer la structure géométrodynamique du super-espace, en demandant pourquoi l'univers avait à l'origine onze dimensions au lieu d'un chiffre rond comme dix ou douze. Quand j'ai suivi le cours de propulsion de base, mon professeur m'a dit : « Si vous pouviez comprendre la poussée quantique, vous ne seriez pas ici, vous seriez là-haut à Lagrange Un, à l'Institut des Études avancées. » Et il m'a donné une comparaison utile, pour m'aider à me rendormir quand j'avais des cauchemars à force de chercher ce que veut dire réellement « dix à la puissance moins trente-trois centimètres ».

» Les membres de l'équipage du *Magellan* ont seulement besoin de savoir ce que *fait* la poussée, m'a dit mon professeur. Ils sont comme des ingénieurs chargés d'un réseau de distribution électrique. Du moment qu'ils savent comment utiliser l'énergie, ils n'ont pas à savòir comment elle est engendrée. Ça peut venir de quelque chose de simple, comme une dynamo à essence, un panneau solaire ou une turbine à eau. Ils sont certainement capables de comprendre les principes de ceux-là mais ils n'en ont pas besoin pour bien exécuter leur travail.

» Ou bien l'électricité peut venir de quelque chose de plus complexe, par exemple un réacteur à fission ou un fondeur thermonucléaire ou encore un catalyseur muon, un node Penrose ou un noyau Hawking-Schwarzchild, vous voyez ce que je veux dire ? Quelque part en chemin, ils doivent renoncer à tout espoir de compréhension ; mais ils demeurent quand même des ingénieurs parfaitement compétents, capables de brancher le courant électrique où et quand c'est nécessaire.

» De même, nous pouvons transporter le *Magellan* de la Terre à Thalassa — et, je l'espère, à Sagan Deux — sans savoir réellement ce que nous faisons. Mais un jour, peut-être dans des siècles, nous pourrons de nouveau égaler le génie qui a produit la poussée quantique.

» Et — qui sait ? — vous pourriez être les premiers. Un nouveau Francis Zoltan pourrait naître à Thalassa. Et alors, peut-être, ce sera vous qui viendrez nous rendre visite.

Elle n'y croyait pas vraiment. Mais c'était une bonne conclusion qui lui valut un tonnerre d'applaudissements.

22

Krakan

— Nous pouvons le faire sans mal, naturellement, dit le capitaine Bey d'un air pensif. Le planning est pour ainsi dire terminé, ce problème de vibration des compresseurs semble avoir été résolu, la préparation du site est en avance sur les prévisions. Il est tout à fait possible d'y consacrer des hommes et du matériel, cela ne fait aucun doute, mais est-ce vraiment une bonne idée ?

Il regarda les cinq officiers supérieurs réunis autour de la table ovale, dans la salle de conférence de Terra Nova ; d'un commun accord, ils regardaient tous le Pr Kaldor, qui soupira et écarta les bras, l'air résigné.

— Donc, ce n'est pas un problème purement technique. Dites-moi tout ce que je dois savoir.

— Voici la situation, dit le capitaine adjoint Malina.

Les lumières diminuèrent et les Trois Îles recouvrirent la table, flottant à une fraction de centimètre au-dessus comme une maquette magnifiquement détaillée. Mais ce n'en était pas une car, si l'échelle avait été suffisamment agrandie, on aurait pu observer les Lassans allant à leurs affaires.

— Je crois que les Lassans ont encore peur du mont Krakan, bien que ce soit un volcan très bien élevé. Il n'a jamais tué personne, après tout. Et c'est la clef du système de communications inter-îles. Il culmine à six kilomètres au-dessus du niveau de la mer ; c'est bien entendu le point le plus élevé de la planète. C'est donc le site idéal pour un parc d'antennes ; tous les services longue distance passent par là et sont redirigés sur les deux autres îles.

— Il m'a toujours paru un peu bizarre, dit paisiblement Kaldor, qu'après deux mille ans, nous n'ayons rien trouvé de mieux que les ondes radio.

— L'univers n'est équipé que d'un seul spectre électromagnétique, professeur, et nous devons en faire le meilleur usage possible. En plus les Lassans ont de la chance, parce que même les extrémités les plus éloignées des îles du Nord et du Sud ne sont distantes que de trois cents kilomètres. Le mont Krakan peut les desservir toutes les deux. Les habitants sont capables de très bien se débrouiller sans compacks.

» Le seul problème, c'est l'accès... et le climat. La grande plaisanterie locale, c'est que Krakan est le seul endroit de la planète à en avoir un. Toutes les quelques années, quelqu'un doit escalader la montagne, réparer quelques antennes, remplacer des batteries et piles solaires et dégager à la pelle beaucoup de neige. Pas de véritable problème mais beaucoup de dur travail.

— Ce que les Lassans, intervint le commandant-médecin Newton, évitent le plus possible. Notez que je ne leur reproche pas de conserver leur énergie pour des choses plus importantes, par exemple le sport, l'athlétisme.

Elle aurait pu ajouter l'amour physique, mais c'était déjà un sujet épineux avec beaucoup de ses collègues et la réflexion risquait de ne pas être appréciée.

— Pourquoi faut-il qu'ils escaladent la montagne ? demanda Kaldor. Pourquoi est-ce qu'ils ne volent pas tout simplement au sommet ? Ils ont des appareils à décollage et atterrissage vertical.

— Oui, mais l'air est raréfié, là-haut, et tend à être très turbulent. Après plusieurs accidents graves, ils ont décidé d'y aller à la dure.

— Je vois, murmura Kaldor. C'est le vieux problème de non-ingérence. Allons-nous affaiblir leur indépendance ? Ne serait-ce qu'un petit peu ? Et si nous n'accédons pas à une aussi modeste requête, nous risquons de provoquer du ressentiment. Justifié, d'ailleurs, compte tenu de l'aide qu'ils nous ont apportée pour l'usine de réfrigération.

— C'est exactement ce que je pense. Pas d'objections ? Très bien, monsieur Lorenson, voulez-vous vous en occuper, s'il vous plaît ? Employez l'avion spatial comme vous le jugerez bon, du moment qu'il n'est pas indispensable à l'opération flocon de neige.

Moïse Kaldor avait toujours adoré la montagne ; il s'y sentait plus près de Dieu, dont il regrettait encore parfois la non-existence.

Du bord de la vaste caldeira, son regard plongeait dans une mer de lave, congelée depuis longtemps mais émettant encore des fumerolles par une dizaine de crevasses. Au-delà, loin vers l'ouest, les deux grandes îles étaient nettement visibles, posées sur l'horizon comme de sombres nuages.

Le froid piquant et la nécessité de tirer le maximum de chaque inspiration ajoutaient un peu de piment à l'aventure. Autrefois, il était tombé sur une expression, dans quelque vieux livre de voyages ou d'aventures. « Un air qui enivre comme du vin. » À l'époque, il aurait aimé pouvoir demander à l'auteur combien de vin il avait respiré dernièrement ; mais à présent, la comparaison ne lui paraissait plus aussi ridicule.

— Tout est déchargé, Moïse. Nous sommes prêts à repartir.

— Merci, Loren. J'avais envie d'attendre ici jusqu'à ce que vous rassembliez tout le monde dans la soirée, mais ce serait peut-être risqué de demeurer trop longtemps à cette altitude.

— Les ingénieurs ont apporté des bouteilles d'oxygène, naturellement.

— Je ne pensais pas seulement à ça. Mon homonyme a jadis eu beaucoup d'ennuis sur une montagne.

— Excusez-moi, je ne comprends pas.

— Peu importe. C'était il y a très, très longtemps.

Tandis que l'avion spatial décollait du rebord du cratère, l'équipe de travail agita joyeusement la main. Maintenant que tous les outils et le matériel avaient été déchargés, ils étaient invités à partager ce qui était considéré comme un préalable essentiel à toute entreprise lassane. Quelqu'un faisait du thé.

Loren prit soin d'éviter la masse complexe d'antennes, de toutes les formes connues, en prenant lentement de l'altitude. Toutes étaient braquées vers les deux îles vaguement visibles à l'ouest ; s'il interrompait la diffusion de leurs multiples rayons, d'innombrables gigabribes d'informations seraient irréversiblement perdues et les Lassans regretteraient fort de lui avoir demandé son aide.

— Vous ne mettez pas le cap sur Tarna ?

— Dans une minute. Je veux d'abord observer la montagne. Ah... voilà !

— Quoi ? Ah, je vois. Krakan !

Le juron emprunté était doublement approprié. Sous eux, le sol était fendu par une profonde ravine d'environ cent mètres de large. Et au fond de cette ravine, c'était l'enfer.

Les feux du cœur de ce jeune monde brûlaient encore, là, juste sous la surface. Une scintillante rivière jaune, mouchetée de rouge, glissait lentement vers la mer. Comment peuvent-ils être sûrs, se demanda Kaldor, que le volcan est réellement endormi ? N'attend-il pas simplement son heure ?

Mais le fleuve de lave n'était pas leur objectif. Au-delà, il y avait un petit cratère d'à peu près un kilomètre de diamètre au bord duquel se dressaient les vestiges d'une tour. En s'approchant, ils virent qu'il y en avait eu trois, également espacées autour de la caldeira, mais il ne restait que les fondations des deux autres.

Le sol du cratère était jonché d'une masse de câbles enchevêtrés et de plaques de métal, manifestement les restes du grand réflecteur radio qui avait jadis été suspendu là. Au centre, il y avait les épaves de l'équipement d'émission et de réception, en partie submergées par un petit lac formé par les pluies fréquentes au sommet de la montagne.

Ils firent le tour des ruines du dernier lien avec la Terre, sans qu'aucun veuille troubler les réflexions de l'autre. Enfin, Loren rompit le silence.

— C'est une fichue pagaille, mais ça ne doit pas être difficile à réparer. Sagan Deux n'est qu'à 12° au nord, plus près de l'équateur que ne l'était la Terre. Encore plus facile d'y pointer le rayon avec une antenne offset.

— Excellente idée. Quand nous aurons fini de construire notre bouclier, nous pourrions les aider à commencer. Encore qu'ils ne devraient pas avoir besoin de beaucoup d'aide, car rien ne presse. Après tout, il faudra attendre près de quatre siècles avant qu'ils puissent de nouveau avoir de nos nouvelles, même si nous commençons à émettre dès notre arrivée.

Loren finit d'enregistrer le site et s'apprêta à redescendre le long du flanc de la montagne avant de mettre le cap sur l'île du Sud. Il était descendu de mille mètres à peine quand Kaldor demanda d'une voix intriguée :

— Qu'est-ce que c'est que cette fumée, là-bas au nord-est ? On dirait un signal.

À mi-distance de l'horizon, une mince colonne blanche s'élevait dans le bleu sans nuages du ciel de Thalassa. Elle ne se trouvait certainement pas là quelques minutes plus tôt.

— Allons voir. Il y a peut-être un bateau en détresse.

— Vous savez ce que ça me rappelle ? dit Kaldor.

Loren répondit par un vague haussement d'épaules.

— Une baleine qui souffle. Quand ils remontaient pour respirer, les grands cétacés soufflaient une colonne de vapeur d'eau. Ça ressemblait tout à fait à ça.

— Il y a deux choses qui clochent dans ces intéressantes hypothèses, dit Loren. Cette colonne monte maintenant à près d'un kilomètre. Sacrée baleine !

— Je le reconnais. Et les jets des baleines ne duraient que quelques secondes, tandis que celui-ci est continu. Et votre seconde objection ?

— D'après la carte, ce n'est pas une eau libre. Tant pis pour l'hypothèse du bateau.

— Mais c'est ridicule ! Thalassa n'est *que* de l'océan... Ah si, je vois. La Grande Prairie orientale. Oui... voilà le bord. On croirait presque qu'il y a une terre, là.

Avançant rapidement vers eux, c'était un continent flottant de végétation marine, qui recouvrait une grande partie des océans de Thalassa et produisait virtuellement tout l'oxygène de la planète. C'était une nappe continue d'un vert vif — presque agressif — qui paraissait assez solide pour qu'on y marche. Seule l'absence totale de collines ou de toute autre variation d'altitude révélait sa véritable nature.

Cependant, à environ un kilomètre du bord, la prairie flottante n'était ni plate ni continue. Quelque chose bouillonnait dessous et faisait jaillir de grands nuages de vapeur et parfois des masses d'herbes enchevêtrées.

— J'aurais dû me souvenir, dit Kaldor. Enfant de Krakan.

— Bien sûr ! C'est la première fois qu'il est en activité depuis notre arrivée. C'est donc ainsi que les autres îles sont nées.

— Oui. Le panache volcanique se déplace avec régularité vers l'est. Dans quelques millénaires, peut-être, les Lassans auront tout un archipel.

Ils survolèrent le phénomène pendant quelques minutes, puis ils retournèrent vers l'île de l'Est. Pour la plupart des témoins ce volcan sous-marin luttant pour naître aurait été un spectacle impressionnant.

Mais pas pour des hommes qui avaient assisté à la destruction d'un système solaire.

23

Le jour de glace

Le yacht présidentiel, autrement dit le ferry-boat inter-îles n° 1, n'avait jamais eu aussi fière allure en ses trois siècles de carrière. Non seulement il arborait le grand pavois, mais il avait reçu une nouvelle couche de peinture blanche. Malheureusement, la peinture ou la main-d'œuvre s'étaient épuisées avant que le travail soit terminé, ce qui forçait le capitaine à prendre soin de mouiller en présentant uniquement son flanc bâbord à la côte.

Le président Farradine était également vêtu d'une tenue de cérémonie assez étonnante (dessinée par Madame la Présidente) dans laquelle il avait l'air d'un croisement entre un empereur romain et un astronaute pionnier ; il ne paraissait pas très à l'aise dans cet accoutrement. Le capitaine Sirdar Bey était heureux que son uniforme se compose d'un simple short blanc, d'une chemise à col ouvert avec épaulettes et de la casquette à galons dorés avec lesquels il se sentait chez lui, tout en ayant du mal à se rappeler quand il l'avait mis pour la dernière fois.

Malgré la tendance du Président à se prendre les pieds dans sa toge, la visite officielle s'était très bien passée et la belle maquette de l'usine de congélation avait fonctionné à la perfection. Elle avait produit une provision illimitée de plaquettes de glace hexagonales, juste de la bonne taille pour être versées dans un verre de boisson rafraîchissante. Mais on ne pouvait guère reprocher aux visiteurs de ne pas comprendre la justesse du nom « flocon de neige » ; après tout, rares étaient à Thalassa ceux qui avaient vu de la neige.

Ils avaient maintenant laissé la maquette derrière eux pour aller voir la véritable usine, qui couvrait plusieurs hectares de côtes de Tarna. Il avait fallu un assez long moment pour faire la navette du yacht à la côte, afin de transporter le Président et sa suite, le capitaine Bey et ses officiers et tous les autres invités. Maintenant, dans les dernières lueurs du jour, ils étaient tous réunis respectueusement autour d'un bloc hexagonal de vingt mètres de large et de deux mètres d'épaisseur. Non seulement c'était la plus énorme masse de glace qu'ils avaient jamais vue, mais c'était probablement la plus grosse de toute la planète. Même aux pôles, la glace avait rarement l'occasion de se former. Sans continents majeurs pour bloquer la circulation, les courants rapides des régions équatoriales avaient vite fondu les quelques glaçons.

— Mais pourquoi a-t-elle cette forme-là ? demanda le Président.

Le capitaine adjoint Malina soupira ; il était tout à fait certain que cela avait déjà était expliqué plusieurs fois.

— C'est le vieux problème de la couverture de n'importe quelle surface avec des tuiles ou des carreaux identiques, dit-il patiemment. On n'a le choix qu'entre trois formes : le carré, le triangle et l'hexagone. Dans notre cas, l'hexagone est un peu plus efficace et plus facile à manipuler. Les blocs — plus de deux cents, pesant chacun six cents tonnes — seront soudés les uns aux autres pour former le bouclier. Ce sera une espèce de sandwich de glace à trois couches d'épaisseur. Quand nous accélérerons, tous les blocs se souderont pour constituer un seul immense disque. Ou, pour être plus précis, un cône émoussé.

— Vous m'avez donné une idée ! s'exclama le Président, plus animé qu'il ne l'avait été de tout l'après-midi. Nous n'avons jamais eu de patinage à glace, à Thalassa. C'était un sport magnifique et il y avait aussi un sport appelé le hockey sur glace, mais je ne suis pas certain de vouloir ressusciter tout cela, si j'en juge par les vidéos que j'ai vues. Mais ce serait merveilleux si vous pouviez nous fabriquer une patinoire, à temps pour nos Jeux Olympiques. Est-ce que ce serait possible ?

— Il faudra que j'y réfléchisse, répondit sans grand enthousiasme le capitaine adjoint Malina. C'est une idée très intéressante. Il faudra me dire de quelle quantité de glace vous auriez besoin.

— Avec plaisir. Et ce sera une excellente façon d'utiliser cette usine de congélation, une fois qu'elle aura fait son travail.

Une explosion soudaine évita à Malina d'avoir à répondre. Le feu d'artifice commençait et pendant les vingt minutes suivantes, le ciel au-dessus de l'île fut embrasé par une incandescence polychrome.

Les Lassans adoraient les feux d'artifice et en tiraient à tout propos. Une imagerie de lasers se mêlait à la pyrotechnie, la rendant encore plus spectaculaire et beaucoup moins dangereuse, mais il y manquait cette odeur de poudre qui ajoutait la petite touche finale de magie.

Une fois la fête finie et les personnalités reparties, le capitaine Malina avoua, tout songeur :

— Le Président est plein de surprises, même s'il est en proie à une idée fixe. Je commence à en avoir assez de ses fichus JO, mais cette patinoire est une excellente idée et devrait susciter un surcroît de bonne volonté à notre égard.

— Et j'ai gagné mon pari ! s'exclama le capitaine de corvette Lorenson.

— Quel pari ? demanda Bey.

Malina s'esclaffa.

— Je ne l'aurais jamais cru. Parfois, les Lassans ont l'air de n'avoir *aucune* curiosité, ils trouvent tout absolument naturel. Tout de même, nous devrions être flattés qu'ils aient une telle confiance dans notre technologie. Ils croient peut-être que nous avons découvert l'antigravité !

» Loren pensait que je ne devrais pas aborder ce point, lors de ma conférence, et il avait raison. Le président Farradine n'a pas un instant pris la peine de poser la question qui me serait tout de suite venue à l'esprit. Comment nous allions faire, au juste, pour soulever cent cinquante mille tonnes de glace jusqu'au *Magellan !*

24

Archives

Moïse Kaldor était heureux de se retrouver seul, autant d'heures ou de jours qu'il pouvait dérober, dans le calme de cathédrale de Premier Contact. Il avait l'impression d'être de nouveau un jeune étudiant, confronté à tout l'art et à tout le savoir de l'humanité. C'était à la fois exaltant et déprimant : il avait tout un univers à portée de la main mais la fraction qu'il pourrait explorer durant une vie entière était si négligeable qu'il en était parfois écrasé de désespoir. Il était comme un homme affamé devant un banquet s'étendant à perte de vue, un festin si extraordinaire qu'il en avait l'appétit tout à fait coupé.

Et cependant, toute cette fortune de sagesse et de culture n'était qu'une miette de l'héritage de l'humanité. Une grande partie de ce que Moïse Kaldor connaissait et aimait manquait, non par hasard, il en était sûr, mais à dessein.

Il y avait mille ans, des hommes de génie et de bonne volonté avaient réécrit l'histoire et fait le tour des bibliothèques de la Terre pour juger de ce qui serait sauvé et de ce qui serait abandonné aux flammes. Leurs critères de choix étaient simples bien que souvent très difficiles à appliquer. Seuls seraient embarqués dans les vaisseaux-semeurs les ouvrages littéraires ou les archives pouvant contribuer à la survie et à la stabilité sociale des nouveaux mondes.

C'était à la fois une tâche impossible et un crève-cœur. Les larmes aux yeux, les commissions de sélection avaient rejeté les *Veda,* la *Bible,* le *Tripitaka,* le *Coran* et toute la littérature — fiction ou histoire — qui en découlait. En dépit de tous les trésors de beauté et de sagesse contenus dans ces ouvrages, on ne pouvait leur permettre de réinfester des planètes vierges avec les anciens poisons des haines religieuses, de la croyance au surnaturel et tout le pieux jargon qui avait jadis réconforté d'innombrables milliards d'hommes et de femmes, au prix de leur raison.

Perdues aussi dans la grande purge presque toutes les œuvres des plus grands romanciers, poètes et auteurs dramatiques, qui d'ailleurs seraient restées sans signification une fois qu'elles auraient été privées de leur contexte philosophique et culturel. D'Homère, Shakespeare, Milton, Tolstoï, Melville, Proust — le dernier grand auteur de fiction avant que la révolution électronique sonne le glas de la page imprimée —, il ne restait plus que quelques centaines de mille passages soigneusement choisis. Exclu, tout ce qui concernait la guerre, le crime, la violence et les passions destructrices. Si les successeurs de l'*homo sapiens*, nouvellement recréé et, espérait-on, amélioré, découvraient tout cela, ils créeraient sans aucun doute leur propre littérature. Il était inutile de les y pousser prématurément.

La musique — à part l'opéra — eut plus de chance, tout comme les arts visuels. Néanmoins, la masse de matière était si colossale que la sélection s'imposait, de façon bien souvent arbitraire. Les générations futures de nombreux mondes s'interrogeraient sur les trente-huit premières symphonies de Mozart, sur la deuxième et la quatrième de Beethoven, sur les troisième à sixième de Sibelius.

Moïse Kaldor avait profondément conscience de sa responsabilité et aussi de son incapacité — l'incapacité de n'importe quel homme, quel que soit son talent — à mener à bien la tâche qui lui incombait. Là-haut, à bord du *Magellan*, bien à l'abri et rangées dans les gigantesques mémoires, il y avait énormément de choses que les gens de Thalassa n'avaient jamais connues et beaucoup qu'ils accepteraient et savoureraient avidement, même s'ils ne comprenaient pas tout. La superbe re-création de l'*Odyssée* du XXVe siècle, les ouvrages classiques sur la guerre qui se retournaient avec angoisse sur un demi-millénaire de paix, les grandes tragédies de Shakespeare dans la miraculeuse traduction lingua de Feinberg, le *Guerre et Paix* de Lee Chow... il faudrait des heures, des jours pour citer toutes les possibilités.

Quelquefois, assis dans la bibliothèque du complexe de Premier Contact, Kaldor était tenté de se prendre pour Dieu avec ces gens relativement heureux et loin d'être innocents. Il comparait les listes des mémoires d'ordinateurs avec celles du vaisseau, en notant ce qui avait été expurgé ou condensé. Tout en réfutant par principe toute forme de censure, il devait souvent avouer la sagesse des suppressions, tout au moins à l'époque où la colonie avait été fondée. Mais maintenant qu'elle était bien établie, peut-être qu'un peu de trouble, ou une injection de créativité, ne serait pas répréhensible...

Il était parfois dérangé par des appels du vaisseau ou par des groupes de jeunes Lassans à qui l'on offrait des visites guidées des lieux de la genèse de leur histoire. Les interruptions ne l'irritaient pas et il y en avait même une qu'il attendait avec impatience.

Presque tous les après-midi, sauf quand ce qui passait pour une affaire urgente à Tarna l'en empêchait, Mirissa arrivait en trottant au sommet de la colline, sur son beau hongre Bobby, un alezan doré. Les visiteurs avaient été très étonnés de trouver des chevaux à Thalassa, puisqu'ils n'en avaient jamais vus de vivants sur la Terre. Mais les Lassans adoraient les animaux et ils en avaient recréé beaucoup, avec les vastes provisions de matériel génétique qu'ils avaient héritées. Certains étaient parfaitement inutiles, ou même nuisibles, comme les charmants petits singes-écureuils qui volaient constamment de menus objets dans les maisons de Tarna.

Invariablement, Mirissa apportait une gâterie — généralement des fruits ou l'un des nombreux fromages locaux — que Kaldor acceptait avec gratitude. Mais il lui était encore plus reconnaissant de bien vouloir lui tenir compagnie. Qui aurait pensé qu'il lui était arrivé de s'adresser à cinq millions de personnes — plus de la moitié de la dernière génération ! — alors qu'il était heureux maintenant de n'avoir qu'une seule auditrice...

— Comme vous descendez d'une longue lignée de bibliothécaires, dit Moïse Kaldor, vous ne pensez qu'en mégabytes. Mais permettez-moi de vous rappeler que le mot « bibliothèque » vient d'un mot qui signifiait « livre ». Avez-vous des livres, à Thalassa ?

— Naturellement ! s'exclama Mirissa avec indignation car elle ne savait pas encore deviner quand Kaldor plaisantait. Des millions... enfin, des milliers. Il y a un homme dans l'île du Nord qui en imprime environ dix par an, à quelques centaines d'exemplaires. Ils sont beaux et très chers. Ils servent tous de cadeaux dans les grandes occasions. J'en ai eu un pour mon vingt et unième anniversaire, *Alice au Pays des Merveilles.*

— J'aimerais le voir un jour. J'ai toujours aimé les livres et j'en ai près d'une centaine, à bord. C'est pourquoi chaque fois que j'entends quelqu'un parler de bytes, je divise mentalement par un million et je pense à un livre... un gigabyte égale mille livres, et ainsi de suite. C'est ma seule façon de comprendre de quoi il s'agit quand les gens parlent de banques de données et de transferts d'information. Dites-moi, quelle est l'importance de votre bibliothèque ?

Sans quitter Kaldor des yeux, Mirissa laissa ses doigts errer sur le clavier de l'ordinateur.

— C'est encore une chose que je n'ai jamais pu faire, dit-il avec admiration. Quelqu'un a dit une fois qu'après le XXIe siècle, l'espèce humaine a été divisée en deux groupes, les Verbaux et les Numériques. Je *sais* me servir d'un clavier, naturellement, mais je préfère parler à mes collègues électroniques.

— D'après la dernière vérification horaire, dit Mirissa, six cent quarante-cinq terabytes.

— Hum... près d'un million de livres. Et quelle était l'importance initiale de la bibliothèque ?

— Je peux vous répondre sans vérifier. Six cent quarante.

— Ainsi en sept cents ans...

— Oui, oui... Nous avons réussi à produire quelques millions de livres.

— Je ne critique pas ; après tout, la qualité est bien plus importante que la quantité. J'aimerais que vous me montriez ce que vous considérez comme les meilleures œuvres de la littérature lassane, et aussi ce que vous préférez en musique. Le problème que nous avons à résoudre, c'est choisir ce que nous allons vous donner. Le *Magellan* contient plus de mille mégalivres, dans la mémoire d'Accès Général. Est-ce que vous vous rendez compte de ce que cela signifie ?

— Si je répondais oui, cela vous empêcherait de me le dire. Je ne suis pas aussi cruelle.

— Merci, mon enfant. Non, sérieusement, c'est un problème terrifiant qui me hante depuis des années. Quelquefois, je me dis que la Terre n'a sûrement pas été détruite trop tôt, que l'espèce humaine commençait à être écrasée par toute l'information qu'elle engendrait.

» À la fin du deuxième millénaire, elle produisait seulement — seulement ! — l'équivalent d'un million de livres par an. Et je ne parle que de l'information jugée d'une valeur permanente, qui a été emmagasinée indéfiniment.

» Avec le troisième millénaire, ce chiffre s'est multiplié par au moins cent. Depuis l'invention de l'écriture, jusqu'à la fin de la Terre, on a estimé que dix mille millions de livres ont été produits. Et, comme je vous le disais, nous en avons environ 10 % à bord.

» Si nous vous abandonnions tout, en admettant même que vous ayez la place pour tout entreposer, vous seriez débordés. Ce ne serait pas un cadeau, ça ralentirait totalement votre croissance culturelle et scientifique. Et la plupart des sujets ne signifieraient absolument rien pour vous ; il vous faudrait des siècles pour trier le bon grain de l'ivraie...

Bizarre, se dit Kaldor, que je n'aie pas pensé plus tôt à cette analogie. C'était précisément le danger que signalaient les adversaires du SETI. À vrai dire, nous n'avions jamais communiqué avec l'intelligence extraterrestre, nous ne l'avions même pas décelée. Mais c'est ce que les Lassans ont fait, et c'est *nous* les ET !

Cependant, en dépit de leurs antécédents totalement différents, Mirissa et lui avaient beaucoup de points communs. La curiosité et l'intelligence de la jeune femme étaient à encourager ; même parmi les compagnons de voyage de Kaldor, il n'y avait personne avec qui il pouvait avoir des conversations aussi stimulantes. Il lui arrivait d'avoir tant de mal à répondre à ses questions que sa seule défense était la contre-attaque.

— Je suis étonné, lui dit-il après un contre-interrogatoire approfondi sur la politique solaire, que vous n'ayez jamais pris la succession de votre père pour travailler ici à plein temps. Ce serait un emploi parfait pour vous.

— J'ai été tentée. Mais il passait sa vie à répondre aux questions des gens et à accumuler des dossiers pour les fonctionnaires de l'île du Nord. Il n'avait jamais le temps de faire des choses pour lui.

— Et vous ?

— J'aime bien rassembler de l'information mais j'aime aussi la voir utiliser. C'est pour ça qu'on m'a nommée directrice adjointe du projet de développement de Tarna.

— Et je crains qu'il ait été un peu saboté par nos opérations. Du moins, c'est ce que m'a dit le directeur quand je l'ai croisé alors qu'il sortait du bureau du maire.

— Vous savez que Brant ne parlait pas sérieusement. C'est un projet à long terme, avec des dates limites approximatives. Si la patinoire olympique est construite ici, le projet devra peut-être être modifié, pour le mieux comme nous l'espérons presque tous. Naturellement, les Nordiens voudront l'avoir chez eux ; ils pensent que Premier Contact nous suffit bien.

Cela fit rire Kaldor, qui n'ignorait rien de la vieille rivalité entre les deux îles.

— Eh bien, est-ce que ça ne vous suffit pas ? Surtout maintenant que vous nous avez comme attraction supplémentaire. Vous ne devez pas être trop gourmands.

Ils avaient fini par si bien se connaître — et s'aimer — qu'ils pouvaient plaisanter à propos de Thalassa ou du *Magellan* avec une égale impartialité. Et il n'y avait plus de secrets entre eux ; ils parlaient franchement de Loren et de Brant et, finalement, Moïse découvrait qu'il pouvait parler de la Terre.

— ... Ah, j'ai oublié tous les emplois que j'ai pu avoir, Mirissa ; d'ailleurs, la plupart n'étaient pas très importants. Le poste que j'ai occupé le plus longtemps était celui de professeur de sciences politiques à Cambridge, sur Mars. Et vous ne pouvez pas imaginer le chaos que cela a provoqué, parce qu'il y avait une plus ancienne université dans un endroit appelé Cambridge, aux États-Unis, et une autre, plus ancienne encore, à Cambridge en Angleterre.

» Mais vers la fin, Evelyn et moi avons été de plus en plus occupés par les problèmes sociaux immédiats, par la préparation de l'exode final. Apparemment, j'avais un certain talent de... d'éloquence, et je pouvais aider les gens à affronter le peu d'avenir qui leur restait.

» Pourtant, nous n'avons jamais vraiment cru que la fin aurait lieu de notre vivant... qui l'aurait cru ? Et si quelqu'un m'avait dit que j'allais quitter la Terre et tout ce que j'aimais...

Un spasme d'émotion convulsa le visage de Kaldor et Mirissa attendit avec compassion qu'il se ressaisisse. Il y avait tant de questions qu'elle voulait poser qu'il faudrait une vie entière pour répondre à toutes ; et elle n'avait qu'un an, avant que le *Magellan* reparte vers les étoiles.

— Quand on m'a dit que l'on avait besoin de moi, j'ai fait appel à tous mes talents de philosophe et de débatteur pour le réfuter. J'étais trop vieux ; toutes les connaissances que je possédais étaient emmagasinées dans des mémoires d'ordinateurs ; d'autres hommes étaient plus qualifiés que moi... Bref, toutes les raisons sauf la vraie.

» Finalement, c'est Evelyn qui m'a décidé ; c'est vrai, Mirissa, que par certains côtés, les femmes sont bien plus fortes que les hommes... mais pourquoi est-ce que je vous dis ça ?

» Son dernier message fut : « On a besoin de toi. Nous avons passé quarante ans ensemble et maintenant il ne nous reste qu'un mois. Pars avec mon amour. N'essaie pas de me sauver.

» Je ne saurai jamais si elle a vu la fin de la Terre, comme je l'ai vue... alors que nous quittions le système solaire.

25

Le scorp

Loren avait déjà vu Brant déshabillé, quand ils avaient fait cette mémorable promenade en bateau, mais il ne s'était jamais rendu compte de la formidable musculature du jeune homme. Lui-même avait toujours bien soigné son corps mais depuis le départ de la Terre, il n'avait guère eu l'occasion de faire du sport ou de l'exercice. Brant, de son côté, devait sans doute se livrer tous les jours de sa vie à de durs travaux physiques et cela se voyait. Loren n'aurait absolument aucune chance contre lui à moins d'être capable de recourir aux célèbres arts martiaux de la vieille Terre, qu'il n'avait jamais connus ni pratiqués.

Toute cette histoire était parfaitement ridicule. Ses camarades officiers étaient tous là à se tordre de rire. Il y avait le capitaine Bey, avec son chronomètre. Et Mirissa arborant une expression carrément satisfaite.

— ... Deux... Un... Zéro... Partez ! cria le capitaine.

Brant s'élança comme un cobra. Loren essaya d'éviter l'assaut mais s'aperçut, avec horreur, qu'il ne contrôlait pas son corps. Le temps semblait ralentir... Ses jambes en plomb refusaient de lui obéir... Il allait perdre non seulement Mirissa mais sa virilité...

À ce moment, par bonheur, il s'était réveillé mais le rêve le troublait encore. Ses sources étaient évidentes mais cela ne le rendait pas moins inquiétant. Il se demanda s'il devait le raconter à Mirissa.

Il ne pouvait certainement pas en parler à Brant, qui se montrait encore tout à fait amical mais dont il trouvait maintenant la compagnie plutôt embarrassante. Ce jour-là, toutefois, il était très heureux de l'avoir ; s'il ne se trompait pas, ils avaient à présent à affronter quelque chose d'infiniment plus important que leurs petites affaires personnelles.

Il avait hâte de voir la réaction de Brant quand il rencontrerait le visiteur inattendu arrivé pendant la nuit.

Le chenal cimenté qui amenait l'eau de mer à l'usine de réfrigération était long de cent mètres et aboutissait à un bassin circulaire contenant juste assez d'eau pour un flocon de neige. Comme la glace pure n'était pas un bien fameux matériau de construction, il était nécessaire de la renforcer avec de longues algues de la Grande Prairie orientale. L'amalgame congelé avait été surnommé « glace armée » et sa résistance était garantie durant les semaines et même les mois de l'accélération du *Magellan*.

— Le voilà !

Loren se tenait avec Brant Falconer au bord du bassin et ils regardaient à travers une brèche dans la couverture de végétation marine. La créature qui mangeait le goémon avait l'aspect général d'un homard, mais elle était d'une taille deux fois plus grande qu'un homme.

— Vous avez déjà vu quelque chose comme ça ?

— Non, avoua Brant, et je ne le regrette pas du tout. Quel monstre ! Comment l'avez-vous attrapé ?

— Nous ne l'avons pas attrapé. Il est arrivé de la mer en nageant, ou en rampant, le long du chenal.

Et puis il a trouvé le goémon et a profité du repas gratuit.

— Pas étonnant qu'il ait des pinces pareilles. Ces algues sont vraiment dures.

— Au moins, c'est un végétarien.

— Je ne sais pas si j'ai envie de le vérifier.

— J'espérais que vous pourriez nous en dire quelque chose.

— Nous ne connaissons pas un centième des créatures de la mer de Thalassa. Un jour, nous construirons des sous-marins de recherche et nous irons dans les profondeurs. Mais il y a trop de choses plus importantes et pas assez de gens intéressés.

Il y en aura bientôt, pensa Loren. Voyons un peu le temps qu'il faudra à Brant pour remarquer...

— L'officier scientifique Varley a cherché dans les archives. Elle me dit qu'il existait quelque chose de tout à fait semblable sur la Terre il y a des millions d'années. Les paléontologues lui ont donné un nom, le scorpion de mer. Ces anciens océans devaient être tout à fait passionnants.

— Exactement le genre de créature que Kumar aimerait chasser, murmura Brant. Qu'est-ce que vous allez en faire ?

— L'étudier et puis le laisser partir.

— Je vois que vous l'avez déjà étiqueté.

Ainsi, pensa Loren, Brant avait remarqué. Bravo.

— Non, pas du tout. Regardez plus attentivement.

Perplexe, Brant s'accroupit et se pencha au bord du bassin. Le scorpion géant ne fit pas du tout attention à lui et continua de grignoter les algues, avec ses formidables pinces.

L'une d'elles n'était pas tout à fait telle que la nature l'avait créée. À l'articulation de la griffe droite, il y avait une boucle de fil de fer entortillé, comme une espèce de bracelet.

Brant reconnut ce fil, resta bouche bée et fut pendant un moment muet de stupeur.

— Ainsi j'ai bien deviné, dit Loren. Nous savons maintenant ce qui est arrivé à votre piège à poissons. Je crois que nous devrions avoir une autre conversation avec le professeur Varley, et aussi avec vos propres savants.

— Je suis astronome ! protesta Anne Varley dans son bureau à bord du *Magellan*. Ce qu'il vous faut, c'est un composé de zoologiste, paléontologue, ethnologue sans parler de quelques autres disciplines. Mais j'ai fait de mon mieux pour établir un programme de recherche et vous trouverez le résultat dans votre mémoire deux, sous le titre de SCORP. Il vous suffit maintenant de piocher là-dedans et je vous souhaite bonne chance.

Malgré ses dénégations, le Pr Varley avait fait un travail aussi efficace que d'habitude, en triant la masse presque infinie de connaissances dans les principales mémoires des ordinateurs du bord. Un schéma commençait à émerger ; et pendant ce temps, l'objet de toute cette attention se prélassait tranquillement dans son bassin, sans accorder la moindre attention au flot de visiteurs qui venaient l'étudier ou simplement le regarder.

En dépit de son aspect terrifiant — ses pinces de près de cinquante centimètres de long avaient l'air capables de couper proprement et d'un seul coup la tête d'un homme —, la créature ne paraissait absolument pas agressive. Elle ne cherchait pas à s'échapper, peut-être parce qu'elle avait trouvé une telle abondance de nourriture. On pensait généralement que les traces d'un certain produit chimique contenu dans les algues l'avaient attirée.

Si elle savait nager, elle n'avait apparemment pas du tout tendance à le faire mais se contentait de se traîner sur ses six courtes pattes. Son corps de quatre mètres était enfermé dans un exo-squelette de couleur vive, articulé de manière à lui donner une surprenante flexibilité.

Une de ses particularités, c'était la frange d'antennes, ou de petits tentacules, entourant la gueule en forme de bec. Ils ressemblaient — et même de façon gênante — à des doigts humains boudinés et paraissaient avoir autant de dextérité. Si leur principale fonction était de saisir l'alimentation, ils étaient visiblement capables de beaucoup plus et c'était fascinant de voir le scorp s'en servir en conjonction avec ses pinces.

Ses deux paires d'yeux — dont une très grande, apparemment conçue pour la pénombre, puisque dans la journée ces yeux restaient fermés — devaient fournir une vision excellente. Dans l'ensemble, cette bête était parfaitement équipée pour examiner et manipuler son environnement... ce qui était la principale preuve de l'intelligence.

Cependant, personne n'aurait pu soupçonner de l'intelligence dans une aussi bizarre créature si ce n'était ce câble torsadé volontairement autour de la pince droite. Mais cela ne prouvait rien, dans le fond. Comme le révélaient les archives, il y avait eu sur la Terre des animaux qui collectionnaient des objets insolites — souvent faits par l'homme — pour s'en servir de façons extraordinaires.

Si cela n'avait pas été parfaitement documenté, personne n'aurait cru à la manie du bowerbird australien ou du rat d'Amérique de collectionner de menus objets brillants ou colorés et même de les disposer en motifs artistiques. La Terre avait été pleine de ce genre de mystères, qui maintenant ne seraient jamais éclaircis. Les scorps de Thalassa suivaient peut-être simplement la même tradition instinctive et pour d'aussi indéchiffrables raisons.

Il y avait plusieurs hypothèses. La plus populaire — parce qu'elle exigeait très peu de capacités de la part du scorp — était que le bracelet de câble n'était qu'un ornement. Il avait fallu une certaine dextérité pour le mettre en place, et on discutait ferme pour savoir si la créature avait pu faire cela sans aide.

Cette aide, bien sûr, pouvait avoir été humaine. Peut-être le scorp était-il l'animal familier de quelque savant excentrique, mais cela semblait fort improbable. Comme tout le monde se connaissait, à Thalassa, un tel secret n'aurait pu être gardé bien longtemps.

Il y avait une autre hypothèse, la plus tirée par les cheveux et, pourtant, celle qui donnait le plus à penser.

Peut-être le bracelet était-il un insigne de rang.

26

L'ascension d'un flocon de neige

C'était un travail extrêmement spécialisé, avec de longues périodes d'ennui qui donnaient au lieutenant Owen Fletcher, tout le temps de réfléchir. Bien trop de temps, à vrai dire.

Il était pêcheur à la ligne, ramenant une prise de six cents tonnes au bout d'un fil d'une résistance inimaginable. Une fois par jour, la sonde captive autoguidée plongeait vers Thalassa en dévidant derrière elle le câble, suivant une courbe complexe de trente mille kilomètres. Automatiquement, elle se fixait sur sa charge et, une fois toutes les vérifications terminées, l'ascension commençait.

Les moments critiques étaient le soulèvement, quand le flocon de neige était arraché à l'usine de congélation, et l'approche finale de *Magellan,* quand le gigantesque hexagone de glace devait être mis en position à un kilomètre à peine du vaisseau. L'opération commençait à minuit et, de Tarna à l'orbite stationnaire où planait le *Magellan,* l'ascension durait un peu moins de six heures.

Si le *Magellan* se trouvait en plein jour pendant le rendez-vous et l'assemblage, il était essentiel de maintenir le flocon de neige à l'ombre, de peur que les rayons brûlants du soleil de Thalassa le fassent fondre dans l'espace. Une fois qu'il était en sécurité derrière l'écran de radiation, les griffes des téléopérateurs robots arrachaient l'enveloppe isolante qui avait protégé la glace au cours de son ascension.

Ensuite, il fallait enlever le berceau de transport, pour le renvoyer chercher un nouveau chargement. Parfois, l'énorme plaque de métal, qui avait la forme d'un couvercle de marmite hexagonal imaginé par un cuisinier fantaisiste, collait à la glace et devait être détachée au moyen d'un peu de chaleur soigneusement dosée.

Enfin, le glaçon géométriquement parfait était déposé, immobile, à cent mètres du *Magellan* et le travail vraiment délicat commençait. La combinaison d'une masse de six cents tonnes et d'une pesanteur zéro dépassait totalement la portée des réactions instinctives humaines ; seuls les ordinateurs pouvaient dire quelle poussée était nécessaire, dans quelle direction, à quel moment, afin de souder au bon endroit l'iceberg artificiel. Mais un cas d'urgence, un problème inattendu étaient toujours possibles, au-delà des capacités d'un robot, même le plus intelligent ; Fletcher n'avait pas encore eu à intervenir mais il serait prêt le moment venu.

J'aide à construire, se dit-il, un gigantesque rayon de miel en glace. La première couche du rayon était presque terminée et il y en avait encore deux. Sauf accident, le bouclier serait fini dans cent cinquante jours. Il serait essayé à basse accélération pour s'assurer que tous les blocs étaient bien soudés et, ensuite, le *Magellan* partirait pour la dernière étape de son voyage vers les étoiles.

Fletcher travaillait toujours aussi consciencieusement mais avec son esprit, pas avec son cœur qui était resté à Thalassa.

Il était né sur Mars et ce monde-ci possédait tout ce qui manquait à sa planète aride. Il avait vu le fruit du labeur de ses ancêtres se dissoudre en fumée ; pourquoi tout recommencer dans des siècles sur un autre monde... alors que le Paradis était ici ?

Et, naturellement, une fille l'attendait, là, en bas, dans l'île du Sud...

Il avait presque décidé que, le moment venu, il déserterait son bord. Les Terriens pourraient continuer sans lui à déployer leur force et leur adresse, et peut-être à briser leur cœur et leur corps, contre les rochers de Sagan Deux. Il leur souhaitait bien du bonheur ; quand il aurait fait son devoir, son foyer serait ici à Thalassa.

Trente mille kilomètres plus bas, Brant Falconer avait également pris une décision capitale.

— Je vais à l'île du Nord.

Mirissa ne dit rien ; au bout d'un moment qui parut très long à Brant, elle demanda :

— Pourquoi ?

Il n'y avait pas d'étonnement, pas de regret dans sa voix ; bien des choses avaient changé, pensa-t-il. Mais avant qu'il puisse répondre, elle ajouta :

— Tu ne te plais pas, là-bas.

— C'est peut-être mieux qu'ici... au point où en sont les choses. Ce n'est plus mon foyer.

— Ce sera toujours ton foyer.

— Pas tant que le *Magellan* restera sur orbite.

Mirissa allongea le bras dans l'obscurité, vers l'inconnu allongé à côté d'elle. Au moins, il ne s'écarta pas.

— Brant. Je n'ai jamais voulu cela. Pas plus, j'en suis bien certaine, que Loren.

— Ça n'arrange rien, tu sais. Franchement, je ne vois pas ce que tu lui trouves.

Mirissa faillit sourire. Combien d'hommes, pensa-t-elle, avaient dit cela à combien de femmes, au cours de l'histoire de l'humanité ? Et combien de femmes avaient demandé : « Qu'est-ce qu'elle a de plus que moi ? »

Il n'y avait pas moyen de répondre, naturellement ; le tenter ne ferait même qu'aggraver les choses. Mais tout de même, elle avait essayé, pour sa propre satisfaction, de déterminer ce qui les avait mutuellement attirés, Loren et elle, dès la première fois qu'ils s'étaient vus.

La raison principale était la mystérieuse chimie de l'amour qui dépassait l'analyse rationnelle, inexplicable à quiconque ne partageait pas la même illusion. Mais il existait d'autres éléments nettement plus faciles à définir et à expliquer logiquement. Il était utile de les connaître ; un jour (bien trop tôt !), cela l'aiderait à affronter le moment de la séparation.

Il y avait d'abord le tragique prestige de tous les Terriens ; elle n'en négligeait pas l'importance, mais Loren le partageait avec tous ses camarades. Qu'avait-il donc de si particulier qu'elle ne trouvait pas chez Brant ?

Comme amants, ils se valaient ; Loren était peut-être plus imaginatif, Brant plus passionné bien que, pensa-t-elle, il soit devenu un peu plus paresseux ces derniers temps. Elle était parfaitement heureuse avec l'un ou l'autre... Non, ce n'était pas *ça*.

Peut-être cherchait-elle quelque chose qui n'existait même pas. Il n'y avait pas d'élément unique mais toute une constellation de qualités. Son instinct, au-dessous du niveau de la pensée consciente, avait fait le total et Loren avait obtenu quelques points de plus que Brant. Ce n'était pas plus compliqué, semblait-il.

Par un aspect au moins, Loren éclipsait Brant. Il avait de l'énergie, de l'ambition, ce qui était très rare à Thalassa. Sans aucun doute, il avait été choisi pour ces qualités ; il en aurait besoin dans les siècles à venir.

Brant était absolument dépourvu d'ambition, tout en ne manquant pas d'esprit d'entreprise ; son projet encore inachevé de pièges à poissons en témoignait. Tout ce qu'il demandait à l'univers, c'était de lui fournir des machines intéressantes, pour jouer ; Mirissa avait parfois l'impression qu'il la classait dans cette catégorie.

Loren, en revanche, s'inscrivait dans la tradition des grands explorateurs et aventuriers. Il contribuerait à écrire l'histoire au lieu de se soumettre simplement à ses impératifs. Et pourtant, il savait se montrer — pas assez souvent mais de plus en plus fréquemment — chaleureux et humain. Alors qu'il congelait les mers de Thalassa, son cœur commençait à se dégeler.

— Qu'est-ce que tu vas faire à l'île du Nord ? demanda-t-elle à mi-voix, tenant déjà la décision pour acquise.

— Ils veulent que je les aide à gréer la *Calypso*. Les Nordiens ne comprennent rien à la mer.

Mirissa se sentit soulagée. Brant ne prenait pas la fuite ; il avait un travail.

Un travail qui l'aiderait à oublier... jusqu'à ce que, peut-être, le moment vienne de se souvenir.

27

Miroir du passé

Moïse Kaldor éleva le module à la lumière et regarda à l'intérieur comme s'il pouvait en lire le contenu.

— J'ai toujours l'impression que c'est un miracle, dit-il, quand je tiens un million de livres entre le pouce et l'index. Je me demande ce qu'auraient pensé Caxton et Gutenberg.

— Qui ? demanda Mirissa.

— Les premiers hommes à faire lire l'espèce humaine. Mais il y a un prix à payer, pour notre ingéniosité. Je fais quelquefois un petit cauchemar en imaginant qu'un de ces modules contient une information absolument capitale — disons le remède infaillible contre une épidémie qui fait rage — mais que la référence a été perdue. C'est sur l'*une* de ces pages, mais nous ne savons pas laquelle et il y en a des milliards. Comme c'est rageant d'avoir la solution au creux de sa main et de ne pouvoir la trouver !

— Je ne vois pas le problème, dit la secrétaire du capitaine, Joan Leroy, experte en stockage et récupération d'informations, qui aidait aux transferts entre les Archives de Thalassa et le vaisseau. Vous connaissez les mots clefs ; il vous suffit de mettre en route un programme de recherche. Même un milliard de pages peuvent être examinées en quelques secondes.

— Vous avez gâché mon cauchemar, dit Kaldor en soupirant, puis sa figure s'éclaircit. Mais bien souvent on ne connaît même pas les mots clefs. Combien de fois êtes-vous tombée sur quelque chose dont vous ne pensiez pas avoir besoin... avant de le trouver ?

— C'est que vous êtes mal organisé, répliqua le lieutenant Leroy.

Ils aimaient beaucoup ces petites escarmouches ironiques et Mirissa ne savait jamais très bien quand les prendre au sérieux. Joan et Moïse ne cherchaient pas à l'exclure volontairement de leurs conversations, mais leurs domaines d'expérience étaient si différents du sien qu'il lui semblait parfois écouter un dialogue dans une langue inconnue.

— Enfin, bref, voilà qui complète le Maître Index. Nous savons mutuellement ce qu'a l'autre ; maintenant, nous devons simplement — *simplement !* — estimer ce que nous voulons transférer. Ce serait malcommode, pour ne pas dire hors de prix, quand nous serons à soixante-quinze années-lumière d'écart.

— Vous me faites penser à quelque chose, dit Mirissa. Je ne sais pas si je dois vous le dire mais une délégation de l'île du Nord est venue la semaine dernière. Le président de l'Académie des sciences et deux physiciens.

— Laissez-moi deviner. La poussée quantique.

— Précisément.

— Comment ont-ils réagi ?

— Ils ont paru contents, et surpris, de voir qu'elle était réellement là. Ils ont fait une copie, naturellement.

— Grand bien leur fasse ; ils en auront besoin. Et vous pourriez leur dire ceci : quelqu'un a un jour déclaré que le dessein réel de la PQ n'était pas de permettre l'exploration de l'univers, ce n'est pas aussi insignifiant que cela. Nous aurons besoin de ses énergies, un jour, pour empêcher le cosmos de retomber dans le trou noir originel... et de commencer le cycle d'existence suivant.

Un silence respectueux et craintif s'installa ; puis Joan Leroy rompit le charme.

— Pas du vivant de cette administration-ci. Remettons-nous au travail. Nous avons encore des mégabytes à faire avant de nous endormir.

Il n'y avait pas que le travail, et parfois, Kaldor était obligé d'échapper à la bibliothèque de Premier Contact afin de se détendre. Il allait alors jusqu'au musée et faisait la visite, guidée par ordinateur, du vaisseau mère (jamais la même ; il essayait de couvrir le plus de terrain possible) ou laissait le musée le transporter en arrière dans le temps.

Il trouvait toujours une longue file de visiteurs, principalement des étudiants ou des enfants avec leurs parents, pour voir les Terramas. Il arrivait à Moïse Kaldor d'éprouver des remords, quand il utilisait sa situation privilégiée pour passer devant tout le monde, mais il se consolait en se disant que les Lassans avaient toute la vie pour profiter de ces panoramas d'un monde qu'ils n'avaient jamais connu alors qu'il n'avait lui-même que quelques mois pour revisiter son pays natal disparu.

Il avait beaucoup de mal à persuader ses nouveaux amis qu'il n'avait jamais vu les scènes qu'ils regardaient ensemble. Tout ce qu'ils admiraient s'était passé au moins huit siècles avant lui, car le vaisseau mère avait quitté la Terre en 2751, et il était né en 3541. Cependant, à l'occasion, il y avait le choc du déjà vu et un souvenir venait s'imposer avec une force presque insoutenable.

La présentation de la « Terrasse de Café » lui semblait la plus mystérieuse et la plus évocatrice. Il était assis à une petite table, sous un store, buvant du vin ou du café tandis que la vie d'une ville passait devant lui. Tant qu'il ne se levait pas de la table, ses sens n'avaient absolument aucun moyen de distinguer le tableau de la réalité.

En microcosme, les grandes villes de la Terre ressuscitaient devant ses yeux. Rome, Paris, Londres, New York, en été et en hiver, de jour et de nuit ; il regardait les touristes, les hommes d'affaires, les étudiants, les amants aller et venir. Souvent, s'apercevant qu'ils étaient enregistrés, ils lui souriaient à travers les siècles et il lui était impossible de ne pas répondre.

D'autres dioramas ne présentaient pas du tout d'êtres humains, ni même de productions de l'Homme. Moïse Kaldor revoyait, comme dans une autre vie, la fumée plongeante des chutes de Victoria, la Lune se levant au-dessus du Grand Canyon du Colorado, les neiges de l'Himalaya, les falaises de glace de l'Antarctique. Contrairement aux images des villes, ces paysages n'avaient pas changé, depuis mille ans qu'ils avaient été enregistrés. Et, bien qu'ils aient existé longtemps avant l'Homme, ils ne lui avaient pas survécu.

28

La forêt engloutie

Le scorp ne paraissait pas pressé ; il lui fallut dix longs jours pour parcourir cinquante kilomètres. Un détail curieux fut révélé par le sonar que l'on avait fixé, non sans difficulté, à la carapace du sujet furieux. La route qu'il suivait au fond de la mer était parfaitement droite, comme s'il savait exactement où il allait.

Quelle que soit sa destination, il parut la trouver à une profondeur de deux cent cinquante mètres. Ensuite, il continua de se déplacer mais dans un secteur très limité. Cela dura encore deux jours, puis les signaux du bip à ultrasons se turent subitement au milieu d'une pulsation.

Envisager que le scorp avait été mangé par quelque chose d'encore plus gros et plus vilain que lui paraissait trop naïf. Le bip était encastré dans un cylindre de métal très dur ; toute disposition concevable de dents, de griffes ou de tentacules aurait mis au moins plusieurs minutes à le démolir ; et il aurait encore très joyeusement fonctionné à l'intérieur de toute créature qui l'aurait avalé en entier.

Cela ne laissait que deux hypothèses et la première fut écartée avec indignation par le personnel du laboratoire sous-marin de l'île du Nord.

— Chaque élément sans exception existait en double, déclara le directeur. De plus, il y a eu une palpitation diagnostic deux secondes plus tôt seulement, tout était normal. Alors ça ne peut *pas* être une panne, absolument pas !

Il ne restait donc que l'explication impossible. Le bip avait été débranché. Et pour ce faire, une barre-verrou devait être enlevée.

Ça ne pouvait pas arriver accidentellement ; uniquement par tripotage de curiosité... ou avec une intention délibérée.

Le catamaran de vingt mètres *Calypso* était non seulement le plus grand mais le seul navire de recherche océanographique de Thalassa. Il était normalement mouillé à l'île du Nord et Loren s'amusa à écouter le persiflage bon enfant entre les membres de l'équipe scientifique et les passagers tarnans que les premiers feignaient de traiter comme des pêcheurs ignorants. De leur côté, les insulaires du Sud ne perdaient pas une occasion de se vanter auprès des Nordiens en disant que c'était eux qui avaient découvert le scorp. Loren ne leur rappela pas que ce n'était pas la stricte vérité.

Ce fut avec un léger choc qu'il revit Brant, mais il aurait dû s'y attendre puisque le garçon était en partie responsable du nouvel équipement de la *Calypso*. Ils se saluèrent avec une froide politesse, sans faire attention aux regards curieux ou amusés des autres passagers. Il y avait peu de secrets, à Thalassa ; à présent, tout le monde savait qui occupait la principale chambre d'ami de la demeure des Leonidas.

Le petit traîneau sous-marin amarré sur la plage arrière aurait paru familier à tout océanographe des derniers deux mille ans. Son châssis de métal portait trois caméras de télévision, une corbeille en fil de fer pour les spécimens récoltés par le bras téléguidé et un système de jets d'eau permettant de se déplacer dans n'importe quelle direction. Une fois en plongée, l'explorateur robot renverrait ses images et ses informations par un câble en fibre optique pas plus épais qu'une mine de crayon. La technologie datait de plusieurs siècles, et elle était toujours aussi efficace.

La côte avait maintenant complètement disparu et, pour la première fois, Loren se trouva entièrement entouré d'eau. Il se rappela son appréhension avec Brant et Kumar, alors qu'ils ne s'étaient éloignés de la plage que d'un kilomètre. Cette fois, il fut ravi de découvrir qu'il se sentait bien plus à l'aise, en dépit de la présence de son rival. Peut-être était-ce parce que le bateau était beaucoup plus grand, pensa-t-il.

— C'est bizarre, dit Brant. Je n'ai jamais vu d'algues si loin à l'ouest.

Au début, Loren ne vit rien ; puis il remarqua une tache sombre à la surface, vers l'avant. Quelques minutes plus tard, le bateau fendait une masse flottante de végétation et le capitaine dut ralentir l'allure.

— Nous sommes presque arrivés, d'ailleurs, dit-il. Inutile de boucher nos orifices avec ces trucs-là. D'accord, Brant ?

Brant régla le curseur sur l'écran et fit le point.

— Oui, nous ne sommes qu'à cinquante mètres de l'endroit où nous avons perdu le bip. Profondeur deux cent dix. Balançons le poisson par-dessus bord.

— Une minute, intervint un des savants nordiens. Nous avons consacré beaucoup de temps et d'argent à cet engin et c'est le seul au monde. Et s'il allait s'enchevêtrer dans ce fichu goémon ?

Un silence tomba ; puis Kumar, qui avait été bizarrement taciturne et tranquille — peut-être était-il impressionné par les éminentes personnalités nordiennes — mit son grain de sel :

— Ça paraît bien pire d'ici. À dix mètres de fond, il n'y a presque plus de feuilles, rien que des grosses tiges, avec bien assez de place pour passer entre elles. C'est comme une forêt.

Oui, pensa Loren, une forêt sous-marine avec des poissons nageant entre les sveltes troncs sinueux. Pendant que les autres savants regardaient le principal écran vidéo et l'instrumentation complexe, il avait mis de grosses lunettes de vision totale qui excluaient tout de son champ de vision à l'exception de la scène se déroulant devant le robot qui descendait lentement. Psychologiquement, Loren n'était plus sur le pont de la *Calypso*. Les voix de ses compagnons semblaient lui parvenir d'un autre monde, qui n'avait aucun rapport avec lui.

Il était un explorateur pénétrant dans un univers inconnu, étranger, sans savoir ce qu'il allait rencontrer. Un univers restreint, presque monochrome ; les seules couleurs étaient des bleus et des verts doux et la vue ne portait pas à plus de trente mètres. Il voyait douze troncs élancés à la fois, soutenus à intervalles réguliers par les vessies pleines de gaz qui les faisaient flotter, s'élevant des sombres profondeurs pour disparaître dans le « ciel » lumineux au-dessus de lui. Par moments, il avait l'impression de se promener dans un bois par un temps gris et brumeux et puis tout à coup, un banc de poissons détruisait l'illusion.

— Deux cent cinquante mètres ! annonça quelqu'un. Nous devrions bientôt voir le fond. Est-ce que nous allumons ? L'image se détériore.

Loren n'avait presque pas remarqué le changement, parce que les commandes automatiques maintenaient la luminosité de la transmission. Mais il se rendait compte que, à cette profondeur, tout devait être complètement obscur et qu'un œil humain n'aurait rien vu du tout.

— Non, nous ne voulons rien troubler à moins d'y être forcés. Tant que la caméra fonctionne, contentons-nous de l'éclairage qu'il y a.

— Voilà le fond ! De la roche surtout... guère de sable.

— Naturellement. Les *macrocystis thalassi* ont besoin de pierres pour s'accrocher, ce n'est pas comme les sargasses flottantes.

Loren voyait ce que voulait dire le savant. Les troncs minces se terminaient par un réseau de racines, qui saisissaient si fermement les éperons rocheux qu'aucune tempête ou aucun courant de surface ne pourrait les déloger. L'analogie avec une forêt de la terre ferme était plus adéquate qu'il ne l'avait cru.

Très prudemment, l'explorateur robot avançait dans la forêt sous-marine en traînant son câble. Il n'y avait apparemment pas de risque qu'il s'accroche aux troncs se dressant vers la surface, car la place ne manquait pas entre ces plantes géantes. À vrai dire, elles semblaient même...

Les savants qui regardaient l'écran comprirent l'incroyable vérité quelques secondes avant Loren.

— Krakan ! souffla l'un d'eux. Ce n'est pas une forêt naturelle... C'est une *plantation !*

29

Le Sabra

Ils s'appelaient eux-mêmes des Sabras, comme ces pionniers qui, un millénaire et demi auparavant, avaient dominé une région sauvage tout aussi hostile, sur la Terre.

Les Sabras de Mars avaient eu de la chance dans un domaine : ils n'avaient pas eu à affronter d'ennemis humains, seulement le féroce climat, l'atmosphère presque imperceptible, les tempêtes de sable qui balayaient toute la planète. Tous ces obstacles avaient été surmontés ; et les Sabras aimaient à dire qu'ils n'avaient pas simplement survécu, ils avaient vaincu. Cette citation était empruntée, parmi d'innombrables autres, à la Terre, ce que leur farouche indépendance leur interdisait de reconnaître.

Pendant plus de mille ans, ils avaient vécu dans l'ombre d'une illusion, presque d'une religion. Et, comme toute religion, elle avait joué un rôle essentiel dans leur société ; elle leur avait offert des buts qui les dépassaient, une raison de vivre.

Jusqu'à ce que les calculs prouvent le contraire, ils avaient cru — ou du moins espéré — que Mars échapperait peut-être au sort de la Terre. Il s'en faudrait de peu, bien sûr ; la distance supplémentaire ne réduirait la radiation que de 50 %, mais ce serait peut-être suffisant. Protégés par les kilomètres d'ancienne glace des pôles, les Martiens survivraient peut-être alors que les Terriens ne le pourraient pas. On avait même imaginé — mais seuls les esprits romanesques y croyaient — que la fonte des calottes polaires rendrait à la planète ses océans perdus. Et alors l'atmosphère deviendrait peut-être assez dense pour que les hommes se déplacent librement en plein air, avec un équipement respiratoire tout simple et des vêtements thermiques.

Ces espérances eurent la vie dure mais finirent par être tuées par d'implacables équations. Aucun prodige d'habileté ou de volonté ne permettrait aux Sabras de se sauver. Eux aussi périraient avec la planète mère dont ils affectaient souvent de mépriser la mollesse.

Mais voilà qu'à présent, étalée sous le *Magellan,* une planète résumait tous les espoirs et les rêves des dernières générations de colons martiens. Alors qu'Owen Fletcher contemplait les océans infinis de Thalassa, une seule pensée s'imposait à son esprit.

D'après les sondes stellaires, Sagan Deux ressemblait beaucoup à Mars, ce qui était justement la raison pour laquelle ses compagnons et lui avaient été choisis pour ce voyage. Mais pourquoi recommencer la guerre, dans trois siècles et à soixante-quinze années-lumière, alors que la victoire était déjà là, ici et maintenant ?

Fletcher ne songeait plus simplement à déserter ; cela lui ferait abandonner trop de choses. Ce serait assez facile de se cacher à Thalassa, mais qu'éprouverait-il, quand le *Magellan* repartirait, avec les derniers amis et camarades de sa jeunesse ?

Il y avait douze Sabras encore en hibernation. Sur les cinq éveillés, il en avait déjà prudemment sondé deux et avait obtenu une réaction favorable. Et si les deux autres étaient d'accord aussi, il savait qu'ils pourraient parler au nom des douze endormis.

Magellan devait mettre fin à son voyage interstellaire, ici même à Thalassa.

30

L'enfant de Krakan

Il y avait peu de conversations à bord de la *Calypso* qui voguait vers Tarna à la modeste allure de vingt klicks ; ses passagers étaient perdus dans leurs pensées et songeaient aux implications de toutes ces images du fond de la mer. Et Loren était toujours coupé du monde extérieur ; il avait gardé ses lunettes de vision totale et se projetait encore une fois l'exploration du traîneau sous-marin dans la forêt engloutie.

Dévidant son câble comme une araignée mécanique, le robot avançait lentement entre les grands troncs, qui paraissaient minces à cause de leur extraordinaire hauteur mais dont l'épaisseur était celle d'un corps humain. Il était maintenant évident qu'ils étaient plantés en colonnes et rangées régulières, aussi personne ne fut vraiment surpris quand ils disparurent le long d'une ligne bien définie. Et là, vaquant à leurs affaires dans leur campement de jungle, se trouvaient les scorps.

On avait eu raison de ne pas allumer les projecteurs ; les créatures ne remarquaient absolument pas l'observateur silencieux qui flottait dans l'obscure pénombre à quelques mètres au-dessus d'elles. Loren avait vu en vidéo des fourmis, des abeilles, des termites, et le comportement des scorps lui rappelait ces insectes. À première vue, il était impossible de croire qu'une organisation aussi complexe existe sans une intelligence gouvernante, et pourtant, leur activité pourrait être totalement automatique, comme dans le cas des insectes sociaux de la Terre.

Certains scorps s'occupaient des grands troncs, qui s'élevaient vers la surface pour moissonner les rayons de l'invisible soleil ; d'autres allaient et venaient sur le fond en portant des pierres, des feuilles et — oui — de véritables filets et paniers rudimentaires. Ainsi, les scorps fabriquaient des outils ; mais cela ne prouvait quand même pas qu'il y ait de l'intelligence. Il existait des nids d'oiseaux beaucoup plus soigneusement façonnés que ces artefacts assez malcommodes, apparemment tressés avec des tiges et du feuillage de l'omniprésent goémon.

Je me fais l'effet d'un visiteur de l'espace, pensait Loren, planant au-dessus d'un village terrien à l'âge de pierre, juste au moment où l'Homme découvrait l'agriculture. Est-ce que ce visiteur aurait conclu à une intelligence humaine, grâce à cette observation ? Ou son verdict aurait-il été : comportement purement instinctif ?

La sonde était maintenant si loin, dans la clairière, qu'on ne voyait plus la forêt environnante, et pourtant les troncs les plus proches n'étaient qu'à une cinquantaine de mètres. Ce fut alors qu'un bel esprit, parmi les Nordiens, prononça le nom qui resta, même dans les rapports scientifiques : « Voilà le centre de Scorpville. »

C'était apparemment un quartier — faute de meilleur mot — à la fois résidentiel et commercial. Une arête rocheuse, haute d'environ cinq mètres, serpentait en travers de cette clairière et sa face était creusée de nombreux trous sombres juste assez grands pour laisser passer un scorp. Ces petites grottes étaient irrégulièrement espacées mais d'une taille si uniforme qu'elles ne pouvaient être naturelles ; l'effet général était celui d'un immeuble locatif conçu par un architecte excentrique.

Des scorps entraient ou sortaient par ces issues, comme des employés de bureau des antiques villes, avant l'ère des télécommunications, pensa Loren. Leurs activités lui paraissaient insignifiantes et incompréhensibles, comme devait l'être pour eux le commerce des humains.

— Par exemple ! s'exclama un autre observateur de la *Calypso*. Qu'est-ce que c'est que ça ? Tout à fait à droite... vous pouvez vous rapprocher ?

L'interruption fit sursauter Loren ; il fut momentanément arraché du fond de la mer et brutalement ramené à la surface.

Sa vision panoramique bascula soudain, avec le changement de position de la sonde. Puis elle se redressa et dériva lentement vers une pyramide rocheuse isolée, d'approximativement dix mètres de haut à en juger par les deux scorps à sa base, et percée d'une seule entrée de caverne. Loren n'y vit tout d'abord rien d'insolite ; puis il remarqua certaines anomalies, des éléments qui juraient un peu avec le paysage, maintenant connu, de Scorpville.

Tous les autres scorps s'affairaient. Ces deux-là étaient immobiles, à part le balancement régulier de leur tête. Et il y avait autre chose...

Ces scorps étaient énormes. Il était difficile de juger de l'échelle, là, et ce fut seulement quand plusieurs autres animaux furent passés à côté que Loren fut tout à fait certain que ce couple était près de deux fois plus grand que la moyenne.

— Qu'est-ce qu'ils font ? chuchota quelqu'un.

— Je vais vous le dire, dit une autre voix. C'est des gardes, des sentinelles.

Une fois énoncée, cette conclusion parut tellement évidente que personne n'en douta.

— Mais qu'est-ce qu'ils gardent ?

— La reine, s'ils en ont une ? Ou la première banque de Scorpville ?

— Comment le savoir ? Le traîneau est bien trop grand pour pénétrer à l'intérieur, même s'ils nous laissent passer.

La discussion devint alors purement spéculative. La sonde robot était maintenant descendue à moins de dix mètres du sommet de la pyramide et l'opérateur donna une brève poussée à l'un des réacteurs de contrôle pour l'empêcher de descendre plus bas.

Le bruit, ou la vibration, dut alerter les sentinelles. Toutes deux se redressèrent simultanément et Loren eut soudain une vision de cauchemar d'yeux groupés, d'antennes agitées et de pinces géantes. Je suis bien content de ne pas être *vraiment* là, se dit-il, même si c'est tout comme. Et c'est une chance qu'ils ne puissent pas nager.

Mais s'ils ne pouvaient pas nager, ils étaient capables de remonter. À une vitesse ahurissante, les scorps grimpèrent le long de la pyramide et se retrouvèrent en quelques secondes au sommet, à quelques mètres seulement au-dessous du traîneau.

— Faut se tirer de là avant qu'ils sautent, marmonna l'opérateur. Ces pinces pourraient trancher le câble comme un bout de coton.

C'était trop tard. Un scorp se propulsa du rocher et sa pince saisit un des patins sous le châssis du traîneau.

Les réflexes humains de l'opérateur furent tout aussi rapides, bénéficiant d'une technologie supérieure. Au même instant, il passa en marche arrière et abaissa le bras robot pour l'attaque. Et, ce qui fut peut-être plus décisif, il alluma les projecteurs.

Le scorp dut être complètement aveuglé. Ses

pinces s'ouvrirent, dans un geste d'étonnement presque humain, et il retomba au fond de la mer avant que le bras articulé du robot puisse engager le combat.

Pendant une fraction de seconde, Loren aussi devint presque aveugle, alors que ses lunettes s'obscurcissaient. Mais les circuits automatiques de la caméra effectuèrent la correction, pour l'intensification de la lumière, et il eut un étonnant gros plan du scorp dérouté avant que la créature disparaisse de son champ de vision.

Sans trop savoir pourquoi, il ne fut pas du tout étonné de voir qu'elle portait deux bandes de métal au-dessous de la pince droite.

Loren revoyait cette dernière scène alors que la *Calypso* retournait vers Tarna et toute son attention était encore concentrée sur le monde sous-marin, au point qu'il ne perçut pas la légère onde de choc qui passa rapidement à côté du bateau. Mais il entendit les cris et le désordre autour de lui, il sentit le pont basculer comme si la *Calypso* changeait brutalement de cap. Il arracha ses grosses lunettes et cligna des yeux au grand soleil.

Pendant un moment, il ne vit rien ; et puis ses yeux s'adaptèrent à l'éblouissement et il constata qu'ils n'étaient qu'à quelques centaines de mètres de la côte bordée de palmiers de l'île du Sud. Nous avons heurté un récif, pensa-t-il. Brant allait en entendre parler pendant longtemps !

Il remarqua alors, s'élevant au-dessus de l'horizon, à l'est, une chose qu'il n'aurait jamais pensé voir sur la paisible Thalassa. C'était le nuage en forme de champignon qui avait hanté les cauchemars des hommes pendant deux mille ans.

Que faisait donc Brant ? Il devrait mettre le cap sur la côte ! Mais, au contraire, il virait de bord, au plus serré possible, pour regagner le large. Apparemment, il avait pris la direction des événements, alors que tous les autres, bouche bée, étaient tournés vers l'est.

— Krakan ! souffla un des savants nordiens, et Loren crut d'abord qu'il émettait le vieux juron lassan.

Puis il comprit et fut envahi par un grand soulagement... qui ne dura pas.

— Non, dit Kumar, plus alarmé que Loren ne l'aurait cru possible. Pas Krakan... L'*enfant* de Krakan !

La radio de bord émettait maintenant des bips d'alerte continus, entremêlés de solennels messages d'avertissement. Loren n'avait pas eu le temps d'en enregistrer un seul quand il s'aperçut qu'il se passait quelque chose de très bizarre à l'horizon. *Ce n'était pas où cela aurait dû être !*

Tout était extrêmement déroutant ; la moitié de son esprit était encore en bas, au fond avec les scorps, et il devait encore cligner des yeux dans l'étincellement de la mer et du ciel. Même s'il était certain que la *Calypso* filait droit, ses yeux lui disaient que le bateau piquait du nez.

Non. C'était la mer qui se soulevait, avec un rugissement qui couvrait tous les autres sons. Il n'osait pas estimer la hauteur de la vague qui déferlait sur eux ; il comprenait maintenant pourquoi Brant gagnait le large et les hauts-fonds pour s'éloigner des redoutables eaux moins profondes contre lesquelles le tsunami allait déverser sa fureur.

Une main géante empoigna la *Calypso* et souleva sa proue vers le zénith. Loren glissa le long du pont ; il essaya de se raccrocher à une batayole, la manqua et se retrouva dans l'eau.

Rappelle-toi ton entraînement de catastrophe, se

dit-il farouchement. Dans la mer comme dans l'espace, le principe était le même. Le plus grand danger, c'était la panique, il fallait donc garder son sang-froid.

Il ne risquait pas de se noyer, sa brassière de sauvetage y veillerait. Mais où était le levier de gonflage ? Il tâtonna fébrilement sur la sangle qui lui entourait la taille et malgré toute sa détermination, il fut pris d'un bref frisson glacé avant de trouver la targette de métal. Elle glissa facilement et, à son grand soulagement, la brassière se gonfla autour de lui et l'enveloppa de son étreinte rassurante.

Maintenant, le seul réel danger viendrait de la *Calypso* elle-même, si elle retombait sur sa tête. Où était-elle ?

Bien trop près, dans ces eaux tumultueuses, et avec une partie de ses superstructures à demi immergée. Incroyablement, presque tout l'équipage semblait être resté à bord. On le montrait du doigt, quelqu'un se préparait à lui lancer une bouée de sauvetage.

La surface était jonchée de débris — des sièges, des caisses, des pièces de matériel — et le traîneau passa en sombrant lentement dans les gerbes de bulles d'un de ses flotteurs endommagé. J'espère qu'ils pourront le sauver, pensa Loren, sinon cette excursion aura coûté cher ; et il risque de se passer pas mal de temps avant que nous puissions de nouveau étudier les scorps. Il était assez fier de pouvoir si calmement évaluer la situation, compte tenu des circonstances.

Quelque chose frôla sa jambe droite ; par un réflexe automatique, il tenta de le repousser d'une ruade. Bien que la chose lui entamât sérieusement les chairs, il était plus irrité qu'alarmé. Il était à flot, hors de danger, la vague géante était passée et rien ne pouvait le blesser maintenant.

Il donna un nouveau coup de pied, plus prudemment. Au même instant, il sentit le même enchevêtrement autour de son autre jambe. Et ce n'était plus une simple caresse ; en dépit du soutien de la brassière de sauvetage, quelque chose le tirait vers le fond.

Loren Lorenson connut alors son premier moment de véritable panique car il se rappela soudain les tentacules du polype géant. Cependant, ces tentacules devaient être souples et charnus, alors qu'il s'agissait là d'une espèce de câble ou de fil de fer. Naturellement ! Le cordon ombilical du traîneau qui sombrait !

Il aurait peut-être encore pu se dégager s'il n'avait pas avalé une gorgée d'eau d'une vague inattendue. En toussant, en s'étouffant, il s'efforça de dégager ses poumons sans cesser de donner des coups de pied dans le câble.

Et puis la limite vitale entre l'air et l'eau — entre la vie et la mort — fut à moins d'un mètre au-dessus de lui, mais il n'avait aucun moyen de l'atteindre.

Dans un moment pareil, un homme ne pense qu'à sa propre survie. Il n'y eut pas de regards en arrière, pas de regrets de la vie passée, pas même une brève vision de Mirissa.

Quand il comprit que tout était fini, il n'éprouva aucune peur. Sa dernière pensée consciente fut la rage d'avoir voyagé pendant cinquante années-lumière, pour trouver une fin aussi stupide et peu héroïque.

Ainsi, Loren Lorenson mourut pour la seconde fois dans les eaux tièdes et peu profondes de la mer thalassane. L'expérience ne lui avait rien appris ; la première mort, deux siècles plus tôt, avait été bien plus facile.

V

LE SYNDROME DU BOUNTY

31

La pétition

Le capitaine Sirdar Bey aurait protesté qu'il n'était pas le moins du monde superstitieux, mais, pourtant, il commençait toujours à s'inquiéter quand les choses allaient bien. Jusqu'à présent, Thalassa avait été presque trop bonne pour être vraie ; tout s'était passé selon les prévisions les plus optimistes. Le bouclier avait été construit dans les temps et il n'y avait eu absolument aucun problème digne d'être rapporté.

Mais à présent, en l'espace de vingt-quatre heures...

Naturellement, ça aurait pu être bien pire. Le capitaine de corvette Lorenson avait eu énormément de chance, grâce à ce gosse. (Il faudrait faire quelque chose pour lui.) À en croire les médecins, il s'en était fallu de très peu. Encore quelques minutes et les dégâts occasionnés au cerveau auraient été irréversibles.

Agacé d'avoir laissé son attention s'écarter du problème immédiat, le capitaine relut le message qu'il connaissait maintenant par cœur :

COMBORD : NI DATE NI HEURE

À : CAPITAINE

DE : ANON

Capitaine. Quelques-uns d'entre nous souhaitons faire la proposition suivante que nous présentons à votre plus sérieuse considération. Nous proposons que notre mission se termine ici à Thalassa. Tous les objectifs seront atteints sans les risques additionnels de la poursuite du voyage jusqu'à Sagan Deux.

Nous reconnaissons volontiers que cela causera des problèmes avec la population existante, mais nous pensons pouvoir les résoudre grâce à la technologie que nous possédons, plus précisément l'utilisation de l'ingénierie tectonique pour accroître la superficie des terres disponibles. Conformément au règlement, section 14, paragraphe 24 (a), nous demandons respectueusement la réunion d'un Conseil du bord pour discuter de cette affaire dès que possible.

— Eh bien ? Capitaine Malina ? Ambassadeur Kaldor ? Pas de commentaires ?

Dans les appartements spacieux mais simplement meublés du capitaine, les deux hommes se regardèrent. Puis Kaldor fit un signe de tête imperceptible au capitaine adjoint et confirma l'abandon de sa priorité en prenant une nouvelle petite gorgée de l'excellent vin de Thalassa que leur avaient offert leurs hôtes.

Le capitaine adjoint Malina, plus à son aise avec la mécanique qu'avec les gens, examina tristement l'imprimante.

— C'est très poli, au moins.

— Encore heureux ! s'exclama impatiemment le capitaine Bey. Avez-vous une quelconque idée des auteurs ?

— Pas la moindre. À l'exception de nous trois, je crains que nous ayons cent cinquante-huit suspects.

— Cent cinquante-sept, intervint Kaldor. Le capitaine Lorenson a un excellent alibi. Il était mort à ce moment-là.

— Ça ne réduit guère le champ, grommela le capitaine avec un sourire amer. Avez-vous une hypothèse, professeur ?

Certainement, pensa Kaldor ; j'ai vécu deux longues années sur Mars et je parierais que ça vient des Sabras. Mais ce n'est qu'une intuition et je peux me tromper.

— Pas encore, capitaine. Mais je vais garder les yeux ouverts. Si je découvre quelque chose, je vous en informerai... autant que possible.

Les deux officiers le comprirent parfaitement. Dans son rôle de conseiller, Moïse Kaldor n'avait même pas de comptes à rendre au capitaine. À bord du *Magellan,* il était ce qui se rapprochait le plus d'un confesseur.

— Je pense, professeur Kaldor, que vous ne manquerez certainement pas de m'informer si vous apprenez quelque chose qui risque de compromettre cette mission.

Kaldor hésita, puis il hocha la tête. Il espérait qu'il n'aurait pas à affronter le traditionnel dilemme du prêtre qui reçoit la confession d'un assassin alors qu'il est encore en train de méditer son crime.

Je ne suis pas aidé, pensa amèrement le capitaine. Mais j'ai une confiance absolue dans ces deux hommes et j'ai besoin de me confier à quelqu'un. Même si je dois prendre la décision finale.

— La première question qui se pose, c'est si je dois répondre à ce message ou feindre de l'ignorer. Les deux solutions présentent des risques. Si ce n'est qu'une vague suggestion — peut-être d'un seul individu dans un moment de trouble psychologique —, ce ne serait peut-être pas prudent de la prendre au sérieux. Mais si elle émane d'un groupe résolu, un dialogue nous aiderait certainement. Il permettrait de désamorcer la situation. Et aussi d'identifier les personnes en cause.

Et qu'est-ce que tu ferais alors ? se demanda le capitaine. Tu les mettrais aux fers ?

— Je suis d'accord, dit le capitaine adjoint Malina. Mais je suis sûr que ce n'est pas un membre des équipes de poussée ou d'énergie. Je les connais tous depuis l'époque où ils étaient étudiants, et même avant.

Vous pourriez avoir une surprise, pensa Kaldor. Qui peut se vanter de *vraiment* connaître quelqu'un ?

— Très bien, dit le capitaine en se levant. Voici ce que j'ai déjà décidé. Et, on ne sait jamais, je crois que je devrais relire un peu d'histoire. Je me souviens que Magellan a eu quelques ennuis avec son équipage.

— C'est indiscutable, répondit Kaldor. Mais j'espère bien que vous, vous n'aurez à abandonner personne sur une île déserte.

Ni à pendre l'un de vos officiers, ajouta-t-il à part lui ; ce serait un terrible manque de tact d'évoquer ce détail historique particulier.

Et ce serait encore pire de rappeler au capitaine Bey — qui ne l'avait certainement pas oublié ! — que le grand navigateur avait été tué avant de pouvoir achever sa mission.

32

La clinique

Cette fois, le retour à la vie n'avait pas été si bien préparé à l'avance. Le second réveil de Loren Lorenson ne fut pas aussi confortable que le premier ; il se révéla même tellement désagréable qu'il regrettait parfois de n'avoir pas été abandonné aux profondeurs de l'oubli.

Il avait des tubes dans la gorge, des fils attachés aux bras et aux jambes. Des fils ! Il fut brusquement repris de panique au souvenir de ce câble qui l'entraînait inexorablement dans les profondeurs, mais il se maîtrisa vite.

Autre chose l'inquiétait, il avait l'impression de ne pas respirer ; il ne détectait aucun mouvement de son diaphragme. Bizarre... et puis il se dit qu'on lui avait certainement fait un by-pass des poumons...

Une infirmière dut être alertée par ses écrans de contrôle car brusquement il entendit une voix douce à son oreille et sentit tomber une ombre sur ses paupières, encore trop fatiguées pour se soulever.

— Vous allez très bien, capitaine Lorenson. Vous n'avez pas de souci à vous faire. D'ici à quelques jours, vous serez sur pied. Non..., n'essayez pas de parler.

Je n'en avais aucunement l'intention, pensa Loren. Je sais exactement ce qui s'est passé...

Il perçut le léger sifflement d'un jet de seringue,

une brève sensation de glace dans le bras et, de nouveau, le bienheureux sommeil.

La fois suivante, à son grand soulagement, tout était bien différent. Les tubes et les fils avaient disparu. Même s'il se sentait très faible, il ne souffrait pas. Et il respirait régulièrement, sans effort.

— Salut, dit une voix masculine à quelques mètres de lui. Bienvenue à bord.

Loren tourna la tête et eut la vision floue d'une figure pansée dans un lit voisin.

— Vous ne devez pas me reconnaître, capitaine Lorenson. Lieutenant Bill Horton, ingénieur des communications... et ex-surfeur !

— Ah, bonjour, Bill. Qu'est-ce qui vous est arrivé ? murmura Loren, mais l'infirmière arriva et mit fin à la conversation avec une nouvelle piqûre.

Maintenant, il était tout à fait en forme et n'attendait que l'autorisation de se lever. Le commandant-médecin Newton estimait que, dans l'ensemble, il valait mieux que ses malades sachent ce qui leur arrivait et pourquoi. Même s'ils ne comprenaient pas, ça les calmait et leur présence irritante ne gênait pas trop la routine bien ordonnée de la clinique.

— Vous vous sentez peut-être très bien, Loren, mais vos poumons sont encore en train de se réparer et vous devez éviter toute fatigue tant qu'ils ne seront pas redevenus normaux. Si l'océan de Thalassa était comme ceux de la Terre, il n'y aurait pas eu de problème. Mais il est beaucoup moins salé, il est même potable, souvenez-vous, et vous en avez bu un litre ou davantage. Et comme vos sérums corporels sont plus salés que la mer, l'équilibre isotonique a été bouleversé. La pression osmotique a donc endommagé les membranes. Nous avons dû nous livrer à une recherche accélérée dans les archives du bord avant de pouvoir vous soigner. Après tout, la noyade n'est pas un accident habituel, dans l'espace.

— Je serai un bon malade, promit Loren. Et j'apprécie vivement tout ce que vous avez fait. Mais quand pourrai-je recevoir des visites ?

— Il y en a une qui attend dehors en ce moment. Vous pouvez disposer d'un quart d'heure. Et puis l'infirmière la mettra à la porte.

— Et ne faites pas attention à moi, dit Bill Horton. Je dors profondément.

33

Marées

Mirissa ne se sentait pas bien du tout et, naturellement, c'était à cause de la pilule. Mais elle se consolait en se disant que cela pourrait se produire encore une fois... quand (et si !) elle aurait le second enfant qui lui était permis.

C'était incroyable de penser que presque toutes les générations de femmes qui avaient existé avaient été contraintes de supporter ces désagréments pendant la moitié de leur vie, et tous les mois. Elle se demanda si c'était par pure coïncidence que le cycle de fécondité concordait approximativement avec l'unique Lune géante de la Terre. Si ça se passait de la même façon à Thalassa, avec ses deux satellites rapprochés ! Peut-être était-ce bon que leurs marées soient à peine perceptibles ; la pensée de cycles de cinq et sept jours constamment en opposition était si comiquement horrible qu'elle ne put s'empêcher de sourire et elle se sentit immédiatement beaucoup mieux.

Il lui avait fallu des semaines pour prendre sa décision, et elle n'en avait pas encore parlé à Loren, encore moins à Brant qui réparait la *Calypso* à l'île du Nord. Aurait-elle agi ainsi s'il ne l'avait pas quittée, s'il n'avait pas pris la fuite sans se battre, en dépit de toutes ses fanfaronnades ?

Non, c'était injuste... une réaction primitive, préhumaine, même. Pourtant, de tels instincts avaient la vie dure ; Loren lui avait avoué, avec contrition, que parfois Brant et lui s'affrontaient dans les corridors de ses rêves.

Elle ne pouvait rien reprocher à Brant ; au contraire, elle devait être fière de lui. Ce n'était pas par lâcheté mais par considération qu'il était parti dans le nord en attendant qu'ils règlent tous deux leur destin.

Mirissa n'avait pas pris hâtivement sa décision ; elle comprenait maintenant que, depuis des semaines, c'était là, au bord de sa conscience. La mort temporaire de Loren lui avait rappelé — comme si elle en avait besoin — que bientôt ils devraient se séparer à jamais. Elle savait ce qui devait être fait avant qu'il reparte vers les étoiles. Et son intuition lui disait qu'elle avait raison.

Que dirait Brant ? Comment réagirait-il ? C'était un des nombreux problèmes à affronter.

Je t'aime, Brant, murmura-t-elle. Je veux que tu reviennes. Mon second enfant sera le tien.

Mais pas mon premier.

34

Combord

Comme c'est bizarre, pensait Owen Fletcher, que je porte le même nom qu'un des plus célèbres mutins de tous les temps ! Serais-je un descendant ? Voyons un peu... il y a plus de deux mille ans qu'ils ont accosté dans l'île de Pitcairn... disons cent générations, c'est plus facile.

Fletcher était naïvement fier d'être aussi bon en calcul mental, ce qui, bien qu'élémentaire, surprenait et impressionnait l'immense majorité des gens ; depuis des siècles, l'Homme poussait des boutons quand il devait résoudre le problème de deux plus deux. Bien se souvenir de quelques logarithmes et constantes mathématiques, cela aidait énormément et rendait son numéro encore plus mystérieux pour ceux qui ne savaient pas comment il faisait. Naturellement, il ne choisissait que des exemples qu'il savait pouvoir résoudre et il était bien rare que quelqu'un prenne la peine de vérifier ses résultats.

Cent générations en arrière, donc deux à la puissance cent ancêtres. Log de deux égale zéro virgule trois zéro un zéro... ça fait trente virgule un... Olympus ! Un million de millions de millions de millions de *millions* de personnes ! Il y avait une erreur, jamais autant de personnes n'avaient vécu sur Terre depuis le commencement des temps... en supposant naturellement qu'il n'y ait aucun chevauchement — l'arbre généalogique humain devait être terriblement enchevêtré — enfin bref, après cent générations, tout le monde devait être apparenté plusieurs fois. Je ne pourrai jamais le prouver, mais Fletcher Christian devait être mon ancêtre.

Tout ça, c'est très intéressant, se dit-il en arrêtant l'appareil ; les anciennes archives disparurent de l'écran. Mais je ne suis pas un mutin. Je suis un... un *pétitionnaire,* présentant une requête parfaitement raisonnable. Karl, Ranjit, Bob, tous sont d'accord... Werner est indécis mais ne nous dénoncera pas. Comme je voudrais parler aux autres Sabras et leur raconter ce monde charmant que nous avons découvert pendant leur sommeil !

En attendant, je dois répondre au capitaine...

Le capitaine Bey trouvait franchement déplaisant d'avoir à s'occuper des affaires du vaisseau sans savoir lequel — ni combien — de ses officiers ou hommes d'équipage s'adressait à lui par l'intermédiaire anonyme du COMBORD. Il n'y avait aucun moyen de retrouver la trace de ces inputs confidentiels ; ils avaient été expressément conçus pour rester secrets, et le système avait été intégré comme un mécanisme social stabilisateur par les génies disparus qui avaient créé le *Magellan.* Le capitaine, en hésitant, avait tenté d'aborder la possibilité d'un repérage avec son ingénieur en chef de la communication mais le commandant Rocklyn avait paru tellement choqué qu'il avait promptement renoncé.

Alors, maintenant, il examinait constamment les visages, notait les expressions, écoutait les nuances des voix tout en essayant de se comporter comme s'il ne s'était rien passé. Peut-être réagissait-il de façon disproportionnée, et c'était réellement sans importance. Mais il avait peur qu'une graine ait été semée qui ne ferait que croître et s'épanouir tant que le vaisseau resterait au-dessus de Thalassa.

Le premier accusé de réception, rédigé après avoir consulté Malina et Kaldor, était assez neutre :

DE : CAPITAINE

À : ANON

En réponse à votre communication non datée, je ne m'oppose pas à des discussions concernant ce que vous proposez, soit par COMBORD, ou officiellement en Conseil de bord.

À vrai dire, il s'y opposait très vivement ; il avait passé près de la moitié de sa vie d'adulte à s'entraîner à la redoutable responsabilité d'une transplantation d'un million d'êtres humains à travers cent vingt-cinq années-lumière d'espace. Telle était sa mission ; si le mot « sacré » avait eu une signification pour lui, il l'aurait employé. Rien, si ce n'est une détérioration catastrophique du vaisseau ou la découverte improbable que le soleil de Sagan Deux était sur le point de devenir nova, ne pouvait le détourner de ce but.

En attendant, il y avait une mesure évidente à prendre. Il était possible que l'équipage — comme les hommes de Bligh ! — soit démoralisé, ou tout au moins négligent. Les réparations à l'usine de congélation, après les dégâts mineurs causés par le tsunami, avaient duré deux fois plus longtemps que prévu et c'était typique. Tout le rythme du vaisseau ralentissait ; oui, il était temps de se remettre à faire claquer le fouet.

— Joan, dit-il à sa secrétaire, à trente mille kilomètres au-dessous de lui, envoyez-moi le dernicr rapport sur l'assemblage du bouclier. Et dites au capitaine Malina que je veux discuter avec lui des horaires de soulèvement.

Il ne savait pas s'il leur serait possible de hisser

plus d'un flocon de neige par jour, mais ils devaient essayer.

35

Convalescence

Le lieutenant Horton était un compagnon amusant mais Loren fut heureux d'être débarrassé de lui dès que l'électrofusion eut soudé ses os fracturés. Comme l'avait appris Loren, avec un luxe de détails assommants, le jeune ingénieur s'était laissé entraîner par une bande de gaillards équivoques venus de l'île du Nord, dont le second grand intérêt dans la vie était d'escalader des vagues verticales sur des planches de surf à microréacteurs. Horton avait découvert, durement, que c'était encore plus dangereux que cela ne le paraissait.

— Je suis très étonné, avait dit Loren un jour, au milieu d'un récit plutôt scabreux. J'aurais juré que vous étiez à 90 % hétéro.

— Quatre-vingt-douze, d'après mon profil, rectifia gaiement Horton. Mais j'aime bien vérifier de temps en temps.

Le lieutenant ne plaisantait qu'à moitié. Il avait entendu dire que les 100 % étaient tellement rares qu'on les considérait comme des cas pathologiques. Il ne le croyait pas vraiment, mais ça l'inquiétait un peu, quand il prenait la peine d'y penser.

Mais à présent, Loren était l'unique patient et il avait persuadé l'infirmière lassane que sa présence était tout à fait inutile quand Mirissa faisait sa visite quotidienne. Le commandant-médecin

Newton, qui, comme la plupart de ses confrères, était souvent d'une franchise embarrassante, lui avait dit sans ménagement :

— Vous avez encore besoin d'une semaine pour récupérer. S'il vous faut absolument faire l'amour, laissez-la prendre toute la peine.

Il avait beaucoup d'autres visites, bien entendu. Toutes, sauf deux, étaient les bienvenues.

Le maire Waldron bousculait la petite infirmière, pour qu'elle la laisse entrer quand elle voulait ; heureusement, ses visites ne coïncidaient jamais avec celles de Mirissa. La première fois que le maire était venue, Loren s'était efforcé d'avoir l'air moribond, mais cette tactique s'était révélée désastreuse et l'avait mis dans l'impossibilité de repousser des caresses moites. Lors de la deuxième visite — par bonheur, il avait été prévenu dix minutes à l'avance — il était assis dans son lit, soutenu par des oreillers et tout à fait conscient. Toutefois, par une curieuse coïncidence, un essai de fonction respiratoire était en cours et le tube que Loren avait dans la bouche interdisait toute conversation. L'essai se termina environ trente secondes après le départ de madame le maire.

L'unique visite de courtoisie de Brant Falconer fut quelque peu éprouvante pour tous les deux. Ils parlèrent poliment des scorps, du travail à l'usine de congélation de la baie des Palétuviers, de la politique de l'île du Nord, en somme de tout sauf de Mirissa. Loren voyait que Brant était soucieux et même embarrassé, mais la dernière chose à laquelle il s'attendait, c'était des excuses. Son visiteur s'arrangea pour dire ce qu'il avait sur le cœur, juste avant de partir.

— Vous savez, Loren, je ne pouvais rien faire d'autre, avec cette vague. Si j'avais maintenu le cap, nous nous serions écrasés contre le récif. Simplement... C'est malheureux que la *Calypso* n'ait pas pu gagner à temps la haute mer.

— Je suis tout à fait certain, répondit Loren avec une totale sincérité, que personne n'aurait pu faire mieux.

— Eh bien... je suis content que vous le compreniez.

Brant était visiblement soulagé et Loren éprouva pour lui une soudaine compassion, et même de la pitié. Peut-être avait-on critiqué sa navigation ; pour un garçon aussi fier de ses talents que Brant, ce devait être intolérable.

— Il paraît qu'on a sauvé le traîneau ?

— Oui. Il sera bientôt réparé, et comme neuf.

— Tout comme moi.

Durant la brève complicité d'un rire partagé, une pensée ironique frappa subitement Loren.

Brant avait sûrement regretté que Kumar soit aussi courageux.

36

Kilimandjaro

Pourquoi avait-il rêvé de Kilimandjaro ?

C'était un mot singulier ; un nom, il en était à peu près sûr... mais de quoi ?

Moïse Kaldor, couché dans le jour gris de l'aube de Thalassa, se réveillait lentement aux bruits de Tarna. Il n'y en avait pas beaucoup, à cette heure ; un traîneau des sables bourdonnait en descendant vers la plage, peut-être à la rencontre d'un pêcheur qui rentrait.

Kilimandjaro.

Kaldor n'était pas vantard mais il doutait qu'un autre être humain ait lu autant de livres anciens que lui et sur une si grande variété de sujets. Il avait également reçu plusieurs térabytes d'implants de mémoire et, bien que l'information ainsi emmagasinée ne soit pas à proprement parler de l'érudition, il suffisait de se rappeler les codes d'accès pour l'avoir à sa disposition.

Il était un peu tôt pour produire un tel effort et il doutait que ce soit important. Cependant, il avait appris à ne pas négliger les rêves ; le vieux Sigmund Freud avait fait quelques précieuses observations à ce sujet, il y avait deux mille ans. Et d'ailleurs, il n'allait pas pouvoir se rendormir.

Il ferma les yeux, déclencha l'ordre RECHERCHE et attendit. Tout en sachant que c'était de la pure imagination — le processus se déroulait à un niveau absolument subconscient —, il voyait des myriades de Ks clignoter quelque part dans les profondeurs de son cerveau.

Il se passa quelque chose parmi les phosphènes qui dansent perpétuellement, en motifs désordonnés, derrière des paupières bien serrées. Une fenêtre obscure apparut par magie dans le chaos faiblement luminescent ; des lettres se formèrent... et la réponse :

KILIMANDJARO : Montagne volcanique d'Afrique. Alt. : 5 900 mètres. Site du premier Terminus terrien de l'ascenseur spatial.

Eh bien ! Qu'est-ce que ça peut bien vouloir dire, ça ? Il laissa son esprit jouer avec cette très brève information.

Un rapport avec cet autre volcan, Krakan, qui

avait certainement occupé ses pensées, dernièrement ? Cela paraissait plutôt tiré par les cheveux. Et il n'avait absolument pas besoin qu'on lui rappelle que Krakan — ou son turbulent rejeton — risquait d'entrer de nouveau en éruption, il le savait.

Le premier ascenseur spatial ? Cela, c'était vraiment de l'histoire ancienne ; le point de départ de la colonisation planétaire, donnant à l'humanité un libre accès au système solaire. Et on employait la même technologie, ici, en utilisant des câbles d'un matériau super-résistant pour soulever les grands blocs de glace vers le *Magellan,* en orbite stationnaire au-dessus de l'équateur.

Mais cela aussi, c'était bien loin de la montagne africaine. Le rapport était trop ténu ; Kaldor était certain que la solution devait se trouver ailleurs. L'abord direct avait échoué. Le seul moyen de trouver un lien — si jamais c'était possible — était de se fier au hasard, au temps et aux mystérieux rouages de son subconscient.

En attendant, il comptait faire de son mieux pour oublier le Kilimandjaro jusqu'à ce qu'il choisisse d'entrer en éruption dans son cerveau.

37

In vino veritas

Après Mirissa, Kumar était le visiteur de Loren le mieux accueilli et le plus fréquent. En dépit de son surnom, Kumar ressemblait davantage à un chien fidèle — ou plutôt à un chiot affectueux — qu'à un lion. Il y avait à Tarna une douzaine de chiens extrêmement dorlotés et un jour, peut-être, ils revivraient sur Sagan Deux et reprendraient leur vieille et longue amitié avec l'homme.

Loren savait maintenant quel risque le garçon avait pris dans cette mer en furie. Il était heureux, pour le garçon et lui-même, que Kumar ne quitte jamais la côte sans un couteau de plongeur fixé à une jambe. Malgré tout, il était resté plus de trois minutes sous l'eau, pour couper le câble emprisonnant Loren. L'équipage de la *Calypso* avait cru qu'ils s'étaient noyés tous les deux.

En dépit du lien qui les unissait à présent, Loren avait du mal à poursuivre une conversation avec Kumar. Après tout, il n'y avait pas tellement de manières de dire « Merci de m'avoir sauvé la vie » et leurs milieux, leurs antécédents étaient si diamétralement opposés qu'ils avaient fort peu de points de référence communs. S'il parlait à Kumar de la Terre ou du vaisseau, tout devait être expliqué par le menu, ce qui était lassant, et au bout d'un moment, Loren se rendait compte qu'il perdait son temps. Contrairement à sa sœur, Kumar vivait dans l'immédiat ; il n'y avait que l'instant présent, à Thalassa, qui comptait pour lui. « Comme je l'envie ! avait observé un jour Kaldor. C'est une créature d'aujourd'hui, qui n'est pas hantée par le passé et ne craint pas l'avenir. »

Loren allait s'endormir, pour ce qui devait être, espérait-il, sa dernière nuit à la clinique, quand Kumar arriva, apportant une très grande bouteille qu'il brandit triomphalement.

— Devinez !

— J'en suis bien incapable, prétendit Loren.

— Le premier vin de la saison, de Krakan. Il paraît que ce sera une très bonne année.

— Comment est-ce que tu peux t'y connaître ?

— Notre famille avait un vignoble là-bas, pendant plus de cent ans. Les Marques du Lion sont les plus célèbres du monde.

Kumar chercha un peu partout, trouva deux verres et servit deux généreuses rasades. Loren goûta avec précaution ; le vin était un peu sucré à son goût mais très, très velouté.

— Comment s'appelle-t-il ?

— Krakan Spécial.

— Comme Krakan a failli me tuer une fois, est-ce que je dois prendre le risque ?

— Il ne vous donnera pas la gueule de bois.

Loren prit une autre gorgée et, en un temps étonnamment court, le verre fut vide. En moins de temps encore, il fut de nouveau plein.

Dans le fond, c'était une excellente façon de passer sa dernière nuit d'hospitalisation et la reconnaissance de Loren pour Kumar s'étendait au monde entier. Même une visite de madame le maire ne serait pas importune.

— Au fait, comment va Brant ? Ça fait une semaine que je ne l'ai pas vu.

— Il est toujours à l'île du Nord, il répare le bateau et discute le coup avec les biologistes marins. Tout le monde s'excite à propos des scorps mais personne ne sait que faire d'eux. Ni s'il faut faire quelque chose.

— Tu sais, j'ai à peu près les mêmes sentiments à l'égard de Brant.

Kumar s'esclaffa.

— Ne vous en faites pas. Il a une fille, dans l'île du Nord.

— Ah ? Mirissa le sait ?

— Bien sûr.

— Et ça ne lui fait rien ?

— Pourquoi est-ce que ça lui ferait quelque chose ? Brant l'aime, et il revient toujours.

Loren réfléchit à cela, mais plutôt lentement. L'idée lui vint qu'il était une nouvelle variable dans une équation déjà complexe. Mirissa avait-elle d'autres amants ? Avait-il vraiment envie de le savoir ? Devait-il le demander ?

— D'ailleurs, reprit Kumar après avoir encore rempli les verres, l'essentiel, c'est que leurs schémas de gènes ont été approuvés et qu'ils sont enregistrés pour un fils. Quand il sera né, ce sera différent. Ils n'auront alors besoin que de l'un et de l'autre. Ce n'était pas comme ça sur la Terre ?

— Quelquefois...

Ainsi, Kumar ne savait pas. Nous sommes encore seuls à partager ce secret, pensa Loren. Au moins, je verrai mon fils, ne serait-ce que pendant quelques mois. Et puis ensuite...

Horrifié, il sentit des larmes couler sur ses joues. Quand avait-il pleuré pour la dernière fois ? Il y avait deux cents ans, en regardant brûler la Terre.

— Qu'est-ce qu'il y a ? demanda Kumar. Vous pensez à votre femme ?

Son inquiétude était si sincère que Loren fut incapable de s'offenser de son indiscrétion, ou de son allusion à un sujet qui, d'un commun accord, n'était jamais mentionné puisqu'il n'avait aucun rapport avec « ici et maintenant ». Sur Terre, il y avait deux cents ans, et sur Sagan Deux, dans trois cents, c'était trop loin de Thalassa pour que l'émotion le submerge, surtout dans son état actuel quelque peu égaré.

— Non, Kumar, non, je ne pensais pas à... ma femme...

— Est-ce que vous lui parlerez un jour... de Mirissa ?

— Peut-être. Peut-être pas. Je n'en sais franchement rien. J'ai affreusement sommeil. Est-ce que nous avons bu toute la bouteille ? Kumar ? Kumar !

L'infirmière passa pendant la nuit et réprima son fou rire en bordant bien le lit pour qu'ils n'en tombent pas.

Loren se réveilla le premier. Après le choc initial, il se mit à rire.

— Qu'est-ce qu'il y a de drôle ? demanda Kumar en se levant, plutôt chancelant.

— Si tu tiens vraiment à le savoir, je me demandais si Mirissa serait jalouse.

Kumar sourit ironiquement.

— J'étais peut-être un peu ivre, mais je suis bien certain qu'il ne s'est rien passé.

— Moi aussi.

Pourtant, Loren s'apercevait qu'il était amoureux de Kumar, pas parce qu'il lui avait sauvé la vie, ni même parce qu'il était le frère de Mirissa, mais simplement parce qu'il était Kumar. Cela n'avait absolument rien de sexuel ; cette simple idée aurait provoqué non pas leur embarras à tous deux mais leur hilarité. Tant mieux. La vie à Tarna était déjà suffisamment compliquée.

— Et tu avais raison, ajouta Loren, avec ton Krakan Spécial. Je n'ai pas la moindre gueule de bois. Je me sens même en pleine forme. Est-ce que tu pourrais envoyer quelques bouteilles au vaisseau ? Mieux encore, quelques centaines de litres ?

38

Le débat

La question était simple mais la réponse ne l'était pas : Que deviendrait la discipline à bord du *Magellan* si la raison même de sa mission était mise aux voix ?

Bien entendu, le résultat ne serait pas déterminant et le capitaine aurait la possibilité de passer outre s'il le fallait. Et il y serait obligé si une majorité décidait de rester (ce qu'il se refusait à imaginer un seul instant). Mais un tel résultat provoquerait des ravages, sur le plan psychologique. L'équipage se diviserait en deux factions et cela aboutirait à des situations qu'il préférait ne pas envisager.

Et pourtant... un commandant devait avoir de la fermeté mais pas une tête de cochon. La proposition ne manquait pas de bon sens et présentait de nombreux agréments. Lui-même, après tout, avait beaucoup apprécié l'hospitalité présidentielle et avait fermement l'intention de revoir une certaine dame, championne de décathlon. C'était une planète magnifique ; peut-être pourrait-on accélérer le lent processus de formation de continents, de manière à ce qu'il y ait de la place pour les millions d'êtres supplémentaires. Ce serait infiniment plus facile que de coloniser Sagan Deux.

Pour une raison ou une autre, il se pouvait qu'ils n'attcignent jamais Sagan Deux. Bien que la sûreté opérationnelle du vaisseau soit encore estimée à 98 %, il y avait des dangers externes absolument imprévisibles. Seuls quelques-uns de ses officiers en qui il avait le plus confiance étaient au courant de cette partie du bouclier de glace qui avait été perdue, vers la quarante-huitième année-lumière. Si ce météoroïde interstellaire, ou quoi que ce fût, avait été plus près de quelques mètres...

Quelqu'un avait supposé qu'il s'agissait d'une ancienne sonde spatiale de la Terre. Mais le nombre de chances s'opposant à cette rencontre était littéralement astronomique et, naturellement, une hypothèse aussi ironique ne pourrait jamais être prouvée.

Et maintenant, ces pétitionnaires inconnus qui se baptisaient les Néo-Thalassans... Le capitaine Bey se demanda si cela voulait dire qu'ils étaient nombreux ou qu'ils s'organisaient en mouvement politique. Dans ce cas, le mieux serait sans doute de les percer à jour dès que possible.

Oui, il était temps de réunir le Conseil de bord.

Le refus de Moïse Kaldor fut prompt et courtois.

— Non, capitaine, je ne peux pas participer au débat, que ce soit pour ou contre. Si je le faisais, l'équipage ne se fierait plus à mon impartialité. Mais je veux bien le présider, ou en être l'animateur, quel que soit le nom que vous donniez à ce rôle.

— Entendu, répondit aussitôt Bey, car il n'avait pas espéré davantage. Et qui présentera les motions ? Nous ne pouvons guère attendre des Néo-Thalassans qu'ils se dévoilent et plaident leur cause.

— J'aimerais bien qu'il soit possible d'avoir un vote tout simple, sans argumentations ni discussions, maugréa le capitaine adjoint Malina.

Le capitaine Bey, à part lui, était bien d'accord. Mais il s'agissait d'une société démocratique formée d'hommes responsables, extrêmement cultivés, et le Règlement du bord le reconnaissait. Ces Néo-Thalassans réclamaient un Conseil pour exposer leur point de vue ; s'il refusait, il désobéirait à ses propres lettres de créance et abuserait de la confiance qui lui avait été accordée sur la Terre, il y avait de cela deux cents ans.

Ce n'était pas facile d'organiser le Conseil. Comme tout le monde, sans exception, devait avoir l'occasion de voter, il fallait réorganiser les emplois du temps, les horaires, bouleverser des périodes de sommeil. La présence en bas sur Thalassa de la moitié de l'équipage posait un autre problème, qui ne s'était jamais présenté, celui de la sécurité. Quel que soit le résultat du débat, en aucune façon les Thalassans ne devaient l'écouter.

Loren était seul dans son bureau de Tarna, la porte fermée à clef pour la première fois, quand le conseil commença. Une fois de plus, il portait ses lunettes à vision totale, mais pas pour se laisser emporter dans une forêt sous-marine. Il était à bord du *Magellan*, dans la salle d'assemblée bien connue ; il contemplait les visages de ses camarades et, même s'il changeait d'angle, il voyait toujours l'écran où apparaîtraient leurs commentaires et leur verdict. Pour le moment, était affiché un bref message :

> RÉSOLUTION : Que le vaisseau spatial *Magellan* achève sa mission à Thalassa puisque tous ses principaux objectifs peuvent être atteints ici.

Ainsi, Moïse est à bord, pensa Loren en examinant l'assistance ; je me demandais pourquoi je ne le voyais plus. Il paraît fatigué, le capitaine aussi. C'est peut-être plus grave que ce que je croyais...

Kaldor frappa vivement la table pour réclamer le silence.

— Capitaine, officiers, membres de l'équipage, bien que ce soit notre premier Conseil, nous connaissons tous la procédure. Si vous souhaitez prendre la parole, levez la main pour vous faire connaître. Si vous souhaitez faire une déclaration écrite, utilisez votre bloc-clavier ; les codes ont été brouillés pour assurer l'anonymat. Dans un cas comme dans l'autre, soyez aussi brefs que possible, s'il vous plaît. S'il n'y a pas de questions, nous commencerons par l'article 001.

Les Néo-Thalassans avaient ajouté quelques arguments, mais 001 restait essentiellement la note qui avait tant secoué le capitaine Bey quinze jours plus tôt, un laps de temps qui ne lui avait pas permis d'en découvrir le ou les auteurs.

Le point supplémentaire le plus révélateur, c'était sans doute la suggestion que leur *devoir* était de rester : que Thalassa *avait besoin* d'eux, techniquement, culturellement et génétiquement. Je me le demande, pensa Loren tout en étant tenté d'approuver. Quoi qu'il en soit, ne devrions-nous pas leur demander d'abord leur avis ? Nous ne sommes quand même pas des impérialistes d'autrefois... Ou le sommes-nous ?

Tout le monde ayant eu le temps de relire la note, Kaldor frappa de nouveau.

— Personne n'a demandé la parole en faveur de la résolution ; naturellement, il y aura des occasions plus tard. Je vais donc prier le lieutenant Elgar de présenter les arguments s'y opposant.

Raymond Elgar était un jeune ingénieur pensif, des Énergies et Communications, que Loren connaissait à peine ; il était doué pour la musique et prétendait écrire un poème épique sur le voyage. Quand on le mettait au défi de réciter un seul vers, il répondait invariablement : « Attendez Sagan Deux plus un an. »

On comprenait aisément pourquoi le lieutenant Elgar s'était porté volontaire pour ce rôle (s'il n'en avait pas reçu l'ordre). Ses prétentions poétiques ne lui permettaient pas d'agir autrement et peut-être écrivait-il réellement ce poème épique.

— Capitaine, camarades, prêtez-moi vos oreilles...

Voilà une phrase frappante, pensa Loren ; je me demande si elle est de lui.

— Je crois que nous sommes tous d'accord, dans notre cœur comme par notre esprit, pour estimer que l'idée de demeurer à Thalassa ne manque pas d'attraits. Mais considérez les points suivants :

» Nous ne sommes que cent soixante et un. Avons-nous le droit de prendre une décision irrévocable au nom du million d'âmes qui dorment encore ?

» Et les Lassans ? On laisse entendre que nous les aiderions en restant. Mais est-ce bien sûr ? Ils ont une façon de vivre qui a l'air de leur convenir à la perfection. Songez à nos antécédents, à notre éducation, à la mission à laquelle nous nous sommes consacrés il y a bien des années. Croyez-vous réellement qu'un million d'entre nous pourraient faire partie de la société thalassane sans la bouleverser complètement ?

» On a beaucoup parlé d'ingénierie tectonique pour créer de nouvelles terres, pour faire de la place à la population accrue. Permettez-moi de vous rappeler que sur la Terre, après des millénaires de recherches et de développement, ce n'était toujours pas une science exacte. N'oubliez pas la catastrophe de Nazca Plate en 3175 ! Je ne vois rien de plus téméraire que de jouer avec les forces accumulées à l'intérieur de Thalassa !

» Il est inutile d'en dire plus. Il ne peut y avoir qu'une seule décision en cette affaire. Nous devons abandonner les Lassans à leur propre destin, nous devons poursuivre le voyage jusqu'à Sagan Deux !

Loren ne fut pas surpris par les applaudissements dispersés. La question intéressante était : Qui n'avait pas applaudi ? Autant qu'il puisse en juger, l'assistance était divisée à égalité. Naturellement, certaines personnes applaudissaient peut-être la présentation très habile et non parce qu'elles approuvaient ce que disait l'orateur.

— Merci, lieutenant Elgar, dit le président Kaldor. Nous avons particulièrement apprécié votre brièveté. Quelqu'un désire-t-il maintenant exprimer une opinion contraire ?

Il y eut un instant de vague agitation gênée, suivi d'un silence profond. Pendant une minute au moins, il ne se passa rien. Finalement, des lettres commencèrent à apparaître sur l'écran.

002. LE CAPITAINE PEUT-IL DONNER LA DERNIÈRE ESTIMATION DE RÉUSSITE PROBABLE DE LA MISSION ?

003. POURQUOI NE PAS RÉANIMER UN ÉCHANTILLON REPRÉSENTATIF DES DORMEURS POUR SONDER LEUR OPINION ?

004. POURQUOI NE PAS DEMANDER AUX LASSANS CE QU'ILS PENSENT ? C'EST LEUR PLANÈTE.

Dans la neutralité et le secret total, l'ordinateur emmagasina et numérota les inputs des membres du Conseil. En deux millénaires, personne n'avait pu inventer de meilleur moyen de sonder l'opinion d'un groupe et d'obtenir un consensus. Dans tout le vaisseau — et en bas sur Thalassa — des hommes et des femmes tapaient des messages sur les sept boutons de leur petit bloc-clavier. Un des premiers talents acquis par les enfants était sans doute la faculté de taper sans regarder toutes les combinaisons nécessaires, et sans même y penser.

Loren examina encore l'assistance et fut amusé de voir que presque tout le monde avait les deux mains bien en vue. Il ne voyait personne avec cette expression lointaine indiquant qu'un message personnel était transmis au moyen d'un bloc-clavier dissimulé. Mais beaucoup de gens parlaient.

015. POURQUOI PAS UN COMPROMIS ? CERTAINS D'ENTRE NOUS PRÉFÉRERAIENT PEUT-ÊTRE RESTER. LE VAISSEAU POURRAIT CONTINUER.

Kaldor réclama l'attention.

— Ce n'est pas la résolution que nous discutons. Mais c'est noté.

— Pour répondre à 002, dit le capitaine Bey en se souvenant tout juste à temps d'obtenir un signe de tête approbateur du président, le chiffre est de 98 %. Je ne serais pas étonné si nos chances d'atteindre Sagan Deux sont meilleures que celles des îles du Nord et du Sud de rester au-dessus de la mer.

021. À PART KRAKAN, AUQUEL ILS NE PEUVENT PAS GRAND-CHOSE, LES LASSANS N'ONT PAS DE SÉRIEUX DÉFIS. PEUT-ÊTRE DEVRIONS-NOUS LEUR EN LAISSER UN. KNR.

Ce devait être — voyons un peu — oui, bien sûr... Kingsley Rasmussen. Il ne désirait manifestement pas rester incognito. Il exprimait une pensée qui, à un moment ou un autre, était venue à l'esprit de tout le monde.

022. NOUS LEUR AVONS DÉJÀ SUGGÉRÉ DE RECONSTRUIRE L'ANTENNE SPATIALE PROFONDE DE KRAKAN POUR RESTER EN CONTACT AVEC NOUS. RMM.

023. UN TRAVAIL DE DIX ANS AU PLUS. KNR.

— Messieurs ! s'exclama assez impatiemment Kaldor, nous nous écartons du sujet.

Ai-je quelque chose à apporter ? se demanda Loren. Non, je vais me tenir en dehors de ce débat ; j'entrevois trop d'aspects. Tôt ou tard, il me faudra choisir entre le devoir et le bonheur. Mais pas encore. Pas encore...

— Je suis très surpris, reprit Kaldor après qu'il ne fut rien apparu sur l'écran pendant deux bonnes minutes, que personne n'ait autre chose à dire à propos d'une question aussi importante.

Avec un certain espoir, il attendit encore une minute.

— Très bien. Peut-être aimeriez-vous poursuivre cette discussion en particulier. Nous ne procéderons pas au vote maintenant, mais au cours des prochaines quarante-huit heures, vous pourrez enregistrer votre opinion de la manière habituelle. Merci.

Il jeta un coup d'œil au capitaine Bey qui se leva avec une rapidité indiquant un soulagement évident.

— Merci, professeur Kaldor. La séance du Conseil de bord est levée.

Il examina anxieusement Kaldor, qui regardait l'écran comme s'il le voyait pour la première fois.

— Vous allez bien, professeur ?

— Excusez-moi, capitaine. Oui, je vais très bien. Je viens simplement de me rappeler une chose importante, c'est tout.

C'était bien vrai. Pour la millième fois au moins,

il s'émerveilla du fonctionnement subtil du subconscient.

Il savait maintenant pourquoi il avait rêvé du Kilimandjaro.

39

Le léopard dans les neiges

Je te demande pardon, Evelyn ; il y a bien longtemps que je ne t'ai pas parlé. Est-ce que cela signifie que ton image s'estompe dans mon esprit tandis que l'avenir absorbe de plus en plus mon attention et mon énergie ?

Logiquement, j'imagine que je devrais en être heureux. C'est une maladie de se cramponner trop longtemps au passé, comme tu me l'as souvent rappelé. Mais au fond de mon cœur, je ne peux toujours pas accepter cette amère vérité.

Il s'est passé beaucoup de choses, ces dernières semaines. Le vaisseau a été contaminé par ce que j'appelle le syndrome du *Bounty*. Nous aurions dû le prévoir, et certes, nous l'avons prévu, mais comme une plaisanterie. Maintenant, c'est sérieux, mais pas encore trop grave, je l'espère.

Certains membres de l'équipage veulent rester à Thalassa — qui peut leur en vouloir ? — et l'ont avoué franchement. D'autres veulent achever toute la mission ici et ne plus penser à Sagan Deux. Nous ne connaissons pas l'importance de cette faction, parce qu'elle ne s'est pas découverte.

Quarante-huit heures après le Conseil, nous sommes passés au vote. Un vote secret, bien entendu, mais jusqu'à présent je ne sais pas dans quelle mesure on peut se fier au résultat. Cent cinquante et une personnes sont en faveur de la poursuite du voyage, six seulement veulent achever la mission ici ; et il y a eu quatre indécis.

Le capitaine Bey était content. Il se sent maître de la situation mais il compte prendre certaines précautions. Il comprend que plus nous resterons ici, plus la pression sera forte pour ne pas repartir. Quelques déserteurs ne le dérangeraient pas ; comme il dit : « S'ils veulent nous quitter, je ne veux certainement pas les garder. » Mais il s'inquiète de l'insatisfaction qui se répand dans l'équipage.

Il accélère donc la construction du bouclier. Maintenant que le système est entièrement automatique et fonctionne sans heurts, nous pensons effectuer deux soulèvements par jour, au lieu d'un seul. Cela n'a pas encore été annoncé. J'espère qu'il n'y aura pas de protestations quand ça le sera, de la part des Néo-Thalassans ou d'autres personnes.

Et maintenant, passons à une autre affaire qui n'a peut-être aucune importance mais que je trouve fascinante. Tu te souviens que nous nous lisions l'un à l'autre des histoires, quand nous avons fait connaissance ? C'était une merveilleuse façon d'apprendre comment les gens vivaient et pensaient il y a des millénaires, longtemps avant qu'existent les enregistrements sensoriels ou même vidéo.

Tu m'as lu une fois — je n'en avais pas le moindre souvenir *conscient* — l'histoire d'une grande montagne d'Afrique au nom bizarre, le Kilimandjaro. Je l'ai recherchée dans les archives du bord et maintenant je comprends pourquoi elle m'a hanté.

Il y avait une grotte, très haut sur cette montagne, au-dessus de la limite des neiges, et dans cette grotte, le corps gelé d'un grand félin chasseur, un léopard. C'était le mystère ; personne ne savait ce que le léopard faisait à une telle altitude, si loin de son territoire habituel.

Tu sais, Evelyn, que j'ai toujours été fier — certains disaient vaniteux ! — de mon intuition. Eh bien, il me semble que c'est ce qui se passe ici.

Pas une seule fois mais plusieurs, un grand et puissant animal marin a été aperçu loin de son habitat naturel. Récemment, le premier a été capturé ; c'est une espèce d'énorme crustacé, semblable aux scorpions de mer qui existaient autrefois sur la Terre.

Nous ne sommes pas sûrs que ces animaux soient intelligents, et peut-être même est-ce une question peu pertinente. Mais ils sont extrêmement organisés, avec des technologies primitives, encore que ce terme soit peut-être trop fort. Autant que nous avons pu en juger, ils n'ont pas de plus grandes capacités que les abeilles, les fourmis ou les termites, mais leur échelle d'opérations est différente et tout à fait impressionnante.

Le plus important, c'est qu'ils ont découvert le métal, dont ils ne se servent apparemment que comme ornement, et leur unique source d'approvisionnement est ce qu'ils peuvent voler aux Lassans. Ils ont fait cela plusieurs fois.

Et dernièrement, un scorp a rampé le long du chenal jusqu'au cœur de l'usine de congélation. On a d'abord naïvement supposé qu'il cherchait de quoi manger. Mais il y avait une nourriture abondante, là d'où il venait, à cinquante kilomètres au moins.

Je veux savoir ce que le scorp faisait si loin de chez lui. J'ai l'impression que la réponse pourrait être très importante pour les Lassans.

Je me demande si nous la trouverons avant que je plonge dans le long sommeil jusqu'à Sagan Deux.

40

Une confrontation

Dès l'instant où le capitaine Bey entra dans le bureau du président Farradine, il comprit que quelque chose n'allait pas bien.

Normalement, Edgar Farradine l'accueillait en l'appelant par son prénom et sortait immédiatement la carafe de vin. Cette fois, il n'y eut pas de « Sirdar » ni de vin, mais on lui offrit au moins un siège.

— Je viens de recevoir des nouvelles troublantes, capitaine Bey. Si cela ne vous fait rien, j'aimerais que le Premier Ministre se joigne à nous.

C'était la première fois que le capitaine entendait le Président en venir droit au but — quel qu'il soit — et aussi la première fois qu'il rencontrait le Premier Ministre dans le bureau de Farradine.

— Dans ce cas, Monsieur le Président, puis-je demander à l'ambassadeur Kaldor de se joindre à nous ?

Le Président n'hésita qu'un instant et répondit :

— Certainement.

Le capitaine fut soulagé de voir une ombre de sourire, comme pour reconnaître cette subtilité diplomatique. Les visiteurs étaient peut-être dépassés par le rang mais ne le seraient pas par le nombre.

Le Premier Ministre Bergman, comme le savait

parfaitement le capitaine Bey, était la véritable puissance derrière le trône. Derrière le Premier Ministre, il y avait le cabinet et, après le cabinet, la constitution Jefferson Mark Trois. Le système marchait bien, depuis quelques siècles. Le capitaine avait maintenant le pressentiment qu'une perturbation majeure menaçait cet arrangement.

Kaldor fut rapidement enlevé à Mme Farradine, qui se servait de lui comme cobaye pour ses idées de redécoration de la demeure présidentielle. Le Premier Ministre arriva quelques secondes plus tard, avec son habituelle expression impénétrable.

Quand tout le monde fut assis, le Président croisa les bras, se carra dans son fauteuil sculpté pivotant et considéra ses visiteurs d'un air accusateur.

— Capitaine Bey, professeur Kaldor, nous avons reçu une information tout à fait inquiétante. Nous aimerions savoir s'il y a du vrai dans le rapport selon lequel vous avez maintenant l'intention de terminer votre mission ici, et non à Sagan Deux.

Le capitaine Bey éprouva un immense soulagement, aussitôt suivi par de l'irritation. C'était là une grave entorse à la sécurité ; il avait espéré que les Lassans n'entendraient jamais parler de la pétition ni du Conseil de bord, mais peut-être était-ce trop attendre.

— Monsieur le Président, Monsieur le Premier Ministre, si vous avez entendu une telle rumeur, je puis vous assurer qu'elle n'est absolument pas fondée. Pourquoi pensez-vous que nous hissions six cents tonnes de glace par jour pour reconstruire notre bouclier ? Pourquoi nous donnerions-nous ce mal, si nous comptions rester ici ?

— Peut-être... Si, pour une raison quelconque, vous aviez changé d'avis, vous ne nous alerteriez pas en suspendant vos opérations.

La riposte rapide causa un choc passager au

capitaine ; il avait sous-estimé ces aimables gens. Puis il comprit qu'ils avaient dû — eux et leurs ordinateurs — analyser déjà toutes les possibilités évidentes.

— C'est assez vrai. Mais je tiens à vous dire — c'est très confidentiel et n'a pas encore été annoncé — que nous avons l'intention de doubler le rythme du soulèvement afin de terminer plus rapidement le bouclier. Loin de rester, nous comptons repartir plus tôt. J'avais espéré vous en informer dans de plus agréables circonstances.

Le Premier Ministre lui-même ne fut pas complètement capable de dissimuler sa surprise et le Président n'essaya même pas. Avant qu'ils aient le temps de se remettre, le capitaine repartit à l'attaque.

— Et il ne serait que justice, Monsieur le Président, que vous nous donniez la preuve de votre accusation. Sinon, comment pouvons-nous la réfuter ?

Le Président regarda son Premier Ministre. Le Ministre regarda les deux visiteurs.

— Je crains que ce ne soit impossible. Cela révélerait nos sources d'information.

— Alors, c'est l'impasse. Nous ne pourrons pas vous convaincre, avant de partir réellement, dans cent trente jours d'après les prévisions révisées.

Un silence songeur et assez affligé plana, puis Kaldor demanda :

— Pourrais-je avoir quelques mots en particulier avec le capitaine ?

— Bien entendu.

Quand ils furent partis, le Président demanda au Premier Ministre :

— Est-ce qu'ils disent la vérité ?

— Kaldor ne mentirait pas, j'en suis certain. Mais peut-être ne sait-il pas tout.

Ils n'eurent pas le temps d'en dire plus avant que les deux autres reviennent affronter leurs accusateurs.

— Monsieur le Président, dit le capitaine, le professeur Kaldor et moi estimons tous deux qu'il y a une chose que nous devons vous dire. Nous espérions garder le secret ; c'était embarrassant et nous pensions que l'affaire avait été réglée. Nous avons pu nous tromper ; dans ce cas il se peut que nous ayons besoin de votre aide.

Il résuma brièvement les débats du Conseil et les événements qui les avaient précédés et conclut :

— Si vous le désirez, je suis prêt à vous montrer les enregistrements. Nous n'avons rien à cacher.

— Ce ne sera pas nécessaire, Sirdar, assura le Président, visiblement très soulagé, mais le Premier Ministre garda un air soucieux.

— Euh... un instant, Monsieur le Président. Cela ne règle pas la question des rapports que nous avons reçus. Ils étaient très convaincants, si vous vous souvenez.

— Je suis sûr que le capitaine pourra les expliquer.

— Seulement si vous me dites ce qu'ils sont.

Un nouveau silence tomba. Enfin le Président tendit la main vers la carafe de vin.

— Buvons d'abord un verre, dit-il gaiement. Ensuite, je vous raconterai comment nous l'avons appris.

41

Conversations sur l'oreiller

Tout s'était bien passé, se disait Owen Fletcher. Naturellement, il était quelque peu déçu par le scrutin, tout en se demandant s'il reflétait fidèlement l'opinion à bord du vaisseau. Après tout, il avait donné l'ordre à deux de ses camarades conspirateurs de voter non, de crainte que la force — encore pitoyable — du mouvement néo-thalassan ne soit révélée.

Le problème était, comme toujours, ce qu'il fallait faire à présent. Il était ingénieur, pas politicien — bien qu'il en prenne rapidement le chemin — et ne voyait aucun moyen de recruter davantage de soutien sans se découvrir.

Il ne restait donc que deux choix. Le premier, et le plus facile, était de déserter le bord, aussi près que possible du moment du départ, en omettant simplement de se présenter au rapport. Le capitaine Bey serait trop occupé pour les traquer — même s'il en avait envie — et leurs amis lassans les cacheraient jusqu'au départ du *Magellan.*

Mais ce serait une double désertion, une chose jamais vue dans le groupe étroitement lié des Sabras. Il abandonnerait ses confrères endormis, parmi lesquels son frère et sa sœur. Que penseraient-ils de lui, dans trois siècles, sur cette planète Sagan Deux hostile, quand ils apprendraient qu'il aurait pu leur ouvrir les portes du paradis et ne l'avait pas fait ?

Et maintenant, le temps pressait ; ces simulations par ordinateur de l'accélération des horaires de soulèvement ne pouvaient avoir qu'une seule signification. Bien qu'il n'en ait même pas discuté avec ses amis, il ne voyait pas d'autre possibilité que l'action.

Cependant, son esprit se rebellait au mot de sabotage.

Rose Killian n'avait jamais entendu parler de Dalila et elle aurait été horrifiée de lui être comparée. C'était une simple Nordienne plutôt naïve qui, comme tant de jeunes Lassans, avait été subjuguée par les prestigieux visiteurs de la Terre. Sa liaison avec Karl Bosley était non seulement sa première aventure amoureuse réellement profonde mais il en était de même pour le garçon.

Ils étaient tous deux malades à l'idée de se séparer. Une nuit, Rose pleura sur l'épaule de Karl, et il fut incapable de supporter plus longtemps sa détresse.

— Promets-moi de ne le dire à *personne,* dit-il en caressant les longs cheveux répandus sur son torse, mais j'ai une bonne nouvelle pour toi. C'est un grand secret, personne n'est encore au courant. Le vaisseau ne va pas partir. Nous allons tous rester ici à Thalassa.

La surprise fit presque tomber Rose du lit.

— Tu ne dis pas ça simplement pour que je sois heureuse ?

— Non. C'est vrai. Mais n'en parle surtout à personne. Ça doit rester complètement secret.

— Naturellement, mon chéri.

Mais la plus grande amie de Rose, Marion, pleurait aussi pour son amant terrien, alors il fallait bien le lui dire...

... et Marion confia la bonne nouvelle à Pauline... qui ne put résister au plaisir de l'apprendre à

Svetlana... qui en parla sous le sceau du secret à Crystal.

Et Crystal était la fille du Président.

42

Le survivant

C'est une bien triste affaire, pensait le capitaine Bey. Owen Fletcher est un bon élément ; j'ai approuvé moi-même sa sélection. Comment a-t-il pu faire une chose pareille ?

Il n'y avait probablement pas qu'une seule explication. S'il n'avait pas été sabra, et par-dessus le marché amoureux de cette fille, rien ne serait peut-être arrivé. Quel était donc le mot s'appliquant à un plus un qui feraient plus de deux ? Ciné quelque chose... non ! Synergie. Pourtant, il ne pouvait s'empêcher de penser qu'il y avait encore autre chose, qu'il ne saurait probablement jamais.

Il se rappela une réflexion de Kaldor, qui trouvait toujours un mot à dire, en toutes circonstances. Un jour qu'ils parlaient de la psychologie de l'équipage, il avait observé :

— Nous sommes tous *infirmes,* capitaine, que nous l'admettions ou non. Aucune personne, étant passée par ce que furent les dernières années de la Terre, ne peut ne pas en avoir été traumatisée. Et nous partageons tous le même complexe de culpabilité.

— De culpabilité ? s'était étonné le capitaine, indigné.

— Oui, même si ce n'est pas notre faute. Nous

sommes des survivants, les seuls survivants. Et les survivants se sentent toujours coupables d'être en vie.

C'était une réflexion troublante, qui expliquait peut-être Fletcher... et bien d'autres choses.

Nous sommes tous infirmes.

Je me demande quelle est votre blessure, Moïse Kaldor, et comment vous la supportez. Je connais la mienne et j'ai pu l'utiliser pour le bien de mon prochain. Elle m'a amené là où je suis aujourd'hui et je puis en être fier.

Peut-être, en des temps plus reculés, aurais-je été un dictateur ou un seigneur de guerre. Au lieu de cela, j'ai été utilement employé comme chef de la Police continentale, comme général en chef de la Construction spatiale et, finalement, comme commandant d'un vaisseau stellaire. Mes fantasmes de pouvoir ont été bien sublimés.

Il s'approcha du coffre-fort, dont lui seul avait la clef, et glissa la barre métallique codée dans sa fente. La porte s'ouvrit sans bruit en révélant des dossiers, des documents, des médailles, des trophées et une petite boîte de bois plate, portant les lettres S. B. en argent.

En la plaçant sur la table il fut heureux de sentir dans ses reins le frémissement familier. Il souleva le couvercle et contempla l'étincelant instrument de puissance, niché dans son écrin de velours.

Jadis, cela avait été la perversion de millions de gens. En général, elle était tout à fait inoffensive, précieuse même dans les sociétés primitives. Et, bien souvent, elle avait changé le cours de l'histoire, pour le meilleur ou pour le pire.

— Je sais que tu es un symbole phallique, murmura le capitaine, mais tu es aussi un pistolet. Je me suis déjà servi de toi ; je pourrais encore t'utiliser...

Le retour en arrière ne prit certainement pas plus d'une fraction de seconde et pourtant, il lui sembla que cela durait des années. Il était encore debout devant son bureau quand ce fut terminé ; pendant un instant, tout le travail consciencieux des psychothérapeutes fut réduit à néant et les portes de la mémoire s'ouvrirent en grand.

Il se rappela avec horreur — mais avec fascination — ces dernières décennies turbulentes, qui avaient fait ressortir le meilleur et le pire de l'humanité. Il se souvint que, jeune inspecteur de police au Caire, il avait donné pour la première fois l'ordre de tirer sur une foule d'émeutiers. Les balles devaient être simplement incapacitantes. Mais deux personnes étaient mortes.

Pourquoi ce soulèvement ? Il ne l'avait jamais très bien su ; il y avait tant de mouvements politiques et religieux, dans les derniers jours. Et c'était aussi la grande époque des super-criminels ; ils n'avaient rien à perdre et aucun avenir à espérer, alors ils prenaient n'importe quels risques. La plupart souffraient de psychoses mais certains étaient presque des génies. Il songea à Joseph Kidder, qui avait failli voler un vaisseau stellaire. Personne ne savait ce qu'il était devenu et parfois le capitaine Bey était troublé par un fantasme de cauchemar : « Et si l'un de mes dormeurs était en réalité... »

La diminution forcée de la démographie, l'interdiction totale de toute nouvelle naissance après l'an 3600, la priorité absolue donnée au développement de la poussée quantique et à la construction de vaisseaux du même type que le *Magellan*, toutes ces pressions, s'ajoutant à la menace certaine de l'anéantissement final, avaient imposé de telles contraintes, de tels traumatismes à la société terrienne qu'il paraissait miraculeux que certains aient pu s'évader du système solaire. Le capitaine Bey se rappelait avec gratitude et admiration tous ceux qui avaient consacré leurs dernières années à une cause dont jamais ils ne connaîtraient la réussite ou l'échec.

Il revoyait encore la dernière présidente mondiale, Elizabeth Windsor, épuisée mais fière, quitter le vaisseau après sa tournée d'inspection, pour retourner sur une planète qui n'avait plus que quelques jours à vivre. Il lui en restait encore moins ; la bombe à bord de son avion spatial avait explosé juste avant l'atterrissage à Port Canaveral.

Ce souvenir glaçait encore le sang du capitaine ; cette bombe avait été destinée au *Magellan* et seule une erreur de minutage avait sauvé le vaisseau. Le plus ironique, c'était que chacune des sectes rivales en avaient revendiqué la responsabilité.

Jonathan Cauldwell et sa bande de fidèles, en forte diminution mais encore vociférante, proclamaient plus désespérément que jamais que tout irait bien, que Dieu mettait simplement l'humanité à l'épreuve, comme jadis Il l'avait fait pour Job. En dépit de tout ce qui arrivait au soleil, il redeviendrait normal et l'humanité serait sauvée, à moins que ceux qui ne croyaient pas à Sa miséricorde ne provoquent Sa colère. *Alors,* Dieu changerait peut-être d'idée...

La secte appelée « Volonté de Dieu » proclamait exactement le contraire. Le jour du Jugement dernier arrivait enfin et rien ne devait être tenté pour l'éviter. Au contraire, il fallait l'accueillir avec bonheur, puisque, après le grand Jugement, ceux qui avaient mérité le salut vivraient dans une éternelle béatitude.

Ainsi, partant de prémisses diamétralement opposées, les cauldwelliens et les VDD aboutissaient à la même conclusion. La race humaine ne devait pas tenter d'échapper à son destin. Tous les vaisseaux stellaires devaient être détruits.

Peut-être était-ce heureux que les deux sectes rivales aient été si amèrement ennemies qu'elles ne pouvaient collaborer, même pour atteindre un même but. En fait, après la mort du président Windsor, leur hostilité se transforma en luttes intestines. Le bruit courut — presque certainement lancé par le Bureau mondial de Sécurité bien que les collègues de Bey ne le lui aient jamais avoué — que la bombe avait été déposée par les VDD et son mécanisme de retardement saboté par les cauldwelliens. La version opposée avait également du succès ; il était même possible que l'une des deux fût vraie.

Tout cela, c'était de l'histoire ancienne, connue aujourd'hui d'une poignée d'hommes à peine, et bientôt oubliée. Pourtant, c'était bien singulier que le *Magellan* soit une fois de plus menacé de sabotage.

Contrairement aux VDD et aux cauldwelliens, les Sabras étaient extrêmement compétents et totalement dépourvus de fanatisme. Ils risquaient donc de poser un problème plus sérieux mais le capitaine Bey croyait savoir comment le résoudre.

Vous êtes un homme de valeur, Owen Fletcher, pensa-t-il sombrement. Mais j'en ai tué de meilleurs dans ma carrière. Et quand je n'avais pas d'autre choix, j'ai eu recours à la torture.

Il était plus qu'un peu fier de n'avoir jamais aimé cela ; et, cette fois, il y avait un meilleur moyen.

43

Interrogatoire

Le *Magellan* avait maintenant un nouvel homme d'équipage, réveillé de son sommeil avant l'heure, qui s'adaptait encore aux réalités de la situation, comme Kaldor un an plus tôt. Selon les dossiers informatiques, seul le Pr Marcus Steiner, ex-scientiste en chef du Bureau terrien d'Investigation, possédait les connaissances et les talents dont on avait malheureusement besoin à présent.

Sur Terre, ses amis lui avaient souvent demandé pourquoi il était devenu professeur de criminologie. Et il avait toujours répondu : « Le seul autre choix possible était de devenir un criminel. »

Il fallut près d'une semaine à Steiner pour modifier le matériel standard de l'infirmerie et étudier les programmes des ordinateurs. Pendant ce temps, les quatre Sabras restaient aux arrêts et refusaient obstinément de passer aux aveux.

Owen Fletcher n'eut pas l'air très heureux quand il vit les préparatifs que l'on avait faits pour lui ; tous ces appareils ressemblaient trop aux chaises électriques et instruments de torture de la sanglante histoire de la Terre. Le Pr Steiner le mit vite à l'aise, avec la familiarité factice du bon interrogateur.

— Il n'y a pas de quoi avoir peur, Owen, je vous promets que vous ne sentirez rien. Vous n'aurez même pas conscience des réponses que vous me faites, mais vous n'avez aucun moyen de cacher la vérité. Comme vous êtes un garçon intelligent, je vais vous dire exactement ce que je vais faire. Assez étonnamment, ça m'aide dans mon travail ; que cela vous plaise ou non, votre subconscient aura confiance en moi et collaborera.

Quelles sottises, pensa le lieutenant Fletcher ; il ne s'imagine tout de même pas qu'il peut me rouler aussi facilement que ça ! Mais il ne répondit pas. Il s'assit dans le fauteuil et les assistants bouclèrent des courroies autour de ses avant-bras et de son torse, sans serrer. Il ne tenta pas de résister ; deux de ses ex-camarades, les plus grands et les plus forts, étaient debout dans le fond, l'air mal à l'aise, et évitaient son regard.

— Si vous avez soif ou besoin de vous soulager, vous n'avez qu'à le dire. Cette première séance durera exactement une heure ; d'autres, plus courtes, seront peut-être nécessaires par la suite. Nous voulons vous voir détendu, confortablement installé.

Dans ces circonstances, c'était une réflexion d'un rare optimisme mais personne ne parut la trouver comique.

— Navré d'avoir dû vous raser la tête mais les électrodes crâniennes n'aiment pas les cheveux. Et nous devrons vous bander les yeux pour ne pas capter d'inputs visuels importuns. Vous allez maintenant avoir envie de dormir mais vous resterez parfaitement conscient. Nous allons vous poser une suite de questions qui n'ont que trois réponses possibles : « oui », « non », et « je ne sais pas ». Mais vous n'aurez pas à parler ; votre cerveau répondra pour vous et le système logiciel trinaire de l'ordinateur comprendra ce qu'il dit.

» Vous ne pouvez absolument pas nous mentir mais vous pouvez toujours essayer ! Croyez-moi, certains des plus grands cerveaux de la Terre ont inventé cet appareil, et n'ont jamais pu le tromper.

Si l'ordinateur reçoit des réponses ambiguës, il repose simplement les questions autrement. Vous êtes prêt ?... Très bien. Enregistreur au maximum, s'il vous plaît... Vérifiez gain canal cinq... Faites passer le programme.

VOTRE NOM EST OWEN FLETCHER... RÉPONDEZ OUI OU NON
VOTRE NOM EST JOHN SMITH... RÉPONDEZ OUI OU NON
VOUS ÊTES NÉ À LOWELL CITY, MARS... RÉPONDEZ OUI OU NON
VOTRE NOM EST JOHN SMITH... RÉPONDEZ OUI OU NON
VOUS ÊTES NÉ À AUCKLAND, NOUVELLE-ZÉLANDE... RÉPONDEZ OUI OU NON
VOTRE NOM EST OWEN FLETCHER...
VOUS ÊTES NÉ LE 3 MARS 3585...
VOUS ÊTES NÉ LE 31 DÉCEMBRE 3584...

Les questions arrivaient à intervalles si brefs que, même s'il n'avait pas été sous l'influence d'un léger soporifique, Fletcher n'aurait pu falsifier les réponses. Et même s'il l'avait pu, cela n'aurait eu aucune importance ; en quelques minutes, l'ordinateur eût établi le schéma de ses réactions automatiques à toutes les questions dont les réponses étaient déjà connues.

De temps en temps, la formule changeait (VOTRE NOM EST OWEN FLETCHER... VOUS ÊTES NÉ AU CAP, ZOULOULAND) et des questions étaient répétées pour confirmer des réponses déjà données. Tout le processus était complètement automatique, une fois identifiée la constellation psychologique des OUI-NON.

Les « détecteurs de mensonge » primitifs avaient essayé de faire cela, avec un certain succès, mais rarement avec une certitude absolue. Il n'avait pas fallu plus de deux siècles à l'homme pour perfectionner la technologie et révolutionner ainsi le droit, pénal et civil, au point que peu de procès duraient plus de quelques heures.

C'était moins un interrogatoire qu'une version informatisée — déjouant toute forme de tricherie — de l'ancien jeu des Vingt Questions. En principe, *toute* information pouvait être rapidement obtenue par une série de réponses OUI-NON et, étonnamment, on avait rarement besoin de plus de vingt questions quand un être humain expert collaborait avec un appareil expert.

Quand Owen Fletcher, quelque peu désorienté, se leva en chancelant du fauteuil, exactement une heure plus tard, il n'avait pas la moindre idée de ce qu'on lui avait demandé ni de ce qu'il avait répondu. Il était à peu près certain, cependant, de n'avoir rien révélé.

Il fut vaguement surpris quand le Pr Steiner lui dit gaiement :

— Et voilà, Owen. Nous n'aurons plus besoin de vous.

Le professeur se vantait de n'avoir jamais fait de mal à personne mais un bon interrogateur devait être plus ou moins sadique, ne fût-ce que psychologiquement. D'ailleurs, cela renforçait sa réputation d'infaillibilité, qui était la moitié de la victoire.

Il attendit que Fletcher ait retrouvé son équilibre et soit entouré de l'escorte qui devait le ramener dans sa cellule de détention.

— Ah, au fait, Owen, ce truc avec la glace n'aurait jamais marché.

En réalité, cela aurait fort bien pu se faire, mais peu importait maintenant. L'expression du lieutenant Fletcher fut pour le Pr Steiner toute la récompense qu'il voulait. Maintenant, il pourrait aller se rendormir jusqu'à Sagan Deux. Mais, d'abord, il avait le temps de se détendre et de s'amuser un peu, de profiter au mieux de cet intermède inattendu.

Il se promit d'aller le lendemain visiter Thalassa et peut-être se baigner sur une de ces belles plages. Mais, pour le moment, il allait savourer la compagnie d'un vieil ami bien-aimé.

Le livre qu'il retira respectueusement de son emballage sous vide n'était pas seulement une première édition mais c'était maintenant *la seule.* Il l'ouvrit au hasard ; après tout, il connaissait par cœur presque chaque page.

Il commença à lire et, à cinquante années-lumière des ruines de la Terre, le brouillard s'épaissit de nouveau dans Baker Street.

— La contre-vérification a confirmé que seuls les quatre Sabras y étaient mêlés, annonça le capitaine Bey. Nous n'avons besoin d'interroger personne d'autre et c'est une chance.

— Je ne comprends toujours pas comment ils espéraient s'en tirer, marmonna le capitaine adjoint Malina.

— Je ne crois pas qu'ils l'auraient pu, mais c'est heureux que cela n'ait pas été prouvé. D'ailleurs, ils étaient encore indécis.

» Le Plan A supposait un sabotage du bouclier. Comme vous le savez, Fletcher faisait partie de l'équipe d'assemblage et travaillait à un moyen de reprogrammer le dernier stade de la procédure de soulèvement ; si un bloc de glace en cognait un autre, juste sur quelques mètres... vous voyez ce que je veux dire ? Ça aurait pu être maquillé en accident, mais il y avait le risque qu'une enquête ne révèle que ce n'était rien de tel. Et même si le bouclier avait été endommagé, il aurait été possible de le réparer. Fletcher espérait que le retard lui donnerait le temps de recruter plus de partisans. Il y serait peut-être arrivé. Un an de plus à Thalassa...

» Le Plan B prévoyait le sabotage du système de maintien de la vie à bord, pour que le vaisseau doive être évacué. Là encore, mêmes objections.

» Le Plan C était le plus inquiétant parce qu'il aurait mis fin à la mission. Heureusement, aucun des Sabras n'appartenait à l'équipe de Propulsion ; il leur aurait été très difficile d'arriver à la poussée...

Tout le monde parut choqué, mais nul autant que le commandant Rocklyn.

— Cela ne leur aurait pas été difficile du tout, capitaine, s'ils avaient été suffisamment déterminés. Le gros problème aurait été de trouver un dispositif pour mettre la poussée hors d'usage — *définitivement* — sans endommager le vaisseau. Je doute fort qu'ils aient les connaissances techniques nécessaires.

— Ils y travaillaient, dit sombrement le capitaine. Nous devrons revoir nos procédures de sécurité, hélas. Il y aura une conférence à ce sujet demain, pour tous les officiers supérieurs. Ici à midi.

Le commandant-médecin Newton posa alors la question que tout le monde hésitait à aborder.

— Y aura-t-il un conseil de guerre, capitaine ?

— Ce n'est pas nécessaire ; la culpabilité a été établie. Selon le règlement du bord, le seul problème est la sentence.

Tout le monde attendit. Et attendit encore.

— Mesdames, messieurs, je vous remercie, dit le capitaine, et ses officiers partirent en silence.

Seul dans ses appartements, en colère, il eut le sentiment d'être trahi. Mais au moins, c'était fini ; le *Magellan* avait résisté à la tempête des hommes.

Les trois autres Sabras étaient — peut-être — inoffensifs. Mais Owen Fletcher ?

Sa pensée vagabonda vers le jouet mortel, dans son coffre. C'était lui, le capitaine ; il lui serait facile de mettre en scène un accident...

Il écarta ce fantasme ; jamais il n'en serait capable, naturellement. Quoi qu'il en soit, il avait déjà pris sa décision et il était certain que tout le monde serait d'accord.

Quelqu'un avait dit une fois que pour tout problème il y a une solution simple, séduisante... et mauvaise. Mais cette solution-ci, il n'en doutait pas, était simple, séduisante... et parfaitement juste.

Les Sabras voulaient rester à Thalassa ? Qu'ils y restent. Ils deviendraient certainement de précieux citoyens, c'était peut-être exactement le sang neuf, fort et agressif, dont cette société avait besoin.

Il trouva curieux que l'Histoire se répète ; comme Magellan, il allait abandonner certains de ses hommes.

Mais il ne saurait pas avant trois cents ans s'il les avait punis ou récompensés.

VI

LES FORÊTS DE LA MER

44

L'espiobal

Le laboratoire marin de l'île du Nord se faisait tirer l'oreille.

— Nous avons encore besoin d'une semaine pour réparer la *Calypso*, dit le directeur, et nous avons eu beaucoup de chance de récupérer le traîneau. Il n'y en a qu'un sur Thalassa et nous ne voulons plus le risquer.

Je connais les symptômes, pensa l'officier scientifique Varley ; même pendant les derniers jours de la Terre, il y avait encore des directeurs de labos qui voulaient éviter de salir leur beau matériel en l'employant.

— À moins que Krakan junior, ou Krakan papa, fasse de nouveau le méchant, je ne vois pas où est le risque. Et les géologues n'ont-ils pas promis qu'ils vont se tenir tranquilles pendant au moins cinquante ans ?

— J'ai fait un petit pari avec eux pour *ça*. Mais entre nous... pourquoi pensez-vous que c'est tellement important ?

Quel esprit borné ! pensa Varley. En admettant que cet homme soit un océanographe physique, il devrait quand même s'intéresser un peu à la faune marine. Mais je le juge mal, peut-être ; il est possible qu'il me mette à l'épreuve.

— Ce sujet présente pour nous un certain intérêt affectif depuis que Lorenson a été tué, par bonheur pas définitivement. Mais par ailleurs, nous sommes fascinés par les scorps. *Tout* ce que nous pouvons découvrir sur l'intelligence extraterrienne pourrait être un jour d'une importance capitale. Et pour vous plus que pour nous, puisqu'ils sont sur le pas de votre porte.

— Oui, bien sûr, je comprends. Peut-être est-ce heureux que nous occupions des niches écologiques aussi différentes.

Pour combien de temps ? se demanda l'officier scientifique. Si Moïse Kaldor a raison...

— Dites-moi exactement à quoi servent les espiobals. Le nom est indiscutablement intrigant.

— Ils ont été inventés et mis au point il y a deux mille ans, pour la sécurité et l'espionnage, mais ils avaient bien d'autres usages. Certains n'étaient pas plus gros qu'une tête d'épingle. Celui que nous utiliserons est gros comme un ballon de football.

Varley étala les dessins sur la table du directeur.

— Celui-ci a été conçu spécialement pour l'emploi sous-marin. Je suis surprise que vous ne le connaissiez pas, la date de référence est très ancienne, 2045. Nous avons trouvé toutes les spécifications dans la mémoire Tech et nous les avons programmées dans le réplicateur. La première copie n'a pas marché, nous ne savons toujours pas pourquoi, mais le numéro deux s'est bien comporté aux essais.

» Voici les générateurs acoustiques — dix mégahertz — nous avons donc une résolution au millimètre. Ce n'est pas la qualité vidéo, bien sûr, mais c'est assez bon.

» Le transfo-signalisateur est très intelligent. Quand l'espiobal est branché, il transmet une seule pulsation qui crée un hologramme acoustique de tout ce qui se trouve dans un rayon de vingt à trente mètres. Il transmet cette information sur une bande étroite de deux cents kilohertz à une bouée flottant en surface, qui l'envoie par radio à la base. La première image prend dix secondes à se former ; ensuite l'espiobal renvoie une pulsation.

» S'il n'y a aucune modification de l'image, il envoie un signal nul. Mais s'il se passe quelque chose, il transmet la nouvelle information pour qu'une image rectifiée soit créée.

» Ce que nous avons, en somme, c'est un instantané toutes les dix secondes, ce qui est assez bon pour la plupart des besoins. Naturellement, si les choses arrivent très vite, nous obtenons une mauvaise image floue. Mais on ne peut pas tout avoir. Le système fonctionne n'importe où, même dans l'obscurité totale — il n'est pas facile à repérer —, et il est économique.

Le directeur était manifestement intéressé et faisait tout pour ne pas montrer d'enthousiasme.

— C'est un jouet astucieux..., il pourrait nous être utile pour nos travaux. Pouvez-vous nous donner les spécifs et quelques autres modèles ?

— Les spécifs, certainement, et nous vérifierons si elles conviennent à votre réplicateur, pour que vous puissiez faire autant de copies que vous le voudrez. Le premier modèle opérationnel, et peut-être les deux ou trois suivants, nous voulons les lâcher sur Scorpville.

» Et ensuite, nous attendrons simplement de voir ce qui se passe.

45

L'appât

L'image était granuleuse et parfois difficile à interpréter malgré le codage de fausse couleur qui révélait des détails invisibles à l'œil nu. C'était un panorama aplati de 360° du fond de la mer, avec une vue lointaine de goémon sur la gauche, quelques éperons rocheux au centre et encore des algues sur la droite. Ça ressemblait à un plan fixe photographique mais les chiffres changeant dans le coin inférieur gauche indiquaient le passage du temps ; et, aussi, la scène changeait de temps à autre, avec une secousse subite quand un mouvement modifiait le schéma d'information en cours de transmission.

— Comme vous le voyez, dit le commandant Varley au public d'invités dans l'auditorium de Terra Nova, il n'y avait pas de scorps quand nous sommes arrivés mais ils ont pu entendre — ou sentir — le petit choc quand notre — euh — colis a atterri. Voilà la première investigation, à une minute vingt secondes.

Ensuite, l'image changea brusquement toutes les dix secondes et, à chaque fois, de nouveaux scorps apparurent.

— Je vais fixer celle-là, annonça l'officier scientifique, pour que vous puissiez examiner les détails. Vous voyez ce scorp sur la droite ? Regardez sa pince gauche. Il n'a pas moins de cinq de ces bandes de métal ! Et il semble occuper un poste d'autorité, dans les images suivantes les scorps se sont écartés de son chemin, et maintenant il examine la mystérieuse pile de bric-à-brac qui vient de tomber de son ciel... Ça, c'est une image particulièrement réussie, voyez comment il se sert en même temps de ses pinces et des antennes de sa bouche... les premières pour la force, les autres pour la précision... Regardez son attitude... On jurerait qu'il donne des ordres, mais nous n'avons détecté aucun signal... c'est peut-être subsonique... et voilà encore un des gros...

L'image bascula brusquement, à un angle insensé.

— Et voilà, ils nous traînent... et vous aviez raison, professeur Kaldor, ils se dirigent vers cette caverne dans le rocher pyramidal... le paquet est trop gros pour entrer... exactement comme nous le voulions, bien sûr... *Voilà* la partie vraiment intéressante...

On avait beaucoup réfléchi à ce qu'on pouvait offrir aux scorps. Ce n'était que du bric-à-brac, mais soigneusement sélectionné. Il y avait des barres d'acier, de cuivre, d'aluminium et de plomb ; des planches, des tubes et des nappes de plastique, des morceaux de chaîne de fer, un miroir métallique et plusieurs rouleaux de fil de cuivre de diverses épaisseurs. Toute la masse pesait plus de cent kilogrammes et tout avait été solidement attaché ensemble, pour qu'il faille obligatoirement le défaire. L'espiobal était discrètement niché dans un coin, fixé par quatre câbles séparés.

Les deux grands scorps s'attaquaient maintenant à la pile de débris avec détermination et, semblait-il, selon un plan défini. Leurs puissantes pinces eurent vite fait de couper le fil de fer maintenant le tout et immédiatement ils écartèrent les bouts de bois et de plastique ; il était évident que seul le métal les intéressait.

Le miroir les arrêta un moment. Ils le haussèrent et regardèrent leur reflet, invisible, naturellement, sur l'image acoustique de l'espiobal.

— Nous nous attendions un peu à ce qu'ils attaquent. On peut déclencher une belle bagarre en mettant un miroir dans un aquarium. Ils se sont peut-être reconnus. Cela indiquerait un assez bon niveau d'intelligence.

Les scorps abandonnèrent le miroir et commencèrent à traîner le reste des détritus sur le fond. Les quelques images suivantes furent extrêmement confuses. Enfin, quand l'image se stabilisa de nouveau, elle montra une scène totalement différente.

— Nous avons de la chance, les choses ont marché exactement comme nous l'espérions. Ils ont traîné l'espiobal dans cette grotte gardée. Mais ce n'est pas la salle du trône de la reine scorp, s'il y a une reine, ce dont je doute fort... Des hypothèses ? Personne ?

Le silence dura longtemps, pendant que le public contemplait le singulier spectacle. Enfin, une personne observa :

— C'est une vraie foire à la ferraille !

— Mais il doit y avoir une raison...

— Regardez, c'est un moteur hors-bord de dix kilowatts, là ! Quelqu'un a dû le perdre !

— Nous savons maintenant qui vole nos chaînes d'ancre !

— Mais *pourquoi ?* Ça n'a pas de sens !

— Il faut croire que ça en a un, pour eux.

Moïse Kaldor toussota pour attirer l'attention, ce qui ne manquait jamais de faire l'effet désiré.

— Ce n'est qu'une hypothèse, dit-il, mais de plus en plus de faits me semblent l'étayer. Vous remarquerez qu'ici tout est en métal, soigneusement récolté d'une immense diversité de sources...

» Or, pour une créature marine intelligente, le métal doit être très mystérieux, quelque chose de très différent de tous les autres produits naturels de l'océan. Les scorps semblent en être encore à l'âge de pierre, et ils n'ont aucun moyen de s'en sortir, comme nous, animaux de terre ferme, l'avons fait sur la Terre. Sans feu, ils sont prisonniers dans un cul-de-sac technologique.

» Je crois que nous assistons à une rediffusion de ce qui s'est passé il y a très longtemps dans notre propre monde. Savez-vous où l'homme préhistorique a trouvé ses fournitures de fer ? Dans l'espace !

» Je comprends votre étonnement. Mais le fer pur n'existe pas dans la nature, il rouille trop facilement. L'unique source d'approvisionnement de l'homme primitif, c'était les météorites. Pas étonnant qu'on les ait adorées ! Pas étonnant que nos ancêtres aient cru à des êtres surnaturels au-delà des cieux !

» Est-ce qu'il se passe le même phénomène ici ? Je vous supplie d'y réfléchir sérieusement. Nous ne connaissons toujours pas le niveau d'intelligence des scorps. Peut-être collectionnent-ils le métal par simple curiosité ou fascination de ses propriétés, comment dirais-je ? magiques. Mais est-ce qu'ils vont découvrir le moyen de s'en servir pour quelque chose de plus que des ornements ? Jusqu'où peuvent-ils progresser... tant qu'ils restent sous l'eau ? Et vont-ils y rester ?

» Mes amis, je crois que vous devriez apprendre tout ce que vous pourrez sur les scorps. Vous partagez peut-être votre planète avec une autre race intelligente. Allez-vous vous unir ou vous battre ? Même s'ils ne sont pas vraiment intelligents, les scorps pourraient être une redoutable menace... ou un instrument utile. Peut-être devriez-vous les cultiver. Au fait, étudiez la référence Culte Cargo, dans vos banques informatiques...

» J'aimerais beaucoup connaître le chapitre suivant de cette histoire. Y a-t-il des scorps philosophes, même maintenant, qui se rassemblent dans les forêts de goémon pour réfléchir à ce qu'ils doivent faire de nous ?

» Alors, je vous en *supplie,* réparez l'antenne spatiale profonde pour que nous restions en contact ! L'ordinateur du *Magellan* attendra votre rapport... tout en veillant sur nous sur le chemin de Sagan Deux !

46

Quoi que soient les dieux...

— Qu'est-ce que Dieu ? demanda Mirissa.

Kaldor soupira et leva les yeux du tableau séculaire qu'il examinait.

— Ah, mes aïeux... Pourquoi cette question ?

— Parce que Loren a dit hier : « Moïse pense que les scorps cherchent peut-être Dieu. »

— J'ai dit ça, vraiment ? Je lui parlerai plus tard. Et vous, jeune personne, vous me demandez d'expliquer quelque chose qui a obsédé des millions d'hommes pendant des millénaires et engendré plus de paroles que tout autre sujet de l'Histoire. Combien de temps avez-vous ce matin ?

Mirissa rit.

— Oh, une heure au moins. Ne m'avez-vous pas dit un jour que tout ce qui était réellement important pouvait s'exprimer en une seule phrase ?

— Hum. Ma foi, j'ai connu dans mon temps des phrases d'une longueur extrême. Bon, par où vais-je commencer ?

Il laissa son regard errer vers la fenêtre de la bibliothèque, vers le petit bois et la masse silencieuse — mais combien éloquente ! — du vaisseau mère. C'est ici que la vie a commencé sur cette planète ; pas étonnant que l'endroit me fasse penser à l'Eden. Et serais-je le serpent, sur le point de détruire son innocence ? Mais je ne dirai rien, à une fille aussi intelligente que Mirissa, qu'elle ne sache, ou devine, déjà.

— L'ennui, avec le mot Dieu, c'est qu'il n'a jamais voulu dire la même chose pour deux personnes, en particulier si c'était des philosophes. C'est pourquoi son usage s'est peu à peu perdu dans le courant du troisième millénaire, sauf comme exclamation et, dans certaines cultures, on la jugeait trop grossière pour un usage poli.

» Il a été remplacé par toute une constellation de vocables spécialisés. Cela a au moins eu pour effet de mettre fin aux discussions stériles et aux malentendus qui causaient 90 % des ennuis dans le passé.

» Le Dieu personnel, parfois appelé Dieu Un, devint Alpha. C'était l'entité hypothétique censée surveiller les activités quotidiennes de chaque individu, chaque *animal*, pour récompenser les bons et punir les méchants, généralement sous forme d'une existence vague après la mort.

» Et puis il y avait le Dieu qui avait créé l'univers et avec qui nous n'avions peut-être plus de rapports depuis. Celui-là, c'était Omega. Quand ils eurent fini de disséquer Dieu, les philosophes avaient épuisé l'autre vingtaine de lettres de l'alphabet grec, mais Alpha et Omega feront parfaitement l'affaire ce matin. À mon avis, on n'a jamais passé plus de dix milliards d'hommes-années à en discuter.

» Alpha était inextricablement enchevêtré dans la religion, et c'est précisément ce qui l'a perdu. Il aurait peut-être encore été par là, jusqu'à la destruction de la Terre, si les myriades de religions en conflit s'étaient fichu la paix entre elles. Mais elles en étaient incapables parce que chacune prétendait posséder la Seule et Unique Vérité. Elles devaient donc détruire leurs rivales, ce qui signifiait, en somme, non seulement toutes les autres religions mais encore les dissidents de leur propre foi.

» Bien entendu, je simplifie à l'extrême ; des hommes et des femmes de bien transcendaient leurs croyances et il est fort possible que la religion ait été essentielle aux premières sociétés humaines. Sans des sanctions surnaturelles pour les brider, les hommes n'auraient peut-être jamais collaboré au-delà de petites unités tribales. C'est seulement quand elle a été corrompue par le pouvoir et les privilèges que la religion est devenue une force essentiellement antisociale, le grand bien qu'elle avait fait étant éclipsé par de plus grands maux. Vous n'avez jamais entendu parler, je l'espère, de l'Inquisition, des chasses aux sorcières, des djihads. Croiriez-vous que même à l'ère spatiale, il y avait encore des nations où des enfants pouvaient être officiellement exécutés parce que leurs parents adhéraient à une secte hérétique de l'Alpha particulier de l'État ? Vous êtes choquée, mais ces choses-là — et de pires — se passaient alors que nos ancêtres se lançaient déjà dans l'exploration du système solaire.

» Heureusement pour l'humanité, Alpha a disparu avec plus ou moins de grâce au début des années 2000. Il a été tué par une nouveauté fascinante appelée la théologie statistique. Combien de temps me reste-t-il ? Bobby ne va-t-il pas s'impatienter ?

Mirissa regarda par la grande baie. L'alezan doré arrachait avec satisfaction l'herbe poussant à la base du vaisseau mère et paraissait tout à fait heureux.

— Il ne s'éloignera pas, tant qu'il y aura là de quoi manger. Qu'est-ce que c'était, la théologie statistique ?

— L'assaut final contre le problème du Mal. Il était provoqué par l'apparition d'un culte très excentrique — ses fidèles avaient pris le nom de néo-manichéens, ne me demandez pas de vous expliquer pourquoi — vers 2050. Incidemment, c'était la première religion orbitale ; les autres utilisaient les satellites de communication pour répandre leur doctrine, mais les NM comptaient exclusivement sur eux. Ils n'avaient pas de lieu de réunion autre que l'écran de télévision.

» Ils dépendaient de la technologie, mais leur tradition était en réalité très ancienne. Ils croyaient qu'Alpha existait mais qu'il était entièrement maléfique, ils croyaient que l'ultime destin de l'humanité était de l'affronter et de le détruire.

» Pour étayer leurs dogmes, ils rassemblaient un immense recueil de réalités horribles, prises dans l'histoire et la zoologie. Je pense que c'était des gens plutôt malades car apparemment ils prenaient un plaisir singulièrement morbide à collectionner de telles matières.

» Par exemple, une preuve favorite de l'existence d'Alpha était ce que l'on appelait l'argumentation par le dessein. Nous savons maintenant qu'elle était absolument fallacieuse mais les NM la considéraient comme totalement convaincante et irréfutable.

» Partout où l'on trouve un système magnifiquement conçu — leur exemple préféré était une montre à lecture directe —, il doit y avoir un créateur. Alors il suffisait de regarder le monde de la Nature...

» Et ils ne s'en privaient pas ! Leur domaine particulier était la parasitologie... et, soit dit en passant, vous ne connaissez pas votre bonheur, sur Thalassa ! Je ne veux pas vous rendre malade en vous décrivant les méthodes et adaptations incroyablement ingénieuses qu'utilisaient diverses créatures pour envahir d'autres organismes — de préférence humains — et s'en repaître jusqu'à ce qu'ils soient détruits, le plus souvent. Je ne parlerai que d'une petite bestiole chérie par les NM, l'ichneumon.

» Cette charmante créature pondait ses œufs dans d'autres insectes après les avoir paralysés ; ainsi, quand ses larves venaient à éclore, elles avaient une ample provision de chair fraîche *vivante.*

» Les NM étaient capables de parler des heures de ce genre de choses, en se basant sur les merveilles de la Nature pour prouver qu'Alpha était, sinon le mal suprême, tout au moins complètement indifférent aux normes humaines de morale et de bonté. Ne vous inquiétez pas, je ne sais pas les imiter et je m'en garderai bien.

» Mais je dois mentionner une autre de leurs preuves favorites, l'argumentation par la catastrophe. Un exemple type , qui pourrait être multiplié à l'infini : les adorateurs d'Alpha se réunissent pour appeler au secours, face à un cataclysme, et ils sont tous tués par l'effondrement de leur refuge, alors que la plupart auraient été sauvés s'ils étaient restés chez eux.

» Donc, les NM collectionnaient des volumes de toutes ces horreurs, les incendies d'hôpitaux et d'asiles de vieillards, les écoles maternelles détruites dans des tremblements de terre, les villes rasées par des volcans ou des raz de marée... la liste est infinie.

» Naturellement, les adorateurs d'Alpha ne se laissaient pas faire. De leur côté, ils récoltaient une masse égale de contre-exemples, toutes les merveilles qui s'étaient produites, si souvent, pour *sauver* de pieux fidèles de la catastrophe.

» Sous diverses formes, ce débat durait depuis plusieurs milliers d'années. Mais au XXIe siècle, les nouvelles technologies de l'information et les méthodes d'analyse statistique ainsi qu'une plus grande compréhension de la théorie des probabilités ont permis de régler la question.

» Il a fallu quelques décennies pour que les réponses arrivent et encore quelques-unes avant qu'elles soient acceptées par presque tous les hommes intelligents. Les mauvaises choses se produisaient aussi souvent que les bonnes ; comme on s'en doutait depuis longtemps, l'univers obéissait simplement aux lois de la probabilité mathématique. Il n'y avait pas le moindre signe d'intervention surnaturelle, ni en bien ni en mal.

» Ainsi, le problème du Mal n'avait jamais réellement existé. S'attendre à la bienveillance de l'univers, c'était la même chose qu'imaginer que l'on pouvait *toujours* gagner à un jeu de pur hasard.

» Certains cultistes essayèrent de sauver la mise en fondant la religion d'Alpha le Totalement Indifférent, en employant comme symbole de leur foi la courbe en forme de cloche de la distribution normale. Inutile de dire qu'une divinité aussi abstraite n'inspirait guère de dévotion.

» Et puisque nous en sommes aux mathématiques, un autre coup mortel a été porté contre Alpha au XXIe siècle, à moins que ce ne soit au XXIIe ? Un brillant Terrien nommé Kurt Gödel prouva qu'il y avait certaines limites absolument fondamentales à la connaissance, par conséquent la notion d'un Être Parfaitement Omniscient — une des définitions d'Alpha — était logiquement absurde.

» Et vers le milieu du millénaire, Alpha avait

presque complètement disparu des préoccupations humaines. Tous les penseurs étaient finalement d'accord avec le dur verdict du grand philosophe Lucrèce : *Toutes* les religions sont fondamentalement immorales, parce que les superstitions qu'elles répandent font plus de mal que de bien.

» Cependant, quelques anciennes sectes réussirent à survivre, mais sous des formes radicalement différentes, jusqu'à la fin de la Terre. Les Mormons du Dernier Jour et les Filles du Prophète parvinrent même à construire des vaisseaux-semeurs à eux. Je me demande souvent ce qu'ils sont devenus.

» Alpha étant discrédité, il restait Omega, le Créateur de tout. Il n'est pas si facile de se débarrasser d'Omega ; l'univers exige quand même pas mal d'explications. Ou peut-être pas. Il y a une antique plaisanterie philosophique, qui est plus subtile qu'elle n'en a l'air. Question : Pourquoi l'univers est-il là ? Réponse : Où voulez-vous qu'il soit ? Voilà, je crois que ça suffit amplement pour une matinée.

— Merci, Moïse, dit Mirissa qui avait l'air quelque peu égarée. Vous avez déjà dit tout cela, n'est-ce pas ?

— Naturellement. Bien souvent. Et promettez-moi...

— Quoi donc ?

— Ne croyez à *rien* de ce que je vous ai dit, simplement parce que je l'ai dit. Aucun sérieux problème philosophique n'est jamais résolu. Omega est encore par ici... et parfois je m'interroge sur Alpha...

VII

COMME MONTENT LES ÉTINCELLES

47

Ascension

Elle s'appelait Carina ; elle avait dix-huit ans et si c'était la première fois qu'elle sortait la nuit dans le bateau de Kumar, ce n'était certainement pas la première fois qu'elle était dans ses bras. Elle avait même toutes les raisons de prétendre au titre envié de favorite du garçon.

Le soleil était couché depuis deux heures mais la lune intérieure — tellement plus brillante et plus proche que la Lune perdue de la Terre — était presque pleine et baignait la plage, à cinq cents mètres, de sa froide clarté bleue. Un petit feu scintillait à l'orée de la palmeraie, où la fête durait encore. On entendait de temps en temps les faibles accents de la musique, au-dessus du doux murmure du réacteur fonctionnant à sa puissance la plus basse. Kumar avait déjà atteint son premier but et n'était pas tellement pressé d'aller ailleurs. Néanmoins, en bon marin qu'il était, il se dégageait de temps en temps de l'étreinte pour donner quelques ordres à son autopilote et examiner rapidement l'horizon.

Kumar avait dit la vérité, pensait béatement Carina. Le rythme du bateau avait quelque chose de très érotique, surtout quand le balancement était amplifié par le matelas à eau sur lequel ils étaicnt couchés. Après cela, serait-elle jamais satisfaite par l'amour sur la terre ferme ?

Kumar, contrairement à quelques autres jeunes

Tarnans qu'elle pourrait citer, était étonnamment tendre et prévenant. Il n'était pas de ces garçons qui ne pensent qu'à leur propre satisfaction ; son plaisir n'était total que s'il était partagé. Quand il est en moi, pensait Carina, j'ai l'impression d'être l'unique fille de l'univers, même si je sais pertinemment que ce n'est pas vrai.

Elle avait vaguement conscience qu'ils continuaient de s'éloigner du village mais cela ne la gênait pas. Elle aurait voulu que ce moment dure éternellement et n'aurait pas protesté si le bateau avait vogué à pleine vitesse vers le large, sans côte devant eux avant le tour complet du globe. Kumar savait ce qu'il faisait, de plus d'une façon. Une partie du plaisir de Carina venait de la confiance totale qu'il inspirait ; dans ses bras, elle n'avait pas de soucis, pas de problèmes. L'avenir n'existait pas ; il n'y avait que le présent, hors du temps.

Le temps passait cependant et la lune intérieure était maintenant beaucoup plus haute dans le ciel. Après l'ardeur de la passion, leurs lèvres exploraient encore langoureusement les territoires de l'amour quand la pulsation de l'hydroréacteur cessa et que le bateau dériva un peu avant de s'arrêter.

— Nous sommes arrivés, murmura Kumar d'une voix un peu surexcitée.

Arrivés où ? se demanda Carina alors qu'ils se séparaient. Il y avait des heures, lui semblait-il, qu'elle n'avait pas pris la peine de se retourner vers la côte... en supposant qu'elle soit encore en vue.

Lentement, elle se leva, se mit en équilibre dans le léger roulis... et regarda avec stupeur le panorama magique de ce qui, naguère, était encore un sinistre marécage baptisé, par illusoire espoir, la baie des Palétuviers.

Ce n'était pas la première fois, bien sûr, qu'elle

affrontait la haute technologie ; l'usine de fusion et le réplicateur principal de l'île du Nord étaient bien plus grands et plus impressionnants. Mais elle ressentit un véritable choc visuel et psychologique au spectacle de ce labyrinthe brillamment illuminé de tuyauteries, de citernes, de grues, de mécanismes robots, cette combinaison de chantier naval et d'usine chimique fonctionnant efficacement en silence, sous les étoiles, sans un seul être humain en vue.

Un *plouf* soudain rompit le calme total de la nuit quand Kumar mouilla l'ancre.

— Viens, dit-il malicieusement. Je veux te montrer quelque chose.

— Ce n'est pas dangereux ?

— Mais non. Je suis venu des tas de fois.

Et pas tout seul, j'en suis sûre, pensa Carina. Mais il avait déjà sauté par-dessus bord, coupant court à tout commentaire.

L'eau leur arrivait à peine jusqu'à la taille et conservait encore tant de chaleur de la journée qu'elle était presque désagréablement tiède. Lorsqu'ils arrivèrent sur la plage, la main dans la main, ce fut un plaisir pour eux de sentir la fraîcheur de la nuit sur leur corps. Ils émergèrent du frémissement des vagues comme de nouveaux Adam et Ève détenant les clefs d'un Éden mécanique.

— Ne t'inquiète pas, dit Kumar. Je connais mon chemin. Lorenson m'a tout expliqué. Mais j'ai découvert quelque chose que lui ne connaît pas, j'en suis sûr.

Ils marchaient le long d'une rangée de gros tuyaux soutenus à un mètre du sol et maintenant Carina percevait un bruit distinct, la pulsation des pompes qui déversaient un liquide réfrigérant dans le dédale de tuyauteries et d'échangeurs de chaleur qui les entourait.

Finalement, ils arrivèrent au fameux bassin où le scorp avait été trouvé. Très peu d'eau restait visible ; la surface était presque entièrement recouverte par une masse de goémon enchevêtré. Il n'y avait pas de reptiles sur Thalassa, mais les épaisses tiges flexibles rappelaient à Carina des nœuds de serpents.

Ils marchèrent le long d'une suite de canaux, de petites vannes d'écluses, toutes fermées pour le moment, et débouchèrent sur une vaste esplanade découverte, assez éloignée de l'usine proprement dite. Alors qu'ils quittaient le complexe central, Kumar agita joyeusement la main devant l'objectif d'une caméra tourné vers eux. Personne ne sut plus tard pourquoi elle avait été débranchée à ce moment crucial.

— Les citernes de réfrigération, expliqua Kumar. Six cents tonnes dans chacune. 95 % d'eau, 5 % de goémon. Qu'est-ce qu'il y a de drôle ?

— Pas drôle mais... très bizarre, répondit Carina en souriant. Pense un peu ! Transporter une partie de notre forêt sous-marine jusqu'aux étoiles ! Qui aurait jamais imaginé une chose pareille ? Mais ce n'est pas pour ça que tu m'as amenée ici.

— Non. Regarde...

Au premier abord, elle ne vit pas ce qu'il indiquait. Puis son cerveau interpréta l'image qui clignotait tout au bord de son champ de vision et elle comprit.

C'était un vieux miracle, bien sûr. Depuis plus de mille ans, des hommes faisaient des choses de ce genre dans de nombreux mondes. Mais le voir de ses propres yeux coupait le souffle et faisait même un peu peur.

Maintenant qu'ils s'étaient rapprochés de la dernière des citernes, elle le distinguait plus clairement. Le mince rayon de lumière — sûrement pas plus de deux centimètres de large ! — grimpait vers les étoiles, tout droit comme un rayon laser. Elle le suivit du regard jusqu'à ce qu'il devienne invisible sans qu'elle sache exactement où il avait disparu. Elle continua cependant de lever les yeux, de plus en plus haut vers le zénith et, prise de vertige, elle aperçut l'unique étoile immobile alors que ses compagnes moins brillantes se déplaçaient lentement vers l'ouest. Comme une araignée cosmique, le *Magellan* avait abaissé un fil de la vierge qui soulèverait bientôt la proie qu'il désirait pour la hisser jusqu'aux cieux.

Ils étaient maintenant tout au bord du bloc de glace. Une autre surprise attendait Carina. La surface était entièrement recouverte d'une couche scintillante de matière dorée qui lui rappelait les cadeaux que l'on offrait aux enfants pour leur anniversaire ou au festival annuel de l'Atterrissage.

— Un isolant, expliqua Kumar. Et c'est réellement de l'or, épais d'environ deux atomes. Sans ce revêtement, la moitié de la glace fondrait avant d'arriver au bouclier.

Isolant ou non, Carina sentait la morsure du froid sous ses pieds nus, alors que Kumar l'entraînait sur la dalle gelée. En douze pas, ils arrivèrent au centre et là, étincelant d'un curieux brillant non métallique, le ruban tendu s'étirait sinon vers les étoiles au moins sur les trente mille kilomètres séparant le sol de l'orbite stationnaire où le *Magellan* était garé.

Il se terminait au sol dans un tambour cylindrique hérissé d'instruments et de réacteurs de contrôle, servant évidemment de crochet de grue mobile et intelligent, qui se fixait sur son chargement après sa longue descente dans l'atmosphère. Tout le dispositif paraissait curieusement simple et même rudimentaire ; bien faussement, comme la plupart des produits des technologies les plus avancées.

Carina frissonna soudain mais pas à cause du froid sous ses pieds, qu'elle ne remarquait presque plus.

— Tu es sûr qu'il n'y a pas de danger, ici ? demanda-t-elle, avec anxiété.

— Bien sûr que non. Ils soulèvent toujours à minuit, à la seconde près, et ce ne sera pas avant des heures. C'est un spectacle merveilleux, mais je ne crois pas que nous resterons aussi tard.

Il était maintenant à genoux, son oreille contre l'incroyable ruban qui reliait le vaisseau à la planète. Avec appréhension, Carina se demanda ce qui arriverait s'il cassait subitement.

— Écoute, chuchota Kumar.

Elle ne savait à quoi s'attendre. Plus tard, quand elle put le supporter, il lui arriva parfois de tenter de retrouver la magie de ce moment. Elle ne fut jamais tout à fait sûre d'y être parvenue.

Au début, il lui sembla entendre la note la plus grave d'une harpe géante dont les cordes seraient tendues entre les mondes. Elle en eut des frissons dans le dos et sentit les petits cheveux de sa nuque se hérisser dans cette réaction de peur immémoriale forgée au fond des jungles primitives de la Terre.

Ensuite, en s'y accoutumant, elle perçut tout un spectre de nuances fugaces couvrant toute la gamme de l'ouïe jusqu'aux limites de l'audible, et probablement bien au-delà. Elles se mêlaient et se confondaient les unes dans les autres, comme la répétition inconstante et pourtant régulière du bruit de la mer.

Plus elle écoutait, plus elle pensait à l'incessant déferlement des vagues sur une plage déserte. Elle croyait entendre la mer de l'espace battre les côtes de tous les mondes, un bruit terrifiant par sa futilité sans objet alors qu'il se répercutait dans le douloureux vide de l'univers.

Et maintenant, elle avait conscience d'autres éléments dans cette symphonie immensément complexe. Il y avait de brusques accords plaintifs, comme si des doigts géants pinçaient le ruban le long de ses milliers de kilomètres tendus. Peut-être quelque décharge électrique dans l'atmosphère grouillante de Thalassa ? Et — était-ce de l'imagination pure, une chose créée par ses propres craintes inconscientes ? — il lui sembla de temps en temps entendre le faible gémissement de voix démoniaques ou les cris spectraux de tous les enfants malades et affamés qui étaient morts sur la Terre pendant les siècles de cauchemar.

Subitement, elle ne put en supporter davantage.

— J'ai peur, Kumar, chuchota-t-elle en le secouant par l'épaule. Allons-nous-en.

Mais Kumar était encore perdu dans les étoiles, la bouche entrouverte, la tête pressée contre le ruban sonore, hypnotisé par son chant de sirène. Il ne remarqua même rien quand Carina, aussi fâchée qu'effrayée, traversa rapidement le bloc de glace enveloppé d'or et alla l'attendre sur la chaleur familière de la terre ferme.

Car il venait d'être intéressé par quelque chose de nouveau, une suite de notes aiguës qui semblaient vouloir attirer son attention. C'était en quelque sorte une fanfare pour cordes, si l'on pouvait imaginer une chose pareille, incroyablement triste et lointaine.

Mais cela se rapprochait, devenait plus fort. C'était le son le plus exaltant que Kumar ait jamais entendu et cela le paralysait de stupeur et de crainte respectueuse. Il imaginait presque que quelque chose courait vers lui le long du ruban...

Quelques secondes trop tard, il comprit la vérité alors que le premier choc précurseur le jetait à plat ventre sur la feuille d'or et que le bloc de glace bougeait sous lui. Alors, pour la toute dernière fois, Kumar Leonidas leva les yeux vers la beauté fragile de son monde endormi et la figure terrifiée de la jeune fille qui devait se rappeler cet instant jusqu'au jour de sa propre mort.

Déjà, il était trop tard pour sauter. Ainsi, le petit Lion monta vers les étoiles silencieuses... nu et solitaire.

48

La décision

Le capitaine Bey avait de plus graves problèmes, il fut donc heureux de déléguer ses pouvoirs pour cette corvée. Et aucun émissaire ne pouvait être mieux choisi que Loren Lorenson.

Loren n'avait pas encore fait la connaissance des parents Leonidas et il redoutait cette rencontre. Mirissa avait proposé de l'accompagner mais il préférait y aller seul.

Les Lassans vénéraient les personnes âgées et faisaient tout leur possible pour leur assurer le confort et le bonheur. Lal et Nikri Leonidas vivaient dans une des petites colonies de retraite, sur la côte méridionale de l'île. Ils occupaient un chalet de six pièces, avec tout l'équipement ménager concevable et même le seul robot de maison à tout faire que Loren ait jamais vu dans l'île du Sud.

D'après la chronologie de la Terre, il estima qu'ils devaient avoir tous deux près de soixante-dix ans.

Après les premiers mots d'accueil, ils s'assirent tous trois sur la terrasse et contemplèrent la mer, tandis que le robot s'affairait pour offrir des boissons et des assiettes de fruits assortis. Loren se força à manger quelques bouchées puis il s'arma de courage et s'attaqua à la tâche la plus difficile de sa vie.

— Kumar...

Le nom se bloqua dans sa gorge et il dut s'interrompre avant de reprendre :

— Kumar est encore à bord du vaisseau. Je lui dois la vie ; il a risqué la sienne pour me sauver. Vous comprenez donc ce que j'éprouve aujourd'hui. Je ferais n'importe quoi...

Une fois de plus, il dut se ressaisir. Enfin, en s'efforçant d'être aussi sec et scientifique que possible — comme le commandant-médecin Newton lors de ses explications —, il reprit :

— Son corps n'est presque pas endommagé parce que la décompression a été lente et la congélation s'est produite immédiatement. Mais, naturellement, il est cliniquement mort, tout comme je l'ai été moi-même il y a quelques semaines... Cependant, les deux cas sont différents. Mon... mon corps a été récupéré avant que se produisent de graves dégâts au cerveau, ce qui fait que la réanimation a été relativement facile.

» Il s'est passé des heures avant qu'on trouve Kumar. Physiquement, son cerveau est intact mais il n'y a aucune trace d'activité. Malgré tout, la réanimation *pourrait* être possible grâce à une technologie extrêmement avancée. D'après nos archives — qui couvrent toute l'histoire de la science médicale de la Terre —, cela a déjà été fait dans des cas semblables, avec un taux de réussite de 60 %.

» Et cela nous place devant un dilemme, que le capitaine Bey m'a prié de vous expliquer franchement. Nous ne possédons pas les talents ni le matériel pour une telle opération. Mais nous les aurons peut-être... dans trois cents ans...

» Il y a douze grands experts du cerveau parmi les centaines de médecins spécialistes endormis à bord du vaisseau. Il y a des techniciens capables d'assembler et de faire fonctionner tout le matériel de survie concevable. Tout ce que la Terre a jamais possédé sera de nouveau à nous, quand nous aurons atteint Sagan Deux.

Il s'interrompit, pour leur permettre de tout assimiler. Le robot profita de ce moment inopportun pour proposer ses services ; Loren l'écarta avec impatience.

— Nous acceptons, non, nous serons heureux, car c'est bien le moins, d'emmener Kumar avec nous. Sans que nous puissions le garantir, il peut revenir à la vie. Nous aimerions que vous réfléchissiez ; vous avez tout le temps, avant de devoir prendre une décision.

Le vieux couple se regarda pendant un long moment en silence. Loren s'était tourné vers la mer. Comme tout était calme et paisible ! Il pensait qu'il serait très heureux de passer là ses années de déclin, avec les visites de ses enfants et petits-enfants...

Comme la plus grande partie de Tarna, cet endroit ressemblait à la Terre. Peut-être à cause d'un plan concerté, il n'y avait aucune végétation lassane en vue ; tous les arbres étaient nostalgiquement familiers.

Pourtant, il manquait quelque chose d'essentiel ; il s'aperçut qu'il y avait longtemps qu'il cherchait quel était cet élément, en fait depuis son arrivée sur cette planète. Et soudain, comme si ce moment de chagrin avait secoué sa mémoire, il comprit ce qui lui manquait.

Il n'y avait pas de mouettes tournoyant dans le ciel, remplissant les airs des cris les plus tristes et les plus évocateurs de tous les bruits de la Terre.

Lal Leonidas et sa femme n'avaient toujours pas échangé un mot et cependant, Loren devina qu'ils avaient pris leur décision.

— Nous apprécions votre offre, capitaine Lorenson ; nous vous prions de transmettre nos remerciements au capitaine Bey. Mais nous n'avons pas besoin de temps pour réfléchir. Quoi qu'il arrive, Kumar sera à jamais perdu pour nous.

» Même si vous réussissez et, comme vous le dites, il n'y a aucune garantie, il se réveillera dans un monde inconnu, en sachant qu'il ne reverra plus jamais le sien et que ceux qu'il aimait sont morts depuis des siècles. C'est impossible à envisager. Votre intention est excellente mais ce ne serait pas une gentillesse pour lui.

» Nous savons ce qu'il aurait souhaité et ce qui doit être fait. Rendez-le-nous. Nous le renverrons à la mer qu'il aimait tant.

Il n'y avait plus rien à dire. Loren éprouva à la fois une écrasante tristesse et un immense soulagement.

Il avait fait son devoir. C'était la décision qu'il avait attendue.

49

Du feu sur le récif

Le petit kayak ne serait jamais terminé, mais il ferait son premier et dernier voyage.

Jusqu'au coucher du soleil, il était resté au bord de l'eau, caressé par les vagues légères de la mer sans marées. Loren fut ému mais pas surpris par le nombre de ceux qui étaient venus présenter leurs derniers hommages. Tout Tarna était là, mais beaucoup étaient arrivés aussi de tout le reste de l'île du Sud et même de l'île du Nord. Quelques-uns, peut-être, étaient attirés par une curiosité morbide — car toute la planète avait été bouleversée par l'accident unique et spectaculaire — mais Loren n'avait jamais vu une aussi sincère manifestation collective de chagrin. Il ne s'était pas douté que les Lassans étaient capables d'une aussi profonde émotion et, dans son cœur, il savoura une fois de plus une phrase que Mirissa avait découverte en recherchant une consolation dans les archives : « Petit ami du monde entier. » L'origine était perdue et personne ne savait quel érudit, à quel siècle, l'avait sauvée pour les âges à venir.

Après les avoir embrassés tous deux, avec une compassion silencieuse, il avait laissé Mirissa et Brant avec la famille Leonidas, rassemblée avec de nombreux parents des deux îles. Il ne voulait pas rencontrer des inconnus car il savait ce que beaucoup d'entre eux pensaient : « Il vous a sauvé, mais vous n'avez pas pu le sauver. » C'était un poids qu'il porterait toute sa vie.

Il se mordit la lèvre pour arrêter des larmes qui ne convenaient pas à un officier supérieur du plus grand vaisseau stellaire jamais construit et sentit un des mécanismes de défense de son esprit voler à son secours. Dans les moments de profonde douleur, parfois le seul moyen de se maîtriser est d'évoquer une image absolument incongrue et même comique.

Oui... l'univers avait un curieux sens de l'humour. Loren fut presque forcé de réprimer un sourire. Comme Kumar aurait apprécié le dernier tour qui lui avait été joué !

— Ne vous étonnez pas, avait averti le commandant Newton en ouvrant la porte de la morgue du bord, laissant une bouffée d'air glacé à l'odeur de formol les frapper. Cela arrive plus souvent qu'on ne pense. Parfois, c'est un spasme final, une tentative inconsciente de défier la mort. Cette fois, cela a probablement été causé par la disparition de la pression externe et la congélation qui a suivi.

Sans les cristaux de glace définissant les muscles de ce jeune corps magnifique, Loren aurait pu croire que Kumar dormait, perdu dans des rêves de plaisir.

Car, dans la mort, le petit Lion était encore plus viril qu'il l'avait été dans la vie.

Le soleil avait disparu derrière les petites collines à l'ouest et le vent frais du soir se levait sur la mer. Presque sans une ride, le kayak glissa dans l'eau, tiré par Brant et trois autres des meilleurs amis de Kumar. Pour la dernière fois, Loren contempla le visage paisible du garçon à qui il devait la vie.

On avait peu pleuré, jusqu'à présent, mais alors que les quatre nageurs entraînaient lentement l'embarcation vers le large, un grand cri de lamentation monta de la foule. Cette fois, Loren ne put ravaler ses larmes, peu lui importait qui les voyait.

Avançant régulièrement sous la puissante poussée de son escorte, le petit kayak mettait le cap sur le récif. La nuit rapide de Thalassa tombait déjà quand l'embarcation passa entre les deux phares marquant l'entrée du chenal vers le large. Elle disparut derrière eux et fut momentanément cachée par la ligne blanche des brisants déferlant nonchalamment contre le récif extérieur.

La lamentation se tut ; tout le monde attendit. Et puis, brusquement, un éclat lumineux se répandit dans le ciel assombri et une colonne de feu monta de la mer. Elle flamba violemment, clairement, presque sans fumée ; combien de temps elle dura, Loren n'aurait su le dire car à Tarna le temps s'était arrêté.

Tout à coup, les flammes descendirent ; la couronne de feu retomba dans la mer. Tout fut plongé dans l'obscurité, mais pour quelques instants seulement.

Alors que le feu et l'eau se rencontraient, une gerbe d'étincelles jaillit vers le ciel. La plupart retombèrent sur la mer mais les autres continuèrent leur vol à perte de vue.

Ainsi, pour la seconde fois, Kumar Leonidas monta vers les étoiles.

VIII

LES CHANTS DE LA TERRE LOINTAINE

50

Le bouclier de glace

Le soulèvement du dernier flocon de neige aurait dû être un moment heureux ; mais l'événement ne fit naître qu'une sombre satisfaction. À trente mille kilomètres au-dessus de Thalassa, le dernier hexagone de glace fut mis en place et le bouclier fut terminé.

Pour la première fois depuis près de deux ans, la poussée quantique fut activée, mais à la puissance minimale. Le *Magellan* quitta son orbite stationnaire, accéléra pour tester l'équilibre et l'intégrité de l'iceberg artificiel qu'il devait porter vers les étoiles. Pas de problèmes ; le travail avait été bien fait. Ce fut un grand soulagement pour le capitaine Bey, qui n'avait pu oublier qu'Owen Fletcher (à présent sous assez stricte surveillance dans l'île du Nord) avait été un des principaux architectes du bouclier. Et il se demanda ce que Fletcher et les autres Sabras exilés avaient pensé en assistant à la cérémonie d'inauguration.

Elle avait commencé par une rétrospective vidéo de la construction de l'usine de congélation et du soulèvement du premier flocon de neige. Ensuite, venaient les images défilant à vive allure d'un fascinant ballet spatial montrant les immenses blocs de glace manœuvrés et soudés, une fois en place, sur le bouclier qui grandissait à vue d'œil. Cela avait débuté en temps réel, mais très vite le rythme s'était accéléré jusqu'à ce que les derniers éléments s'ajoutent à une cadence d'un toutes les quelques secondes. Le plus grand compositeur de Thalassa avait créé une musique de fond spirituelle débutant par une lente pavane qui culminait dans une rapide polka pour redescendre vers un andante final au moment où le dernier bloc de glace était mis en position.

Le relais avait alors été pris par une caméra diffusant en direct qui planait dans l'espace à un kilomètre devant le *Magellan* en suivant son orbite dans l'ombre de la planète. Le grand écran solaire qui protégeait la glace pendant la journée avait été écarté et l'on voyait maintenant pour la première fois le bouclier tout entier.

Le gigantesque disque blanc verdâtre brillait froidement sous les projecteurs ; bientôt il serait encore plus froid quand il partirait dans la glaciale nuit galactique. Là, il ne serait chauffé que par le scintillement des étoiles, les fuites de radiations du vaisseau et, à l'occasion, les rares explosions d'énergie de quelque impact de poussière.

La caméra s'attarda sur l'iceberg artificiel, au son de la voix bien reconnaissable de Moïse Kaldor.

— Peuple de Thalassa, nous vous remercions de votre cadeau. Derrière ce bouclier de glace, nous espérons voyager en sécurité vers le monde qui nous attend, à soixante-quinze années-lumière, dans trois cents ans.

» Si tout se passe bien, nous transporterons encore vingt mille tonnes de glace lorsque nous atteindrons Sagan Deux. Nous la laisserons alors tomber sur la planète, et la chaleur de son entrée la métamorphosera en pluie, la première que ce monde glacial aura jamais connue. Pendant un moment, avant de geler à nouveau, elle préfigurera les océans à naître.

» Et un jour, nos descendants connaîtront des

mers comme les vôtres, bien que moins vastes et moins profondes. Les eaux de nos deux mondes se mêleront, apportant la vie dans notre nouvelle patrie. Et nous nous souviendrons de vous avec amour et reconnaissance.

51

La relique

— Que c'est beau ! s'exclama respectueusement Mirissa. Je comprends pourquoi l'or était tellement recherché sur la Terre.

— L'or est le moins important, répondit Kaldor en retirant la cloche étincelante de son coffret doublé de velours. Est-ce que vous pouvez deviner ce que c'est ?

— C'est manifestement une œuvre d'art. Mais ce doit être beaucoup plus, pour vous, pour que vous le transportiez à travers cinquante années-lumière.

— Vous avez raison, bien sûr. C'est une maquette exacte d'un grand temple, de plus de cent mètres de haut. À l'origine, il y avait sept de ces coffrets, tous de forme identique, s'encastrant les uns dans les autres. Celui-ci était le dernier, celui du centre, contenant la relique elle-même. Il m'a été donné par de vieux et chers amis, au cours de ma toute dernière nuit sur la Terre. « Tout est éphémère, m'ont-ils rappelé, mais nous avons gardé ceci pendant plus de quatre mille ans. Emportez-le avec vous dans les étoiles, avec notre bénédiction. » Même si je ne partageais pas leur foi, comment pouvais-je refuser une offrande aussi précieuse ? Et maintenant, je vais la laisser ici, en ce lieu où les hommes sont arrivés pour la première fois sur cette planète. Ce sera un autre cadeau de la Terre, peut-être le dernier.

— Ne dites pas cela ! Vous nous en avez tant laissé ! Jamais nous ne pourrons tous les compter.

Kaldor sourit tristement et resta un moment silencieux, en contemplant la vue familière par la fenêtre de la bibliothèque. Il avait été heureux, là, en apprenant l'histoire de Thalassa et tant de choses qui seraient probablement d'une valeur inestimable quand la nouvelle colonie serait installée à Sagan Deux.

Adieu, vieux vaisseau mère, pensa-t-il. Tu as bien rempli ta mission. Nous avons encore un long chemin à parcourir ; puisse le *Magellan* nous servir aussi fidèlement que tu as servi le peuple que nous avons appris à aimer.

— Je suis sûr que mes amis m'auraient approuvé. J'ai fait mon devoir. La relique sera plus en sécurité ici, dans le Musée de la Terre, qu'à bord du vaisseau. Après tout, rien ne dit que nous atteindrons Sagan Deux.

— Mais si, vous y arriverez, voyons ! Mais vous ne m'avez pas dit ce qu'il y a à l'intérieur de la septième cassette.

— Tout ce qui reste d'un des plus grands hommes qui aient jamais vécu ; il a fondé l'unique religion qui n'ait jamais été souillée de sang. Je suis certain que ça l'aurait bien amusé de savoir que, quarante siècles après sa mort, une de ses dents serait transportée dans les étoiles.

52

Les chants de la Terre lointaine

C'était maintenant un moment de transition, d'adieux, de séparations aussi irrévocables que la mort. Cependant, en dépit de toutes les larmes versées — à Thalassa et à bord —, il y avait aussi un grand sentiment de soulagement. Bien sûr, les choses ne seraient plus jamais pareilles, mais maintenant la vie pouvait redevenir normale. Les visiteurs étaient comme des invités qui s'incrustent un peu trop longtemps, il était temps de partir.

Même le président Farradine l'acceptait et renonçait à son rêve de Jeux Olympiques interstellaires. Il avait d'amples consolations ; les unités de réfrigération de la baie des Palétuviers étaient en cours de transfert à l'île du Nord, et la première patinoire de Thalassa serait prête pour les Jeux. Quant à savoir si des concurrents seraient prêts aussi, c'était une autre affaire, mais de nombreux jeunes Lassans passaient des heures à s'émerveiller des exploits de quelques grands champions du passé.

En attendant, tout le monde pensait qu'une cérémonie d'adieux devait être organisée pour marquer le départ du *Magellan*. Malheureusement, personne n'était d'accord sur la forme qu'elle devait prendre. Il y avait d'innombrables réceptions privées — causant à toutes les personnes concernées de grandes fatigues mentales et physiques — mais aucune officielle, publique.

Madame le maire Waldron, réclamant la priorité au nom de Tarna, estimait que la cérémonie devait se dérouler à Premier Contact. Edgar Farradine répliquait que le palais présidentiel, malgré ses proportions modestes, était plus approprié. Un bel esprit suggéra Krakan, comme compromis, en faisant observer que ses célèbres vignobles seraient parfaits pour les toasts d'adieu. La question était encore en suspens quand la Thalassan Broadcasting Corporation — un des services publics les plus entreprenants de la planète — prit tranquillement toute l'affaire à son compte.

Le grand concert allait être inoubliable et souvent rejoué pour les futures générations. Il n'y avait pas de vidéo pour distraire les sens, rien que la musique et le plus bref des commentaires. L'héritage de deux mille ans fut pillé pour rappeler le passé et donner de l'espoir pour l'avenir. Ce ne fut pas seulement un requiem mais aussi une berceuse.

Cela paraissait quand même miraculeux qu'après que leur art eut atteint la perfection technologique, les compositeurs de musique trouvent encore quelque chose de nouveau à dire. Depuis deux mille ans, l'électronique leur permettait de maîtriser totalement tous les sons audibles par l'oreille humaine et on aurait pu croire que toutes les possibilités avaient été explorées et épuisées depuis longtemps.

Il y avait eu, certes, environ un siècle de pépiements, de grincements et d'électro-éructations avant que les compositeurs deviennent maîtres d'une gamme désormais infinie et recommencent à associer avec bonheur art et technologie. Personne n'avait jamais surpassé Bach ni Beethoven ; mais quelques-uns s'en étaient approchés.

Pour des légions d'auditeurs, le concert était un rappel de choses qu'ils n'avaient jamais connues, qui appartenaient à la Terre seule. Le lent battement de puissantes cloches, montant comme une fumée invisible des clochers des cathédrales; la chanson de pêcheurs patients, dans des langues maintenant perdues à jamais, ramant contre la marée dans les dernières lueurs du jour pour rentrer au port; les chants des armées marchant à la bataille, que le Temps avait privées de leurs souffrances et de leurs maux; le murmure de dix millions de voix alors que les grandes métropoles de l'humanité s'éveillaient pour saluer l'aube; la froide danse des aurores boréales sur des mers de glace infinies; le rugissement des puissants moteurs poussant des engins sur la route des étoiles. Tout cela les auditeurs l'entendaient dans la musique surgissant de la nuit... les chants de la Terre lointaine, transportés à travers les années-lumière...

Comme conclusion, les producteurs avaient choisi la dernière grande œuvre dans la tradition symphonique. Composée durant les années où Thalassa avait perdu le contact avec la Terre, elle était nouvelle pour l'assistance. Pourtant, son thème océanique convenait parfaitement à l'occasion et son impact sur les auditeurs aurait fait le bonheur du compositeur, mort depuis longtemps.

« ... Quand j'ai écrit la *Lamentation pour l'Atlantide,* il y a près de trente ans, je n'avais pas d'images particulières en tête; je ne m'intéressais qu'aux réactions émotionnelles, pas à des scènes précises; je voulais que la musique transmette une sensation de mystère, de tristesse, de perte irréparable. Je n'essayais pas de brosser un paysage musical de villes en ruines pleines de poissons. Mais aujourd'hui, il se passe quelque chose de bizarre chaque fois que j'entends le lento lugubre, comme je l'écoute dans ma tête en ce moment même.

» Il commence à la mesure 136, quand la suite

d'accords tombant du registre le plus bas de l'orgue rencontre l'aria sans paroles de la soprano s'élevant de plus en plus haut hors des profondeurs... Vous savez, naturellement, que j'ai basé ce thème sur les chansons des grands cétacés, ces puissants ménestrels de la mer avec qui nous avons fait la paix trop tard, trop tard... Je l'ai écrit pour Olga Kondrachine et personne d'autre n'aurait pu chanter ces passages sans soutien électronique.

» Quand la partie vocale commence, c'est comme si je voyais quelque chose qui existe réellement. Je suis au milieu d'une grande place, presque aussi grande que celles de Saint-Pierre et de Saint-Marc. Tout autour de moi, il y a des bâtiments en ruines, comme des temples grecs, des statues renversées drapées d'algues marines, de grandes palmes vertes qui s'agitent lentement. Tout est en partie recouvert d'une épaisse couche de limon.

» Au début, la place semble déserte ; puis je remarque quelque chose de... *troublant*. Ne me demandez pas pourquoi c'est toujours une surprise, pourquoi je vois toujours cela pour la première fois.

» C'est un monticule bas, au centre de la place, avec un motif de lignes qui en irradient. Je me demande si elles sont des murs écroulés, enfouis dans la vase. Mais la disposition n'a aucun sens ; et puis je vois que le monticule... *palpite*.

» Et au bout d'un moment, je remarque deux grands yeux qui me regardent sans ciller.

» C'est tout ; il ne se passe rien. Il ne s'est rien passé là depuis six mille ans, depuis cette nuit où la barrière de terre a cédé et où la mer s'est déversée entre les Colonnes d'Hercule.

» Le lento est mon mouvement préféré mais je ne pouvais terminer la symphonie sur une telle note de tragédie et de désespoir. D'où le finale, la « Résurgence ».

» Je sais, naturellement, que l'Atlantide de Platon n'a jamais réellement existé. Et pour cette même raison, elle ne peut jamais mourir. Elle sera toujours un idéal, un rêve de perfection, un but qui inspirera les hommes au cours de tous les siècles à venir. C'est pourquoi la symphonie se termine par une marche triomphale dans l'avenir.

» Je sais que l'interprétation populaire de la marche est une Nouvelle Atlantide émergeant des vagues. C'est un peu trop littéral ; pour moi, le finale décrit la conquête de l'espace. Une fois que je l'ai trouvé et noté, il m'a fallu des mois pour me débarrasser de ce thème final. Ces fichues quinze notes tambourinaient dans mon cerveau nuit et jour.

» Maintenant, la *Lamentation* existe tout à fait indépendamment de moi ; elle a assumé une vie propre. Même quand la Terre sera partie, elle foncera vers la galaxie d'Andromède, poussée par les cinquante mille mégawatts de l'émetteur d'Espace Profond dans le cratère de Tsiolkovski.

» Un jour, dans des siècles ou des millénaires, elle sera retrouvée... et comprise. »

Mémoires parlés, Sergei di Pietro (3411-3509).

53

Le masque d'or

— Nous avons toujours fait comme s'il n'existait pas, dit Mirissa. Mais maintenant, j'aimerais le voir, rien qu'une fois.

Loren resta un moment silencieux. Puis il répondit :

— Tu sais que le capitaine Bey n'a jamais autorisé la moindre visite.

Elle le savait, naturellement ; elle comprenait aussi les raisons de ce refus. Au début il y avait eu du ressentiment, mais maintenant tout le monde, sur Thalassa, comprenait que le petit équipage du *Magellan* était bien trop occupé pour servir de guides — ou de bonnes d'enfants — aux imprévisibles 15 % qui auraient des nausées dans les sections à gravité zéro du vaisseau. Même le président Farradine avait été éconduit avec tact.

— J'ai parlé à Moïse et il a parlé au capitaine. Tout est arrangé. Mais ça doit rester secret jusqu'après le départ du vaisseau.

Loren la regarda avec stupéfaction ; puis il sourit. Mirissa le surprenait constamment ; ça faisait partie de son charme. Et il comprenait, avec une certaine tristesse, que personne sur Thalassa ne méritait plus qu'elle ce privilège ; son frère était le seul autre Lassan à avoir fait l'ascension. Le capitaine Bey était un homme juste, capable de tourner le règlement quand c'était nécessaire. Et une fois que le vaisseau serait parti, dans trois jours, cela n'aurait aucune importance.

— Et si tu as le mal de l'espace...

— Je n'ai jamais eu le mal de mer.

— Ça ne prouve rien.

— Et j'ai vu le commandant Newton. Elle m'a attribué une note de quatre-vingt-quinze sur cent. Et elle conseille la navette de minuit, quand il n'y aura pas de villageois dehors.

— Tu as pensé à tout, on dirait ! s'exclama Loren avec une franche admiration. Je te retrouverai à l'appontement numéro deux, un quart d'heure avant minuit.

Il marqua une pause, puis il confia, avec difficulté :

— Je ne redescendrai plus. S'il te plaît, dis adieu à Brant de ma part.

C'était une épreuve qu'il ne pouvait affronter. Il n'avait d'ailleurs plus remis les pieds chez les Leonidas depuis le dernier voyage de Kumar, depuis que Brant était revenu pour consoler Mirissa. Déjà, c'était presque comme si Loren n'était jamais intervenu dans leur vie.

Et il la quittait inexorablement, car maintenant il était capable de regarder Mirissa avec amour mais sans désir. Une émotion plus profonde — une des pires douleurs qu'il ait connues — emplissait maintenant son cœur.

Il avait souhaité, il avait espéré voir son propre enfant, mais le nouvel horaire du *Magellan* rendait cela impossible. Il avait entendu les battements de cœur de son fils, mêlés à ceux de sa mère, mais jamais il ne le tiendrait dans ses bras.

La navette effectuait son rendez-vous du côté éclairé de la planète, le *Magellan* était alors à encore près de cent kilomètres quand Mirissa le vit pour la première fois. Elle connaissait bien sa taille réelle mais elle trouva qu'il avait l'air d'un jouet, scintillant là-haut au soleil.

À dix kilomètres, il ne parut pas plus grand. Son cerveau et ses yeux lui répétaient que ces cercles foncés autour de la section centrale n'étaient que des hublots. Ce fut seulement lorsque la coque arrondie, infinie, du vaisseau se profila à côté d'eux que son esprit voulut bien admettre que ce n'était pas des hublots mais de grands sas de chargement et de débarquement, et que la navette allait pénétrer par l'un d'eux.

Loren regarda anxieusement Mirissa quand elle déboucla sa ceinture de sécurité ; c'était le moment dangereux quand, pour la première fois libre de toute restriction, le passager trop confiant s'apercevait soudain que la gravité zéro n'était pas aussi plaisante qu'elle en avait l'air. Mais Mirissa parut parfaitement à l'aise alors qu'elle flottait dans le sas, propulsée par quelques légères poussées de Loren.

— Heureusement qu'il ne sera pas nécessaire d'aller dans une des sections un-G, tu n'auras donc pas à te réadapter deux fois. Tu ne vas plus avoir à t'inquiéter de la gravité avant d'être redescendue au sol.

Cela aurait été intéressant, pensait-elle, de visiter les quartiers d'habitation dans la section pivotante du vaisseau, mais cela les aurait entraînés dans d'interminables conversations polies et contacts personnels, dont elle n'avait vraiment que faire pour le moment. Elle était plutôt contente que le capitaine Bey soit encore en bas à Thalassa ; elle n'avait même pas besoin de lui rendre une visite de remerciements courtoise.

En sortant du sas, ils se trouvèrent dans un couloir tubulaire qui semblait s'étirer sur toute la longueur du vaisseau. D'un côté, c'était une échelle ; de l'autre, deux rangées d'anneaux flexibles, commodes pour les mains ou les pieds, glissaient lentement dans une direction et l'autre, le long de rails encastrés parallèles.

— Ce n'est pas l'endroit où il faut être quand nous accélérons, dit Loren. Ça devient un puits vertical, profond de deux kilomètres. Alors là, on a *vraiment* besoin de l'échelle et des courroies. Tu n'as qu'à saisir cette boucle et la laisser faire tout le travail.

Ils furent entraînés sans effort sur plusieurs centaines de mètres puis ils tournèrent à angle droit dans un autre corridor.

— Lâche la boucle, dit Loren quand ils eurent parcouru quelques dizaines de mètres. Je veux te montrer quelque chose.

Mirissa suivit son conseil et ils planèrent vers une longue fenêtre étroite dans le flanc de la galerie. Elle regarda, à travers le verre épais, une immense caverne de métal brillamment illuminée. Elle était totalement désorientée, mais devinait que cette vaste salle cylindrique occupait toute la largeur du vaisseau et que, par conséquent, cette barre centrale devait être dans son axe.

— La poussée quantique, annonça fièrement Loren.

Il ne tenta même pas de nommer les appareils de métal et de cristal, les arcs-boutants aux formes bizarres faisant saillie le long des parois, les centaines de lumières clignotantes, la sphère de noirceur absolue qui, même si rien de précis ne l'indiquait, semblait tourner. Mais au bout d'un moment, il ajouta :

— La plus grandiose réussite du génie humain, le dernier cadeau de la Terre à ses enfants. Un jour, cela nous rendra maîtres de la galaxie.

Il y avait dans ces paroles une arrogance qui blessa un peu Mirissa. C'était l'ancien Loren qui parlait, celui qui n'avait pas encore été adouci par Thalassa. En bien ou en mal, une partie de cet homme avait changé à jamais.

— Est-ce que tu crois, demanda-t-elle avec douceur, que la galaxie le remarquera ?

Cependant, elle était impressionnée et elle contempla pendant un long moment les énormes masses mystérieuses qui lui avaient apporté Loren à travers les années-lumière. Elle ne savait si elle devait les bénir pour ce qu'elles lui avaient donné ou les maudire pour ce qu'elles allaient emporter.

Loren la conduisit dans le labyrinthe, jusque dans le cœur du *Magellan.* Ils ne rencontrèrent personne ; cela rappelait la taille du vaisseau et le nombre restreint de son équipage.

— Nous y sommes presque, annonça Loren d'une voix basse et solennelle. Et voici le gardien !

Prise totalement par surprise, Mirissa se laissa dériver vers le visage doré qui la regardait du fond d'une alcôve, jusqu'à le toucher. Elle sentit sous sa main du métal froid. Ainsi, c'était réel et non, comme elle l'avait d'abord pensé, un hologramme.

— Qu'est-ce... qui est-ce ? souffla-t-elle.

— Nous avons à bord quelques-uns des plus grands trésors de la Terre, répondit Loren avec un sombre orgueil. Celui-ci était l'un des plus célèbres. C'était un roi mort très jeune, encore enfant...

La voix de Loren s'estompa alors que la même pensée leur venait. Mirissa dut battre des paupières sur ses larmes avant de pouvoir lire l'inscription sous le masque.

TOUTÂNKHAMON
1361-1343 av. J.-C.
(Vallée des Rois, Égypte, 1922)

Oui, il avait eu presque exactement l'âge de Kumar. La figure dorée les contemplait à travers les millénaires et les années-lumière... la figure d'un jeune dieu frappé dans la fleur de l'âge. Il y avait de la puissance et de l'assurance, là, mais pas encore l'arrogance ou la cruauté qu'auraient données les années perdues.

— Pourquoi ici ? demanda Mirissa en devinant à demi la réponse.

— Il nous semblait être un symbole approprié. Les Égyptiens croyaient que s'ils procédaient à certaines cérémonies, les morts existeraient de nouveau dans une espèce d'au-delà. Pure superstition, bien sûr... et pourtant, nous en avons fait une réalité.

Mais pas comme je l'aurais souhaité, pensa tristement Mirissa. En regardant l'enfant-roi et ses yeux d'un noir de jais qui la contemplaient dans ce masque d'or incorruptible, il était difficile de croire que ce n'était qu'une superbe œuvre d'art et non une personne vivante.

Elle ne pouvait se détacher de ce calme regard hypnotique du fond des siècles. De nouveau, elle tendit la main et caressa la joue dorée. Le métal précieux lui rappela soudain un poème qu'elle avait découvert dans les archives de Premier Contact, un jour qu'elle avait programmé l'ordinateur pour rechercher dans la littérature du passé des paroles de réconfort. La plupart des centaines de lignes avaient été inappropriées mais ces vers (« Auteur inconnu — ? 1800-2100 ») convenaient à la perfection :

Ils rapportent brillante au frappeur la monnaie de l'homme
Les garçons qui meurent dans leur gloire et ne seront jamais vieux.

Loren attendit patiemment que se terminent les réflexions de Mirissa, puis il glissa une carte dans une fente presque invisible à côté du masque mortuaire. Une porte circulaire s'ouvrit sans bruit.

C'était incongru de découvrir un vestiaire plein d'épaisses fourrures, à l'intérieur d'un vaisseau spatial, mais Mirissa comprenait qu'on en eût besoin. Déjà, la température avait sérieusement baissé et elle grelottait dans un froid inaccoutumé.

Loren l'aida à enfiler la combinaison thermique — non sans difficulté en gravité zéro — puis ils flottèrent vers un cercle de verre dépoli encastré dans la paroi du fond. La trappe de cristal bascula vers eux comme un verre de montre, laissant passer un tourbillon d'air glacé, tel que Mirissa n'en avait jamais imaginé et encore moins senti. De petits lambeaux d'humidité se condensaient dans ce froid et dansaient autour d'elle comme des fantômes. Elle regarda Loren comme pour dire : « Tu n'espères tout de même pas me faire aller là-dedans ! »

Il lui prit le bras, l'air rassurant.

— Ne t'inquiète pas. La combinaison te protégera et au bout de quelques minutes, tu ne remarqueras même pas le froid sur ta figure.

Elle eut du mal à le croire mais il avait raison. En le suivant par la trappe, elle commença par respirer avec précaution mais fut étonnée de constater que ce n'était pas du tout désagréable. Au contraire, c'était même stimulant ; pour la première fois, elle comprenait que des gens soient allés volontiers visiter les régions polaires de la Terre.

Elle imaginait aisément qu'elle y était elle-même car il lui semblait flotter dans un univers d'un blanc de neige, glacial. Tout autour d'elle, il y avait des alvéoles étincelants qui auraient pu être en glace, formant des milliers de cellules hexagonales. C'était presque une version réduite du bouclier du

Magellan, à la différence près qu'ici les unités n'avaient qu'un mètre de large et qu'elles étaient rassemblées par des groupes de tuyaux et des masses de fils électriques.

Ainsi, ils étaient là, dormant tout autour d'elle, les centaines de milliers de colons pour qui la Terre était encore, dans un sens littéral, un souvenir d'hier. À quoi rêvaient-ils, se demanda-t-elle, à mi-chemin de leur sommeil de cinq cents ans ? Est-ce que le cerveau rêvait d'ailleurs, dans cette pénombre des limbes entre la vie et la mort ? Non, d'après Loren, mais comment pouvait-il en être sûr ?

Mirissa avait vu des vidéos d'abeilles vaquant rapidement à leurs mystérieuses affaires à l'intérieur d'une ruche ; elle se faisait l'effet d'une abeille humaine en suivant Loren, main sur main, le long du treillis de rails quadrillant la face de l'immense dortoir. Elle était maintenant tout à fait à son aise en gravité zéro et ne sentait même plus le froid terrible. D'ailleurs elle percevait à peine son corps et devait parfois se persuader que tout cela n'était pas un rêve dont elle allait se réveiller.

Les cellules ne portaient pas de noms mais étaient identifiées par un code alphanumérique ; Loren alla tout droit à la H-354. Quand il toucha un bouton, un berceau hexagonal en verre et métal glissa sur des rails télescopiques pour révéler la femme endormie.

Elle n'était pas belle, mais peut-être était-ce injuste de juger une femme privée de la glorieuse couronne de ses cheveux. Sa peau était d'une couleur que Mirissa n'avait jamais vue et qu'elle savait devenue très rare sur la Terre, un noir si profond qu'il avait des reflets bleus. Et elle était d'une telle perfection que Mirissa ne put réprimer un sentiment d'envie ; une image passa dans son esprit, la vision de corps enlacés, d'ébène et d'ivoire, une image qui, elle en était sûre, la hanterait pendant des années.

Elle regarda de nouveau le visage. Même dans son repos séculaire, il exprimait de la détermination et de l'intelligence. Aurions-nous été amies ? se demanda-t-elle. J'en doute ; nous sommes trop semblables. Ainsi, tu es Kitani, et tu portes le premier enfant de Loren vers les étoiles. Mais sera-t-il vraiment le premier, puisqu'il naîtra des siècles après le mien ? Premier ou second, je lui souhaite du bonheur...

Mirissa était encore engourdie, et pas seulement de froid, quand la porte de cristal se referma derrière eux. Loren la pilota par le long couloir et ils passèrent à côté du gardien.

Elle caressa la joue de l'enfant doré immortel et en éprouva un léger choc : la figure était tiède. Mais elle comprit vite que c'était son corps qui n'avait pas fini de s'adapter à la température ambiante.

Il n'y en avait que pour quelques minutes mais combien de temps faudrait-il, se demanda-t-elle, pour que la glace fonde autour de son cœur ?

54

Adieux

Je te parle pour la dernière fois, Evelyn, avant de plonger dans mon plus long sommeil. Je suis encore à Thalassa mais la navette va décoller pour le *Magellan* dans quelques minutes ; je n'ai plus rien à faire, jusqu'à l'atterrissage dans trois cents ans...

J'éprouve une grande tristesse, parce que je viens

de dire adieu à ma plus chère amie d'ici, Mirissa Leonidas. Comme tu aurais aimé la connaître ! Elle est sans doute la personne la plus intelligente que j'aie connue à Thalassa et nous avons eu de longues conversations... je crains d'ailleurs qu'elles aient plutôt été de ces monologues que tu critiquais si souvent !

Elle m'a interrogé sur Dieu, naturellement, mais à la question la plus pertinente qu'elle m'ait posée, je fus sans doute tout à fait incapable de répondre.

Peu de temps après la mort de son frère bien-aimé, elle m'a demandé : « Quelle est l'utilité du chagrin ? Est-ce qu'il exerce une fonction biologique ? »

Comme c'est singulier que je n'aie jamais réfléchi sérieusement à cela ! On peut imaginer une espèce intelligente qui fonctionnerait parfaitement si l'on se rappelait les morts sans émotion, si toutefois on se les rappelait. Ce serait une société absolument inhumaine, mais elle serait au moins aussi réussie que les termites et les fourmis l'étaient sur la Terre.

Le chagrin serait-il un sous-produit accidentel — voire même pathologique — de l'amour qui a, bien entendu, une fonction biologique indiscutable ? C'est une pensée bizarre et troublante. C'est cependant nos émotions qui font de nous des humains ; qui voudrait y renoncer, même en sachant que chaque nouvel amour est encore un otage entre les mains de ces terroristes jumeaux, le Temps et le Destin ?

Elle me parlait souvent de toi, Evelyn. Elle était surprise qu'un homme ne puisse aimer qu'une femme dans sa vie et ne pas en chercher une autre lorsqu'elle était partie. Une fois, je l'ai taquinée en lui disant que la fidélité était presque aussi étrangère aux Lassans que la jalousie ; elle m'a répliqué qu'ils avaient eu de la chance de perdre les deux.

On m'appelle ; la navette attend. Maintenant, je dois dire adieu pour toujours à Thalassa. Et ton image commence aussi à s'estomper. Je sais très bien donner des conseils aux autres mais peut-être me suis-je cramponné trop longtemps à mon propre chagrin, et cela ne rend pas service à ta mémoire.

Thalassa a contribué à me guérir. Maintenant je puis me réjouir de t'avoir connue plutôt que de pleurer de t'avoir perdue.

Un calme étrange m'envahit. Pour la première fois, je sens que je comprends réellement les concepts de détachement de mes vieux amis bouddhistes, même leur nirvana...

Et si je ne me réveille pas à Sagan Deux, ainsi soit-il. Mon travail est terminé et j'en suis satisfait.

55

Le départ

Le trimaran arriva au bord du lit d'algues peu avant minuit et Brant mouilla l'ancre dans trente mètres de fond. Il devait commencer à immerger les espiobals à l'aube, avant que la barrière soit installée entre Scorpville et l'île du Sud. Ensuite, toutes les allées et venues seraient observées. Si les scorps trouvaient un des espiobals et le traînaient chez eux comme un trophée, tant mieux. L'appareil continuerait de fonctionner, en fournissant certainement des renseignements encore plus utiles qu'en pleine mer.

Maintenant, il n'y avait plus rien à faire qu'à

rester allongé dans le bateau qui se balançait doucement, en écoutant la musique légère de Radio Tarna, étonnamment discrète cette nuit. De temps en temps, la station diffusait une information, un message de bon voyage ou un poème en l'honneur des visiteurs. Peu de gens devaient dormir ce soir, dans les deux îles. Mirissa se demanda vaguement quelles pensées passaient par la tête d'Owen Fletcher et de ses compagnons exilés, abandonnés dans un monde étranger jusqu'à la fin de leurs jours. La dernière fois qu'elle les avait vus dans une émission vidéo nordienne, ils n'avaient pas paru tristes du tout et avaient discuté gaiement des possibilités commerciales locales.

Brant était tellement silencieux qu'elle aurait pu croire qu'il dormait s'il ne lui avait pas serré si fermement la main alors qu'ils étaient étendus côte à côte, les yeux tournés vers les étoiles. Il avait changé, peut-être plus qu'elle. Il était moins impatient, plus prévenant. Surtout, il avait déjà accepté l'enfant, avec des mots d'une telle douceur qu'elle en avait eu les larmes aux yeux : « Il aura deux pères. »

Radio Tarna entamait maintenant le dernier et tout à fait inutile compte à rebours du lancement, le premier que les Lassans entendaient à l'exception des enregistrements historiques du passé. Mirissa se demanda s'ils verraient quelque chose. Le *Magellan* est de l'autre côté du monde, se dit-elle, planant au zénith au-dessus d'un hémisphère d'océan. Nous avons toute l'épaisseur de la planète entre nous...

— ... zéro, annonça Radio Tarna.

Instantanément, le son fut couvert par un monstrueux grondement. Brant tendit vivement la main vers le bouton du son et il l'avait à peine coupé quand le ciel entra en éruption.

Tout l'horizon fut frangé de feu. Au nord, au sud, à l'est, à l'ouest, il n'y avait aucune différence. De longues écharpes de flammes jaillirent de l'océan presque jusqu'au zénith, dans un déploiement d'aurore boréale comme Thalassa n'en avait jamais vu et n'en reverrait plus.

C'était beau mais impressionnant. Mirissa comprenait maintenant pourquoi le *Magellan* s'était placé de l'autre côté du monde ; ce n'était cependant pas la poussée quantique elle-même mais simplement l'échappement des énergies qui s'en dégageaient, inoffensivement absorbées par l'ionosphère. Loren lui avait un peu parlé, d'une manière plutôt incompréhensible, des ondes de choc du super-espace, en ajoutant que les inventeurs de la poussée eux-mêmes n'avaient jamais compris le phénomène.

Elle se demanda, brièvement, ce que les scorps penseraient de cette céleste pyrotechnie ; une trace quelconque de cette fureur actinique devait bien filtrer à travers la forêt de goémon pour illuminer les ruelles de leurs cités englouties.

Peut-être n'était-ce qu'une illusion, mais les rayons multicolores formant la couronne de lumière semblaient se répandre lentement en travers du ciel. La source de leur énergie prenait de la vitesse, accélérait le long de son orbite alors qu'elle quittait à jamais Thalassa. De nombreuses minutes s'écoulèrent avant que Mirissa soit certaine du mouvement ; en même temps, l'intensité du déploiement diminuait ostensiblement.

Brusquement, tout cessa. Radio Tarna revint sur les ondes. La voix était légèrement haletante :

— ... tout se déroule comme prévu... le vaisseau est réorienté en ce moment... d'autres déploiements plus tard mais pas aussi spectaculaires... tous les stades du lancement proprement dit se passeront de l'autre côté du monde, mais nous pourrons voir directement le *Magellan* dans trois jours, quand il quittera le système...

Mirissa entendit à peine les paroles alors qu'elle contemplait le ciel où les étoiles réapparaissaient, des étoiles qu'elle ne pourrait jamais revoir sans penser à Loren. Elle était à présent vidée de toute émotion ; les larmes viendraient plus tard, si elle en avait encore.

Elle sentit les bras de Brant autour d'elle et apprécia leur réconfort, leur protection contre la solitude de l'espace. Sa place était ici ; jamais plus son cœur ne s'égarerait. Car elle comprenait enfin ; elle avait aimé Loren pour sa force mais elle aimait Brant pour sa faiblesse.

Adieu, Loren, murmura-t-elle, puisses-tu être heureux dans ce monde lointain que toi et tes enfants allez conquérir pour l'humanité. Mais pense quelquefois à moi, à trois cents ans derrière toi sur la route de la Terre.

Tandis que Brant lui caressait les cheveux avec une tendre maladresse, il cherchait des mots pour la consoler tout en sachant que le silence valait mieux que tout. Il ne ressentait aucune sensation de victoire ; si Mirissa était de nouveau à lui, leur ancienne camaraderie sans souci avait disparu à jamais. Brant savait que, tous les jours de sa vie, le spectre de Loren resterait entre eux, le fantôme d'un homme qui n'aurait pas vieilli d'un jour alors qu'eux-mêmes ne seraient que poussière dans le vent.

Quand, trois jours plus tard, le *Magellan* s'éleva au-dessus de l'horizon à l'est, il n'était plus qu'une étoile trop éblouissante pour être regardée à l'œil nu, même si la poussée quantique avait été soigneusement réglée pour que ses fuites de radiations passent au large de Thalassa.

Semaine après semaine, mois par mois, elle se ternit lentement, mais même lorsque le vaisseau apparaissait dans le ciel de la journée, il était encore facile à trouver si l'on savait exactement où le chercher. Et la nuit, pendant des années, il fut souvent la plus brillante des étoiles.

Mirissa le vit une dernière fois, juste avant de perdre la vue. Pendant quelques jours, la poussée quantique — maintenant rendue faible et inoffensive par la distance — avait dû être dirigée directement vers Thalassa.

Il était alors à quinze années-lumière mais les petits-enfants de Mirissa n'auraient aucun mal à montrer du doigt l'étoile bleue de troisième importance, brillant au-dessus des tours de guet du rempart électrifié des scorps.

56

Au-dessous de l'interface

Ils n'étaient pas encore intelligents mais ils avaient de la curiosité, ce qui était le premier pas sur la route infinie.

Comme beaucoup de crustacés qui avaient jadis peuplé les mers de la Terre, ils pouvaient survivre en dehors de l'eau pendant d'assez longues périodes. Jusqu'à ces derniers siècles, cependant, ils n'avaient eu aucune raison de le faire ; les grandes forêts de goémon suffisaient à tous leurs besoins. Les longues feuilles sveltes fournissaient l'alimentation ; les tiges résistantes étaient la matière première de leurs artefacts primitifs.

Ils n'avaient que deux ennemis naturels. Le premier était un énorme poisson très rare, de grande profondeur, guère plus qu'une paire de mâchoires dévorantes attachées à un estomac jamais satisfait. L'autre était une gelée vénéneuse palpitante — la forme mobile des polypes géants — qui jonchait parfois de morts le fond de la mer, laissant dans son sillage un désert blanchi.

À part quelques excursions sporadiques à travers l'interface air-eau, les scorps auraient pu passer toute leur existence dans la mer, parfaitement adaptés à leur environnement. Mais — contrairement aux fourmis et aux termites — ils ne s'étaient encore aventurés dans aucune des impasses de l'évolution. Ils pouvaient encore réagir au changement.

Et le changement, même s'il n'était intervenu qu'à une très petite échelle, s'était pourtant bel et bien produit dans ce monde océanique. Des choses merveilleuses étaient tombées du ciel. Là d'où elles étaient venues, il devait y en avoir bien plus. Quand ils seraient prêts, les scorps iraient à leur recherche.

Rien ne pressait dans le monde hors du temps de la mer thalassane ; il faudrait encore de nombreuses années avant qu'ils lancent leur premier assaut contre l'élément étranger sur lequel leurs éclaireurs avaient ramené de si singuliers rapports.

Jamais ils ne pourraient deviner ce que d'autres éclaireurs rapportaient sur eux. Et quand, finalement, ils passeraient à l'action, leur moment serait bien mal choisi.

Ils auraient la malchance d'émerger sur la terre ferme durant le second mandat, tout à fait inconstitutionnel mais extrêmement compétent, du président Owen Fletcher.

IX

SAGAN DEUX

57

Les voix du temps

Le vaisseau stellaire *Magellan* n'était éloigné que de quelques heures-lumière quand Kumar Lorenson vint au monde, mais son père dormait déjà et n'apprit la nouvelle que trois cents ans plus tard. Il pleura en pensant que son sommeil sans rêves avait couvert toute la vie de son premier enfant. Quand il serait capable d'affronter l'épreuve, il examinerait toutes les archives qui l'attendaient dans les banques de mémoire. Il regarderait son fils grandir, il entendrait sa voix à travers les siècles, sans pouvoir y répondre.

Et il verrait (impossible de l'éviter) le lent vieillissement de la fille, morte depuis longtemps, qu'il avait tenue dans ses bras... quelques semaines plus tôt à peine. Son dernier adieu lui parviendrait, prononcé par des lèvres ridées déjà tombées en poussière.

Son chagrin, bien que vif, passerait lentement. La lumière d'un nouveau soleil brillait devant eux dans le ciel et bientôt il y aurait une autre naissance, dans un monde qui attirait déjà le *Magellan* sur son orbite finale.

Un jour, la douleur s'apaiserait ; mais le souvenir ne disparaîtrait jamais.

CHRONOLOGIE
(années terriennes)

1956 Détection du neutrino

1967 Découverte de l'anomalie du neutrino solaire

2000

Destin du Soleil confirmé

100

Sondes interstellaires

200

300 Projet de semeurs robots

400

500 Commencement des semailles (embryons)

600 (Codes ADN)

700

751 **Le vaisseau-semeur part pour Thalassa**

800

900

999 **Dernier millénaire**

3000 Thalassa 0

100 3109 Premier contact

	200		**Seigneurs**		Naissance de	
					la Nation	100
			des			
					Contact avec	
	300		**Derniers**		la Terre	200
					Éruption	
	400		**Jours**		mont Krakan	300
					Contact perdu	
	500					400
			Poussée			
			quantique		Stase	
	600		**Exode final**			
		617	*Magellan*			
3620			**Fin**			
			de la Terre	3827	Arrivée	
					Magellan	718
				3829	Départ	
					Magellan	720
				4135	Sagan Deux	1026

NOTE BIBLIOGRAPHIQUE

La première version de ce roman, une nouvelle de 12 500 mots, fut écrite entre février et avril 1957 et publiée dans *IF Magazine* (USA) de juin 1958 et dans *Science Fantasy* (G-B) en juin 1959. Elle peut être retrouvée plus commodément dans mes propres recueils de Harcourt, Brace, Jovanovich, *The Other Side of the Sky* (1958) et *From the Ocean, From the Stars* (1962).

En 1979, j'ai développé le thème dans un bref synopsis de film paru dans *OMNI Magazine* (Vol. 3 n° 12, 1980). Ce texte a été publié depuis dans la collection illustrée Byron Press/Berkley de mes nouvelles, *The Sentinel* (1984), avec une introduction expliquant son origine et la manière inattendue dont il a abouti à la rédaction et au tournage de *2010 : Odyssée Deux.*

Ce roman, la troisième et dernière version, a été commencé en mai 1983 et terminé en juin 1985.

1er juillet 1985
Colombo, Sri Lanka

REMERCIEMENTS

La première suggestion de l'utilisation des énergies du vide pour la propulsion semble avoir été faite par Shinichi Seike en 1969. (« Véhicule spatial électroquantique » ; 8e Symposium sur la technologie et la science de l'espace, Tokyo.)

Dix ans plus tard, H. D. Froning, de McDonnell Douglas Astronautique, introduisit l'idée à la conférence d'études stellaires de la British Interplanetary Societies, à Londres (septembre 1969) et la développa dans deux communications : « Exigences de propulsion pour un statoréacteur interstellaire quantique » (*JBIS*, Vol. 33, 1980) et « Étude d'un statoréacteur quantique pour le vol interplanétaire » (*AIAA Preprint* 81-1534, 1981).

Si l'on écarte les innombrables inventeurs de « poussées spatiales » sans spécifications, la première personne à utiliser l'idée en fiction semble avoir été le Dr Charles Sheffield, premier chercheur de l'Earth Satellite Corporation ; il évoque la base théorique de la poussée quantique (ou, comme il l'appelait, la « poussée d'énergie du vide ») dans son roman *The McAndrew Chronicles* (magazine *Analog*, 1981 ; Tor, 1983).

Un calcul, reconnu naïf, de Richard Feynman suggère que tout centimètre cube de vide contient assez d'énergie pour faire bouillir tous les océans de la Terre. Une autre estimation de John Wheeler accorde une valeur tout simplement dix à la puissance soixante-dix-neuf fois plus grande. Quand deux des plus grands physiciens du monde ne sont en désaccord que sur une petite affaire de soixante-dix-neuf zéros, on peut pardonner un certain scepticisme au reste d'entre nous ; mais c'est au moins une notion intéressante que le vide à l'intérieur d'une ampoule électrique ordinaire contient assez d'énergie pour détruire la galaxie... et peut-être, avec un petit effort supplémentaire, le cosmos.

Dans ce qui pourrait être une communication historique (« Extraction d'énergie électrique du vide par cohésion des conducteurs foliés chargés », *Physical Review,* Vol. 30 B, p. 1700-1702, 15 août 1984), le Pr Robert L. Forward des Hughes Research Labs a montré qu'au moins une infime fraction de cette énergie peut être captée. Si on réussissait, ailleurs que dans les romans de science-fiction, à la domestiquer pour la propulsion, les problèmes purement mécaniques du vol interstellaire — et même intergalactique — seraient résolus.

Mais peut-être pas. Je suis extrêmement reconnaissant au Pr Alan Bond pour son analyse mathématique détaillée du dispositif de bouclier nécessaire à la mission décrite dans ce roman, et pour avoir fait observer que le cône émoussé était la forme la plus avantageuse. Il peut se révéler que le facteur limitant la haute vélocité du vol interstellaire ne soit pas l'énergie mais l'ablation de la masse protectrice par des grains de poussière et l'évaporation par protons.

L'histoire et la théorie de « l'ascenseur spatial » se trouvent dans mon allocution au trentième Congrès de la Fédération astronautique internationale de Munich, en 1979 : « L'ascenseur spatial : Expérience de réflexion ou clef de l'univers ? » (réimprimée dans *Advances in Earth Orientated Applications of Space Technology,* Vol. I, n° 1, 1981, p. 39-48 et *Ascent to orbit :* John Wiley, 1984). J'ai également développé cette idée dans le roman *The Fountains of Paradise* (Del Rey, Gollancz, 1978).

Les premières expériences dans cette direction, comportant des charges abaissées de la navette spatiale dans l'atmosphère par des « longes » de cent kilomètres de long, commenceront environ au moment où ce roman sera publié.

Toutes mes excuses à Jim Ballard et J. T. Frazer, pour avoir volé le titre de leurs deux volumes très différents pour mon chapitre final.

Ma reconnaissance particulière au Diyawadane Nilame et son personnel du Temple de la Dent à Kandy, pour m'avoir aimablement invité dans la Chambre de la Relique, en temps de troubles.

SUR L'AUTEUR

Arthur C. Clarke est né à Minehead, Somerset, en Angleterre, en 1917 ; il est diplômé du King's College, Londres, où il a obtenu les Honneurs de Première Classe en physique et mathématiques. Il est ancien président de la British Interplanetary Society, membre de l'Academy of Astronautics, de la Royal Astronomical Society et de nombreuses autres organisations scientifiques. Pendant la Seconde Guerre mondiale, officier de la RAF, il a été chargé des premiers essais et expériences du radar. Son unique roman qui ne soit pas de science-fiction, *Glide Path,* était inspiré de ces travaux.

Auteur de cinquante livres, dont plus de vingt millions d'exemplaires ont été imprimés dans plus de trente langues, il est titulaire de nombreux prix parmi lesquels le Prix Kalinga 1961, le prix de science-fiction de l'AAAS-Westinghouse, le prix Bradford Washburn ainsi que le Hugo, le Nebula et le prix John W. Campbell, tous trois remportés pour son roman *Rendez-vous with Rama.*

En 1968, il a partagé une citation à l'Oscar avec Stanley Kubrick pour *2001 : Odyssée de l'Espace,* et sa série télévisée en treize épisodes, *Arthur C. Clarke's Mysterious World,* a maintenant été diffusée dans de nombreux pays. Il a accompagné Walter Cronkite pendant le reportage de la CBS sur les missions Apollo.

Son invention du satellite de communications en 1945 lui a valu de nombreux honneurs, tels que le Marconi International Fellowship en 1982, une médaille d'or du Franklin Institute, le Vikram Sarabhai Professorship du

Physical Research Laboratory d'Ahmedabad et la dignité de membre associé du King's College, Londres. Le président de Sri Lanka l'a récemment nommé chancelier de l'université de Moratuwa, près de Colombo.

TABLE DES MATIÈRES

VI. LES FORÊTS DE LA MER

VII. COMME MONTENT LES ÉTINCELLES

VIII. LES CHANTS DE LA TERRE LOINTAINE

IX. SAGAN DEUX

Science-fiction

Depuis 1970, cette collection est leader du genre en France. Elle a publié la plupart des grands classiques (Asimov, Van Vogt, Clarke, Dick, Vance, Simak) mais elle a aussi révélé de nombreux jeunes auteurs qui seront les écrivains de premier plan de demain (Tim Powers, Joan D. Vinge, Tanith Lee, Scott Baker, etc.). La S-F est reconnue aujourd'hui comme littérature à part entière, étudiée dans les écoles et les universités. Elle est véritablement la littérature de notre temps.

ANDERSON Poul	**La patrouille du temps** 1409 ***
ANDREVON Jean-Pierre	**Cauchemar... cauchemars !** 1281 **
ASIMOV Isaac	**Les cavernes d'acier** 404 ***
	Les robots 453 ***
	Tyrann 484 ***
	Un défilé de robots 542 ***
	La voie martienne 870 ***
	Les robots de l'aube 1602 *** & 1603 ***
	Le voyage fantastique 1635 ***
	Les robots et l'empire 1996 **** & 1997 ****
	Espace vital 2055 ***
	Asimov parallèle 2277 **** (nov.87)
BAKER Scott	**Kyborash** 1532 ****
BELFIORE Robert	**La huitième vie du chat** 2278 *** (nov.87)
BLISH James	**Semailles humaines** 752 **
BOGDANOFF Igor & Grishka	**La machine fantôme** 1921 ***
BRIN David	**Marée stellaire** 1981 *****
	Le facteur 2261 ***** (oct.87)
BRUNNER John	**Tous à Zanzibar** 1104 **** & 1105 ****
	Le troupeau aveugle 1233 *** & 1234 ***
CHAYEFSKY Paddy	**Au-delà du réel** 1232 ***
CHERRYH C.J.	**L'épopée de Chanur** 2104 ***
	Choc en retour 2289 **** (déc.87)
CLARKE Arthur C.	**2001- l'odyssée de l'espace** 349 **
	2010- Odyssée deux 1721 ***
	Avant l'eden 830 ***
	Les fontaines du paradis 1304 ***
	Chants de la Terre lointaine 2262 **** (oct.87)
CURVAL Philippe	**Le ressac de l'espace** 595 ***
DEMUTH Michel	**Les galaxiales - La Terre en ruine** 996 ***

DICK Philip K.	**Dr Bloodmoney** 563 ***
	Simulacres 594 ***
	A rebrousse-temps 613 ***
	Ubik 633 ***
	L'homme doré 1291 ***
	Blade Runner 1768 ***
DONALDSON Stephen	**Les Chroniques de Thomas l'Incrédule** 2232 ****
DUVIC Patrice	**Terminus** 2122 **
FARMER Philip José	**Des rapports étranges** 712 ***
	Le noir dessein 2074 ******
	Le labyrinthe magique 2088 ******
FOSTER Alan Dean	**Alien** 1115 ***
	Aliens 2105 ****
FRÉMION Yves	**Rêves de sable, châteaux de sang** 2054 ***
GALOUYE Daniel F.	**Simulacron 3** 778 **
HAMILTON Edmond	**Le retour aux étoiles** 490 ***
HEINLEIN Robert A.	**Double étoile** 589 **
	Vendredi 1782 ****
	Job : une comédie de justice 2135 *****
	Le chat passe-muraille 2248 ******
HOWARD Robert E.	**Conan le vagabond** 1935 ***
	Conan l'usurpateur 2224 ***
JEURY Michel	**La croix et la lionne** 2035 ***
JONES Raymond F.	**Renaissance** 957 ****
KEYES Daniel	**Des fleurs pour Algernon** 427 ***
KLEIN Gérard	La saga d'Argyre :
	- Le rêve des forêts 2164 ***
	- Les voiliers du soleil 2247 **
LEE Tanith	**La déesse voilée** 1690 ****
	La quête de la Sorcière Blanche 2042 ****
	Tuer les morts 2194 ***
LEINSTER Murray	**La planète oubliée** 1184 **
LÉOURIER Christian	**L'homme qui tua l'hiver** 1946 **
	Mille fois mille fleuves... 2223 **
LEVIN Ira	**Un bébé pour Rosemary** 342 ***
	Un bonheur insoutenable 434 ***
LOVECRAFT Howard P.	**L'affaire Charles Dexter Ward** 410 **
McINTYRE Vonda N.	**Le serpent du rêve** 1666 ****
MERRITT Abraham	**La nef d'Ishtar** 574 ***
	Le gouffre de la lune 618 ****
MOORE Catherine L.	**Shambleau** 415 ***
	Jirel de Joiry 533 ***

Science-fiction

POHL Frederik	***La Grande Porte*** *1691* ****
	Les pilotes de la Grande Porte *1814* ****
	Rendez-vous à la Grande Porte *2087* ****
	Casse-tête chinois *2151* ****
POWERS Tim	***Les voies d'Anubis*** *2011* *****
RAY Jean	***Malpertuis*** *1677* **
RAYER Francis G.	***Le lendemain de la machine*** *424* ***
ROBINSON Kim Stanley	***Le rivage oublié*** *2075* *****
	La mémoire de la lumière *2134* ****
RODDENBERRY Gene	***Star Trek*** *1071* **
SHECKLEY Robert	***Le robot qui me ressemblait*** *2193* ***
SILVERBERG Robert	***Les monades urbaines*** *997* ***
	Le château de Lord Valentin *1905* **** *& 1906* ****
	Shadrak dans la fournaise *2119* ****
SIMAK Clifford D.	***Demain les chiens*** *373* ***
	Une chasse dangereuse *903* ****
	Mastodonia *956* ***
SPIELBERG Steven	***Rencontres du troisième type*** *947* **
SPIELBERG & KOTZWINKLE	***E.T. l'extra-terrestre*** *1378* ***
	E.T. La planète verte *1980* ***
STEINER Kurt	***Le disque rayé*** *657* **
STURGEON Theodore	***Les plus qu'humains*** *355* ***
	Cristal qui songe *369* ***
THOMPSON Joyce	***Les enfants de l'atome*** *2180* ***
VANCE Jack	***Cugel l'astucieux*** *707* **
	Cycle de Tchaï :
	1- Le Chasch *721* ***
	2- Le Wankh *722* ***
	3- Le Dirdir *723* ***
	4- Le Pnume *724* ***
	Cugel saga *1665* ****
	Rhialto le Merveilleux *1890* ***
VAN VOGT A.E.	***Le monde des Ā*** *362* ***
	Les joueurs du Ā *397* ***
	La fin du Ā *1601* ***
	A la poursuite des Slans *381* **
	La faune de l'espace *392* ***
	L'empire de l'atome *418* ***
	Le sorcier de Linn *419* ***
	Les armureries d'Isher *439* ***
	Les fabricants d'armes *440* ***

VAN VOGT A.E. (suite)	**La guerre contre le Rull**	475 ***
	Créateurs d'univers	529 ***
	L'homme multiplié	659 **
	Le colosse anarchique	1172 ***
	À la conquête de Kiber	1813 **
	Au-delà du village enchanté	2150 ****
VINGE Joan D.	**La Reine des Neiges**	1707 *****
	Finismonde	1863 ***
	Mad Max au-delà du dôme du tonnerre	1864 ***
WALTHER Daniel	**L'Epouvante**	976 **
WILLIAMS Paul O.	**Jestak**	1878 ***
	Le cercle inachevé	1920 ***
WINTREBERT Joëlle	**Les maîtres-feu**	1408 ***
	Chromoville	1576 ***

Univers présente chaque année les aspects les plus fascinants de la SF contemporaine :

Univers 1986 2012**** inédit
Univers 1987 2165**** inédit

Épouvante

Depuis Edgar Poe, il a toujours existé un genre littéraire qui cherche à susciter la peur sinon la terreur, chez le lecteur. Il a été illustré au cinéma par des films tels que Shining, L'exorciste, Carrie, La malédiction. *Ce sont les livres qui ont inspiré ces films, et d'autres ouvrages du même genre, que vous présente cette collection.*

ANDREWS Virginia C.	***Ma douce Audrina*** *1578* ****
BLATTY William Peter	***L'exorciste*** *630* ****
CAMPBELL Ramsey	***La poupée qui dévora sa mère*** *1998* ***
	Le Parasite *2058* ****
COYNE John	***L'enfant qui grognait*** *2121* ***
FARADAY M.M.	***La possédée*** *2059* ****
FARRIS John	***Écailles*** *2225* ****
GRANT Charles L.	***La force hideuse*** *2290* **** *(déc.87)*
HERBERT James	***Le Sombre*** *2056* ****
JETER K.W.	***Les âmes dévorées*** *2136* ****
KAHN James	***Poltergeist I*** *1394* ***
	Poltergeist II *2091* **
KAYE & GODWIN	***Lumière froide*** *1964* ***
KING Stephen	***Carrie*** *835* ***
	Shining *1197* ****
	Danse macabre *1355* ****
	Cujo *1590* ****
	Christine *1866* ****
	Charlie *2089* *****
	Simetierre *2266* ****** *(nov.87)*
KOENIG Laird	***Le disciple*** *1965* ***
KOONTZ Dean R.	***Spectres*** *1963* ****
	Le rideau de ténèbres *2057* ***
	Le visage de la peur *2166* ***
MATHESON Richard	***La maison des damnés*** *612* ****
MONTELEONE Thomas	***L'horreur du métro*** *2152* ****
NICHOLS Leigh	***L'antre du tonnerre*** *1966* ***
	L'heure des chauves-souris *2263* ***** *(oct.87)*
RUSSO John	***Panthère noire*** *2233* ***
SELTZER David	***La malédiction*** *796* **
STRAUB Peter	***Shadowland*** *2249* ******
TONKIN Peter	***Le Journal d'Edwin Underhill*** *2195* ***
TUTTLE Lisa	***Le couteau sacrificiel*** *2181* ***

Aventure Mystérieuse

L'Aventure Mystérieuse *publie des études sur les grandes énigmes de l'humanité : civilisations disparues, vie après la mort, OVNI, alchimie, astrologie, Templiers, Atlantide, vies antérieures, prophéties, parapsychologie. Tous ces sujets, qui sont à la frange des sciences reconnues, sont analysés ici de façon passionnante.*

BELLINE	***La troisième oreille*** *2015* **
BERLITZ ***Charles***	***Le triangle des Bermudes - 1*** *2018* ***
	Le triangle des Bermudes - 2 / Sans trace *2019* ***
FLAMMARION ***Camille***	***Les maisons hantées*** *1985* ***
	La mort et son mystère *2204* ****
	Après la mort *2205* ***
JACQ ***Christian***	***Le message des constructeurs de cathédrales*** *2090* ***
LAFFOREST ***Roger de***	***Ces maisons qui tuent*** *1961* ***
	Présence des invisibles *2179* **
	La magie des énergies *2279* ** *(nov. 87)*
MAHIEU ***Jacques de***	***Les Templiers en Amérique*** *2137* ***
MOODY ***Dr Raymond***	***La vie après la vie*** *1984* **
RAMPA ***T. Lobsang***	***Histoire de Rampa*** *1827* **
	La caverne des anciens *1828* **
	Le troisième oeil *1829* ***
	Les secrets de l'aura *1830* ***
	Les clés du nirvâna *1831* **
	Crépuscule *1851* **
	La robe de sagesse *1922* ***
	Je crois *1923* **
	C'était ainsi *1976* **
	Les trois vies *1982* **
	Lama médecin *2017* ***
SABATO ***Mario de***	***Les manipulateurs du destin*** *2060* ***
SAURAT ***Denis***	***L'Atlantide et le règne des géants*** *2107* **
SIÉMONS ***Jean-Louis***	***Revivre nos vies antérieures*** *2196* ****

J'ai lu BD

La bande dessinée est aujourd'hui admise partout. On l'enseigne même à la Sorbonne. La série J'ai lu BD est la première collection de poche consacrée à ce genre. Elle réédite les bandes dessinées françaises et étrangères les plus célèbres. Les dessins ne sont pas ou peu réduits mais remontés au format ; ainsi un album de 48 pages donne 160 pages dans J'ai lu, et le papier est d'une qualité supérieure afin de permettre la reproduction des couleurs. J'ai lu BD est le panorama de la bande dessinée d'aujourd'hui.

ABULI, TOTH, BERNET	**Torpedo-1** BD25 (2★)
AUTHEMAN	**Vic Valence-1** BD41 (4★ c., nov. 87, Alfred 87)
BARBE	**Cinémas et autres choses** BD30 (2★)
BEAUNEZ	**Mes partouzes** BD24 (3★)
BINET	**Les Bidochon-1** BD4 (3★)
	Kador-1 BD27 (3★)
BOUCQ	**Les pionniers de l'aventure humaine** BD34 (6★ couleur, sept 87)
BRETÉCHER	**Les Gnangnan** BD5 (2★)
BRUNEL	**Pastiches-1** BD46 (5★ couleur, déc. 87)
COMÈS	**Silence** BD12 (5★)
DERMAUT & BARDET	**Les chemins de Malefosse-1** BD19 (5★ couleur)
ÉDIKA	**Débiloff profondicoum** BD38 (3★, oct. 87)
FRANQUIN	**Idées noires** BD1 (3★)
	Gaston-1/Gala de gaffes BD17 (3★ couleur)
	Gaston-2/Gaffes à gogo BD39 (3★ c., nov. 87)
GIARDINO	**Sam Pezzo-1** BD15 (3★)
GOTLIB	**Pervers Pépère** BD8 (3★)
	Rhââ Lovely-1 BD21 (3★)
(avec LOB & ALEXIS)	**Superdupont** BD33 (3★, sept. 87)
	Gai-Luron-1 BD43 (3★, déc. 87)
LAUZIER	**Zizi et Peter Panpan** BD23 (5★ couleur)
LELONG	**Carmen Cru-1** BD14 (3★)
LELOUP	**Yoko Tsuno** BD37 (5★ couleur, oct. 87)
LIBERATORE	**RanXerox à New York** BD3 (5★ couleur)
MALLET	**Les petits hommes verts** BD44 (4★ c., déc. 87)
MANARA	**HP et Giuseppe Bergman** BD20 (5★)
	Le déclic BD31 (4★, sept. 87)
MORCHOISNE, MULATIER, RICORD	**Ces Grandes Gueules...** BD16 (4★ c.)

MORDILLO	**Les meilleurs dessins d'Opus** BD10 (4 ★ couleur)
PÉTILLON	**Mr Palmer et Dr Supermarketstein** BD13 (5 ★ c.)
PRATT	**La ballade de la mer salée** BD11 (6 ★)
QUINO	**Mafalda-1** BD2 (4 ★ couleur)
ROSINSKI & VAN HAMME	**Thorgal-1** BD29 (5 ★ couleur)
SEGRELLES	**Le mercenaire-1** BD32 (4 ★ couleur, sept.87)
SERRE	**Les meilleurs dessins** BD6 (5 ★ couleur)
	Humour noir BD35 (5 ★ couleur, oct. 87)
SERVAIS & DEWAMME	**Tendre Violette** BD42 (5 ★, nov. 87)
SOKAL	**Canardo-1** BD26 (5 ★ couleur)
TABARY	**L'enfance d'Iznogoud** BD9 (5 ★ couleur)
TARDI	**Adèle et la Bête** BD18 (4 ★ couleur)
	Brouillard au pont de Tolbiac BD36 (4 ★, oct. 87)
TILLIEUX	**Gil Jourdan/Libellule s'évade** BD28 (4 ★ couleur)
VAN DEN BOOGAARD	**Léon-la-Terreur** BD45 (5 ★ couleur, déc. 87)
VEYRON	**L'amour propre** BD7 (5 ★ couleur)
WALTHÉRY & GOS	**Natacha, hôtesse de l'air** BD22 (4 ★ couleur)
WEYLAND	**Aria-1/La fugue d'Aria** BD40 (5 ★ c., nov. 87)

2262
★★★★

Impression Brodard et Taupin à La Flèche (Sarthe)
le 18 septembre 1987
6860-5 Dépôt légal septembre 1987. ISBN 2-277-22262-3
Imprimé en France
Editions J'ai lu
27, rue Cassette, 75006 Paris
diffusion France et étranger : Flammarion